Es scheint für uns heute leichter zu sein, uns den endgültigen Ruin der Erde und der Natur vorzustellen als den Zusammenbruch des Kapitalismus; vielleicht liegt es an einer Schwäche unserer Einbildungskraft.
Fredric Jameson

Alles wirkliche Leben ist Begegnung.
Martin Buber

Freitag

den will auch mehr der Ideologien
und kein Ruh
dahin verfrägen
zu dich

Frauenhände

Lässt durch

Tamme Hecke
Altdörfer
Mir Sport verbiete
seit ich 33 war
jetzt
bin 47

und dann
auch von
körperliche Behinderung
wegen dann
ich meine nicht
Sportarten ausüben kann

Ein Mensch ist mehr als sein Beruf, viel mehr, ich weiß das, aber ich weiß es noch nicht lange. Bis vor einem Jahr habe ich mich ausschließlich anhand meiner Tätigkeit definiert und ich war stolz, im Ranking der 100 erfolgreichsten Consulter Österreichs unter den Top 50 aufzuscheinen, hatte mein Karriereziel erreicht, ich wollte ja nichts anderes als Erfolg und Geld. Das waren meine Impulsgeber.

Bis mein Leben *tschulpi* wurde.

Natürlich ist *tschulpi* kein Wort im herkömmlichen Sinn, ich habe es erfunden, es ist zu meinem Wort geworden. Seine Bedeutung hat sich in mir entwickelt, prozesshaft, würde ich sagen, nicht linear. Sobald ich beginne, mich einer Sache anzunähern, begleitet *tschulpi* mich wie ein Freund. Als hielte das Wort meine Hand, wenn ich weiß, dass ich weitermachen werde in meinem Mir-Näherkommen, aber Angst davor habe, Zusammenhänge zu entdecken, die mir nicht gefallen könnten. Wenn ich nicht wirklich sehen will, was sich mir zeigen könnte, und es mich dennoch drängt hinzusehen, weil da etwas ist, das lange verborgen, sich endlich zeigen kann.

Jeder Mensch sollte ein Wort für sich alleine haben, eines, das ihm Halt gibt. Ich habe mich darauf eingelassen, herauszufinden, wer ich bin. Ich habe, ja, was habe ich eigentlich? Ich habe Eckdaten.

Name: Dr. Marius Tankwart
Familienstand: ledig
Geburtstag: 09. April 1971
Einkommenssituation: hervorragend
Lebenszufriedenheit: verbesserungswürdig

Sehr verbesserungswürdig, habe ich gestern noch zu Frau Mundgold gesagt, gezwinkert und gelacht. Sie hat erst geschwiegen, mich dann doch gefragt, Marius, sag, wirst du dein Abschiedsseminar nun so gestalten, wie du es für richtig hältst?

Daran besteht kein Zweifel, habe ich geantwortet, obwohl ich Zweifel habe. Sie weiß das und ich weiß, dass sie weiß, dass ich weiß, wir haben uns angesehen und sie hat mir mit ihrem liebevollen Blick Aufmerksamkeit geschenkt, dann hat sie mir eine zweite Tasse Tee eingegossen und gesagt, Marius, dein Rucksack steht gepackt in deiner Wohnung, dein Flug nach Mexico City ist gebucht. Ja, habe ich gesagt, One-Way, und sie hat geantwortet, ab Sonntagabend hast du den Lebensabschnitt als Consulter hinter dir, komm, nimm dir noch einen Keks!

Mein Anfang beginnt mit diesem Abschied. Lange habe ich darüber nachgedacht das Seminar abzusagen, aber das wollte ich nicht. Ich will mich zeigen, nicht mehr verstecken. Mitarbeiter einer Werbeagentur sind die vier Teilnehmer, eine Frau ist unter ihnen. Die Eigentümergruppe hat mir den Auftrag erteilt, herauszufinden, wer mir als am besten geeignet erscheint, der nächste Geschäftsführer zu werden. Als würde mich das noch interessieren. In diesem Hotelzimmer riecht es wie in den anderen Landhotels, als würden sie überall dasselbe Putzmittel verwenden. Auch das Badezimmer ist beengend. Und mit der Enge ist wieder dieses Zaudern in mir, ich atme durch, betrachte mein Spiegelbild, sage:

Gesichtsvermerk Hotel Weitblick, 09. April

Kleine Stecknadelköpfe sind die Pupillen, sie blicken mir entgegen, der Mund ist geschlossen, die Lippen aneinandergepresst. Zwei Falllinien ins Ungesagte? Ist es dieser traurige Blick, der immer wiederkehrt, auch die

Haut scheint sich seinen Bedingungen anzupassen, es ist, als würde ich als Ganzes weinen.

Mein weinendes Ich, sind es die Hände, der Bauch, ist es das Geschlecht, sind es die Beine, dieser Gedanke gefällt mir nicht, und bevor ich jetzt irgendwo hinkommen könnte, verschließe ich diesen weinenden Körper und sage, nein, in diesen Gedankensplitter werde ich mich jetzt nicht hineinbegeben. Also doch vermeiden, nun gut, ich trinke einen Schluck Wasser aus dem Duschhahn, was ich wann zulassen werde, entscheide ich selbst, und zwar ganz allein. Frau Mundgold würde jetzt laut loslachen und sagen, ja-ja, Marius, glaub du nur! Irgendwie gerate ich gerade in einen Schmollwinkel, am besten wird sein mich einzuseifen. Der Geruch nach Aloe Vera und Ingwer, die Wassertemperatur ist angenehm. Das wäre doch gelacht, ich werde es schaffen, in diesem Seminar über das Wesentliche zu sprechen, das sage ich jetzt nicht nur dem Wasser, das sage ich auch zu mir selbst.

Das Bad ist nicht besonders geheizt, schnell abtrocknen, zurück ins Zimmer, wie müde ich bin. Hängt da neben der Tür nicht das Bild desselben röhrenden Hirschs wie in den zwei anderen Landhotels, in denen ich vergangenen Winter war? Polster zurechtklopfen, Decke aufschütteln, ah, die Zeitung, super, heute zeigen sie im Nachtprogramm einen Western. Das Bett ist bequem, nicht zu hart ist die Matratze und nicht zu weich. Hier werde ich gut schlafen können.

Es regt sich nichts in mir, das einen aufkeimenden Zweifel verraten könnte. Gut so, das Weinen werde ich hinter mir lassen, stattdessen nach draußen schauen, ist da ein Ahornbaum? Seltsam durchsichtig wirken die Blätter.

Kein Mensch ist in dem Garten, nicht einer. Ich könnte derjenige sein, der hinausgeht, sich auf eine Bank setzt und einfügt in die Landschaft. Da sein, nichts weiter. Eine Amsel fliegt auf den Baum zu. Schon ist sie zwischen den Ästen verschwunden. Ich will jetzt endlich ankommen, so wie die Amsel, die im Hier ist und in jedem Moment. Es ist nicht mehr wie früher, als ich zur selben Zeit mit meinem Körper an einem und mit meinen Gedanken an einem völlig anderen Ort war, vielleicht sogar in einer anderen Zeit. Ich lebte und arbeitete, hatte keine Ahnung, dass nur ein Teil von mir am Leben teilnahm. Für die Leere hatte ich keinen Namen, ich trug sie in mir und in jeder Handlung, die ich ausführte. Ich kannte keine Zufriedenheit, es waren die immer gleichen Stimmungen, diese lösten die immer gleichen Bilder aus, die sich einfügten in mein immer gleiches Panorama.

In mir ist es nicht mehr so, wie es einst war. Ich war, wie hat Frau Mundgold es genannt, wie ein Soldat, ganz neben mir und das einzige, das ich verfolgte, war eine Ziellinie, eine Gerade, die ich fixierte, um ihr bedingungslos zu gehorchen.

Es war an einem Montag vor etwa einem Jahr, ich bin nach der Arbeit statt nach Hause in ein Kaffeehaus gegangen, wollte nicht allein in meiner Wohnung sein, wollte nicht herumsitzen und fernsehen. Ich glaube, an diesem Montag begann ich durchlässiger zu werden, oder war es etwas anderes, ich weiß es nicht genau, jedenfalls ging ich in dieses Café gegenüber vom Büro, bestellte ein Glas Rotwein und tat nichts weiter als das Kaffeehaustreiben zu beobachten. Ich wollte auch nichts anderes tun, sah den Besuchern zu, wie sie in Zeitungen lasen oder sich unterhielten und dachte, es ist schön hier. In mir regte sich der Wunsch, regelmäßiger Kaffeehausbesucher zu werden.

Bis dahin war ich nicht oft in Kaffeehäusern gewesen und das Sitzen und Herumblicken wurde mir bald unangenehm, so ging ich an einen der Zeitungstische und nahm wahllos ein paar Zeitungen und Zeitschriften. Als ich auf dem Weg zurück zu meinem Platz war, sah ich eine alte Frau an meinem Tisch sitzen. Sie lächelte mich an und ich wollte sagen, dies ist mein Platz, doch bevor ich etwas sagen konnte, sagte sie: Guten Abend, setzen Sie sich nur zu mir, junger Mann.

Ich setzte mich, entgegnete nichts, nickte und nahm eine Zeitschrift in die Hand. Es war ein Fotomagazin, ich blätterte darin, obwohl ich mich nicht für Fotografie interessiere, sah mir die abgebildeten Fotos unterschiedlicher Sessel an und dachte, dass es ein Irrtum gewesen war hierherzukommen, eine Fehlentscheidung. Ich wollte bezahlen und gehen, doch etwas hielt mich davon ab, aufzustehen und nach Hause zu gehen. Ich glaube, es war die Haltung, die die Frau mir gegenüber eingenommen hatte, sie hatte mir direkt in die Augen gesehen, als sie mit mir sprach, und ich muss wohl damals schon ihre Klarheit erahnt haben, ohne zu wissen. Es war eine Ruhe in ihrer Stimme, die mich anzog. Ich fühlte mich wohl in ihrer Gegenwart, und da ich all meine Aufgaben an diesem Montag bereits erledigt hatte, und mir nichts einfiel, das noch zu erledigen gewesen wäre, blieb ich an dem Tisch sitzen und begann eine in der Zeitschrift abgedruckte Geschichte zu lesen.

Es war die Reportage über eine Frau, die ein Sessel sein wollte. Die Frau hatte nichts Manisches, sie war berufstätig, Angestellte in einem Büro und ging jeden Abend nach der Arbeit ohne zu zögern nach Hause, um einen Kuchen zu backen. Schon beim Verrühren der Zutaten begann sie sich zu entspannen, und während der Teig aufging, blickte sie in den Herd und beobachtete den Backvorgang. In diesen Momenten fühlte sie sich leicht und träumte von unbestimmten Dingen. Einmal träumte sie von einem Sesselkreis, doch sie stellte sich nicht die Menschen vor, die beieinandersaßen, sondern konzentrierte sich ausschließlich auf die Anordnung der Sessel und deren Beschaffenheit. Ein Sessel, dachte sie, hat eine klare Aufgabe. Und es wurde ihr bewusst, dass alles, was sie sein wollte, ein Sessel war; einer, der zum Sitzenbleiben einlud, jedoch kein Ohrensessel, denn der wäre viel zu schwer und beinahe unverrückbar. Zu bequem sollte der Sessel auch nicht sein, sonst würde immer jemand darauf sitzen wollen, und sie wusste nicht, ob sie ein Sessel sein wollte, der nie allein und für sich war. Plötzlich wurde ihr klar, sie wollte ein Klappsessel sein, der leicht mitzunehmen wäre zu einem Picknick am See oder einer Jause unter dem Nussbaum, der neben dem Bachufer stehen, aber auch ein Reisebegleiter auf einer Zugfahrt sein oder mit jemandem über das Meer fahren könnte. Ein Sessel, der leicht auf der Straße abzustellen wäre, als eine Rastmöglichkeit für Passanten, die darauf sitzen, in die Luft schauen, das Unterwegssein in ihren Angelegenheiten für eine kurze Weile unterbrechen könnten, um sich zu strecken und einmal durchzuatmen. Dieser Sessel wollte sie sein, dieser, wie sie meinte, Sessel voller Idealismus.

Ich fand die Idee, ein Sessel sein zu wollen, naiv, mochte sie jedoch auf Anhieb. Und das irritierte mich. Es war ungewöhnlich, dass ich eine Geschichte, die keinen Mehrwehrt für mich hatte, zu Ende las, und noch ungewöhnlicher, dass ich Sympathie für jemanden empfand, der zum Ziel hatte, ein Sessel werden zu wollen, was doch unerreichbar war für einen Menschen.

Ich blickte auf und die alte Frau fragte mich, junger Mann, sagen Sie mir, wie waren die letzten Male, als Sie auf einem Sessel saßen?

Die Frage irritierte mich.

Keine Angst, sagte sie, es geht mit rechten Dingen zu, ich habe Sie während des Lesens beobachtet und diese Zeitschrift kenne ich genau, auch die Geschichte, die sie gerade gelesen haben, ist mir vertraut.

Aha, sagte ich und dachte, worauf will sie nur hinaus.

Sie lächelte, bevor sie sagte, würden Sie nicht liebend gern die Frau aus der Geschichte fragen: Warst du ein Sessel, auf dem ich schon einmal saß?

Ich dachte an *Versteckte Kamera* und dass in Kürze ein Moderator zu mir an den Tisch kommen würde, um »ätsch« zu sagen oder ähnliches. Aber nichts dergleichen geschah. Die Frau sah mich weiterhin freundlich an.

Wie heißen Sie?

Marius Tankwart.

Ich habe Sie hier noch nie gesehen, Marius Tankwart, mein Name ist Theresia Mundgold und ich komme jeden Tag her. Ich liebe das Kaffeehaus. Kommen Sie morgen wieder, Marius Tankwart?

Und ich sagte ja, schnell und ohne nachzudenken. Und ein geborener Tankwart steht zu seinem Wort, das hat mir meine Mutter beigebracht.

Als Kind wollte ich Tischler werden, als Jugendlicher Fußballer und nach der Matura wollte ich Schauspieler werden. Natürlich habe ich das nicht ernsthaft in Erwägung gezogen. Es wäre ja undenkbar gewesen. Ein Tankwart hat Lehrer oder Bankdirektor zu werden, habe ich meine Mutter sagen gehört, seit ich mich an ihre Stimme erinnern kann. Und ich kannte kein Aufbegehren. Die Pubertät ist vorübergezogen, ohne sich bei mir zu melden. Einmal habe ich nicht zeitgerecht aufgebettet, das war alles. Der Schrank in meinem Zimmer war immer aufgeräumt und aufgestanden bin ich täglich um sechs Uhr früh. In der Familie Tankwart war langes Schlafen nicht erwünscht und auch am Wochenende untersagt. Wer sich ausschläft, statt zu arbeiten, aus dem wird ein Taugenichts oder ein Tunichtgut, war die vorherrschende Meinung, und so ist es bis heute geblieben.

Das Mobiltelefon vibriert.

Hallo, Mama.

Hallo, Marius, ich bin es, schau auf die Uhr, exakt in dieser Minute bist du geboren worden, heute vor 49 Jahren, alles, alles Gute zu deinem Geburtstag, mein Marius. Es war so ein warmer Apriltag, als du zu uns gekommen bist.

Danke für deinen Anruf, Mama.

Die Sonne war ungewöhnlich stark, damals am 09. April, schon frühmorgens, und ich habe großen Heißhunger auf Kirschen gehabt. Ich habe zwei Gläser mit eingelegten Kirschen gegessen und mir wurde sehr übel.

Das weiß ich, Mama, das sagst du jedes Jahr.

Marius, ich hätte mich beinahe übergeben, ich habe ja gedacht, die Wehen wären Brechdurchfall oder der Beginn einer Darmgrippe, du, aber ich habe mich gar nicht übergeben müssen. Ich hatte mich eben unter Kontrolle, auch im Auto ist nichts passiert. Papa hat mich ins Krankenhaus gefahren und du, ja, du warst eine Bilderbuchgeburt. Das habe ich sehr gut gemacht.

Mama, ich muss weiterarbeiten.

Sie schluchzt auf.

Geht es dir gut, Mama?

So allein hat man mich gelassen. Damals hat es noch kein Zimmer für jede Gebärende gegeben. Das ist der reinste Luxus heutzutage, wir waren ein paar Frauen in einem großen Saal und neben mir ist eine gelegen, die hat laut geschrien und sie ist immer lauter geworden, dass es in meinen Ohren geschmerzt hat, ich habe die Schreie kaum aushalten können. Ich halte nichts von unkontrollierten Frauen, sie sind beschämend.

Ich weiß nicht, Mama.

Es waren Stunden, die ich in diesem Bett verbracht habe, habe ich dir schon von den Schmerzen erzählt, und endlich ist eine Schwester zu mir gekommen und ich habe gedacht, jetzt wird alles gut werden. Doch sie hat nur das Bett, auf dem ich lag, mit einem Vorhang vom Rest des Raumes abgetrennt. Ich wollte sie fragen, wann denn bitte endlich jemand für mich da wäre, aber ich konnte nichts mehr sagen, da war dieser überwältigende Schmerz. Schon damals hast du mir Schmerzen zugefügt.

Du, ich muss arbeiten, danke für deinen Anruf, dass du an mich denkst, freut mich, aber.

Unterbrich mich nicht, Marius, die Schwester ist, ohne mich zu beachten, sofort wieder zu der schreienden Frau gegangen, und ab diesem Zeitpunkt weiß ich nichts mehr, nur, dass es laut war und irgendwann still.

Ja.

Weißt du, das Kind der schreienden Frau hat nicht gelebt, aber du, Marius, du warst plötzlich da und keiner der Anwesenden hat sich für dich, das lebende Kind, interessiert, alle nur für das tote. Aber dann, mein Kirschkern, hast du begonnen, aus Leibeskräften zu schreien.

Immer an meinem Geburtstag nennst du mich Kirschkern.

Du warst so kräftig und so gut gebaut. Du hast geschrien und die Schwester ist zurückgekommen, hat die Nabelschnur durchtrennt, dich mitgenommen und gesagt, gewaschen gehört er, und: ruhen Sie sich jetzt aus.

Das muss sehr schlimm für dich gewesen sein.

Aber nein, das war es nicht, es gibt wirklich Schlimmeres.

Du, Mama, mach dir noch einen schönen Tag heute, und danke für den Anruf.

Sie wird mich nie fragen, wie es mir geht, und das ist gut so. Nein: Natürlich ist es nicht gut so. Wir sind wie Fremde zueinander. Im Hotelzimmer ist es kühl. Der röhrende Hirsch beobachtet mich. Ich hänge das Bild ab, ein großer, rechteckiger, heller Fleck kommt zum Vorschein.

Immer, wenn ich dem Wunsch nachgegangen bin, ihr näherzukommen, musste ich mich von mir selbst entfernen, es war, als hätte sie mich insgeheim aufgefordert, meine Haut abzulegen und mir eine andere überzuziehen, eine, von der sie hoffte, oder war ich derjenige, der hoffte, sie würde ihr gefallen. Doch gleichgültig, was ich tat, sie hat es nicht wahrgenommen, und am Ende blieb ich immer zurück, war verloren in meinem Verlorensein.

Das Telefon vibriert. Mama, steht auf dem Display. Nicht jetzt, nicht schon wieder, schlafen ist besser als mit ihr zu sprechen.

Ich stehe im Badezimmer vor dem Spiegel, habe vor, mir die Zähne zu putzen. Sorgfältig gebe ich Zahnpasta auf die Zahnbürste, betrachte mein Spiegelbild, putze Zahn für Zahn. Ich habe Angst vor Zahnfleischbluten, spüle aus, wasche das Gesicht, greife nach dem Handtuch und schaue ein zweites Mal in den Spiegel.

Jemand, der aussieht wie ich, sieht mich an, wer ist der Typ, frage ich plötzlich und wie um mich zu vergewissern, dass nur ich selbst es sein kann, lehne ich mich mit der Stirn gegen den Spiegel und blicke direkt in diese Augen.

Was ich sehe, ist ein Funkeln, nein, das kann nicht sein, dieses Gefunkel kann nichts mit mir zu tun haben.

Es bedroht mich, ich habe Angst, gehe ein paar Schritte rückwärts, wende meinen Blick ab, schließe für einen kurzen Moment die Augen, öffne sie und schaue an den oberen Rand des Spiegels.

Das bin nicht ich. Ein kalter Schauer durchfährt mich. Ich blinzle, das muss ein Irrtum sein, ich blicke vom Rand des Spiegels in die Mitte, erkenne mich wieder, gottseidank, das war nur eine Täuschung.

Was ist jetzt nur mit meinen Augen los, sie sind ja wie tot. Aber ich lebe, sie können nicht tot sein. Ich verstehe nicht, wende mich ab, blinzle, jetzt sehe ich wieder diesen Fremden mit meinem Gesicht, sehe dieses Funkeln in diesen Augen.

Ist es das Wilde oder ist es das Böse?

Nein, nicht doch, es muss ja in mir sein, woher kommt es? Es ist stark. Dieses Starke ist unbeirrbar, es zieht mich an, es zieht mich hin.

Sieh nicht hin, Marius! Das wird dein Ende sein, höre ich mich schreien und wache auf.

Ich, mit funkelnden Augen. Das ist mein wiederkehrender Traum. Heute ruft er mich, nachdem ich mit Mutter telefoniert habe, darüber sollte ich wohl nachdenken. Da ist diese Unruhe, wo ist mein Begleitheft? Der rote Umschlag liegt auf dem Schreibtisch, *tschulpi* habe ich das Heft genannt und mit rotem Filzstift beschriftet, alles, was in mir auftaucht, bekommt seinen Platz darin. Die Gesichtsvermerke, die Listen, manchmal schreibe ich nur aneinandergereihte Worte, oder wie zufällig notierte Sätze.

Die erste Niederschrift des Spiegeltraumes, hier ist sie, und da ist noch Platz für meine neuen Eindrücke. Weinendes Ich, ist hier dein Raum?

Das Telefon vibriert.

Mama, sie wird nicht aufhören mich anzurufen, bis ich die ganze Geschichte gehört habe.

Ich dachte, du magst es, wenn ich dir vom Beginn deines Lebens erzähle.

Nein, Mama, ich meine, ja, entschuldige, ich habe viel zu tun.

Und jetzt willst du nicht einmal mehr mit deiner Mutter sprechen. Du hast dich sehr zu deinem Nachteil verändert.

Mama, bitte.

Von den Schmerzen habe ich dir noch erzählen können, du, ist das zu viel verlangt, einmal im Jahr, schließlich ist das deine Geburt gewesen und dich scheint das nicht zu interessieren? Stundenlang hat das gedauert und du hast nicht einmal die paar Minuten für mich? Weißt du, wie wahnsinnig froh ich gewesen bin, mich nach der Anstrengung endlich ausruhen zu können. Eine Woche bin ich im Krankenhaus geblieben, und das, ja, ich muss sagen, das war die schönste Zeit überhaupt. Ich habe mich geschont und einmal, da habe ich dich gebadet und du warst so zerbrechlich, ich habe ja am Anfang nicht gewusst, wie ich dich berühren soll, ohne dir wehzutun. Die Schwestern waren mir wertvolle Ratgeber, das sage ich dir. Und gern habe ich dich angeschaut, jeden Tag bin ich den Gang entlang zum Säuglingszimmer gegangen und habe dich durch das Fenster betrachtet. Nach ein paar Minuten hat die Schwester dich wieder zurück in das Bett gelegt und ich bin in mein Zimmer gegangen. Meistens ist dann Besuch gekommen, so viele Besucher hatte ich, und alle haben sie dich angeschaut, deine Tante Anni und dein Papa natürlich, er war sehr stolz auf dich, damals.

Da war die Welt noch in Ordnung, nicht, Mama.

Ich meine es nur gut mit dir.

Weißt du, es gibt etwas, das ich herausgefunden habe. Das beschäftigt mich seit Längerem. Ich wollte mit dir darüber reden.

Marius, ich werde dich jetzt nicht weiter stören, alles Gute noch einmal für dich und einen schönen Tag.

Sie hat aufgelegt und ich habe ihr wieder nichts vom Hintergrund Johanna Haarers erzählt, der Frau, die ihre Richtlinien zur Kindererziehung geprägt hat. Sie hätte mir sowieso nicht zugehört, hätte stattdessen einen ihrer Sprüche gesagt, entweder »Erziehung ist Sache des Hausverstands« oder »nach der Entbindung beginnt die Erziehung«. Sie hätte, wozu quäle ich mich, ich könnte mich um den Nachhall meines Traumes kümmern oder mir vorstellen, wie ich durch Mexiko reise und irgendwo in einer Hängematte liege, direkt am Strand unter Palmen und zwischen den Blättern schaut der Himmel hindurch und ich schlafe und schlafe und trinke je nach Verlangen Kaffee oder spaziere den Strand entlang. In Mexiko will ich einfach da sein und sehen, was geschehen wird, nichts sonst. Ich kann es kaum mehr erwarten. Doch jetzt, nach diesem Telefonat, wünscht sich das immergleiche in mir noch immer, dass Mama, ich werde bald fünfzig, und. Es ist ein Kopfschütteln.

Johanna Haarer, wer soll das sein, würde sie mich fragen um schnell hinzuzufügen, ich habe diesen Namen nie gehört. Ich würde erwidern, Johanna Haarer war die

Erziehungsbeauftragte des Dritten Reichs und Oma war im *Bund Deutscher Mädel.* Was glaubst du, wurde ihr dort beigebracht, ich werde es dir sagen, sie hat gelernt, wie die zukünftige »deutsche Mutter« ihre Erziehungsaufgaben zu erfüllen hat und welche Maßnahmen anzuwenden sind, um den Nachwuchs zu einem Nationalsozialisten zu erziehen. Das stimmt nicht, würde Mama sagen, das wüsste ich und ich habe nie davon gehört. Es ist kein Geheimnis, dass Oma beim *Bund Deutscher Mädel* war. Das meine ich nicht, wäre ihre Antwort, von so einer Erziehung habe ich nie gehört und, Marius, das war damals einfach so, Oma musste bei diesem Bund sein, du, alle mussten. Sie hat dort ja nur gehandarbeitet und bei Ernten mitgeholfen.

Wo sind die Karteikarten? Im Rucksack, da ein benütztes Taschentuch, der Kugelschreiber, die Schere, Taschentücher, der Klebstoff, Bleistifte, eine Lochmaschine, meine Sonnenbrille, die Wasserflasche, hier sind sie, die unbeschrifteten zwischen den beschrifteten, da sind die Karten mit den Zeichnungen, ah, hier ist diejenige, die ich suche:

Nach der Abnabelung wird das Kind erst einmal beiseitegelegt und für vierundzwanzig Stunden in einem abgedunkelten Raum frei von Nahrung und fern der Mutter verwahrt.
Johanna Haarer

Mama, zweiunddreißig Jahre später, am Tag meiner Geburt, wurde auch ich nach der Abnabelung von dir entfernt, gewaschen und auf die Säuglingsstation gebracht, und dir wurde nahegelegt, dich auszuruhen. Meine ersten Stunden auf der Welt war ich nicht bei dir und du konntest mich nicht berühren, mich nicht kennenlernen und ich konnte dich nicht spüren, du warst fort, von einem Moment auf den anderen. Verstehst du, getrennt von dir, von deinem Geruch war ich die erste Woche meines Lebens in einem Säuglingszimmer. Und nicht nur ich, bis in die späten 1970er Jahre Geborene mussten das erleben.

Es geht dir zu gut, Marius, und: ich habe dich anscheinend doch zu sehr verwöhnt, obwohl ich mich von Anfang an bemüht habe, keinen Haustyrannen aus dir zu machen, höre ich sie sagen, und, was du dir alles zusammenreimst. Diese eine Woche nach deiner Geburt, daran kannst du dich ja gar nicht erinnern. Das hat dir sicher nicht geschadet, du warst mit den anderen Babys auf der Station, du warst nicht allein. Die Schwestern waren da. So waren die Regeln. Ich wäre nie auf die Idee gekommen, dich ins Zimmer zu holen. Niemand hat das getan. Das war nicht vorgesehen. Aber eines weiß ich: das Mich-Schonen hat wirklich gutgetan. Zu Hause kam mit dir genug Arbeit auf mich zu und du bist, obwohl du mir diesen Vorwurf machst, sehr erfolgreich geworden.

Ich sehe sie vor mir stehen, in ihrem beigen Kostüm, mit ihrem zu einem Knoten hochgesteckten Haar, und da ist dieser Zorn, den ich empfinde, und schon will ich ihn wieder in Verständnis übersetzen und in Verstehen, das kotzt mich an. Ich muss, Mama, ein Baby kann niemals ein Tyrann sein, möchte ich rufen. Weißt du überhaupt, wie man sich eines Tyrannen entledigt? Ich sage nur: Tyrannenmord. Du bist der Meinung, das wäre dann doch zu viel. Aber Todesangst soll ein Baby schon ausstehen. Und es hat Todesangst, wenn es alleine gelassen wird und weint. Ich höre dich lachen, lauthals lachen höre dich, so weit entfernt bist du von deinen Gefühlen, dass du lachst, wenn ich dir von Todesangst erzähle. Es strengt mich an, mir vorzustellen, wie meine Worte an dir abtropfen, dennoch werde ich diese imaginierten Gespräche mit dir weiterführen, wieder und wieder, bis, ja, wüsste ich es nur.

Manchmal ertappe ich mich sogar dabei, mir vorzustellen, wie einfach es wäre, hätte ich noch immer keinen Kontakt zu meinen Empfindungen, dann wäre alles wie bisher. Ich wäre unglücklich und wüsste nicht, dass ich unglücklich bin, ich könnte weitermachen wie die vielen Jahre zuvor, und mein größter Wunsch wäre wohl, im Ranking der 100 besten Consulter unter den ersten 20 aufzuscheinen und so weiter und so weiter, und ich wäre wieder wie ein Soldat, ganz neben mir, und würde irgendwelchen Vorgaben folgen.

Aber es ist schön, mich zu spüren. Ich bin jemand, endlich bin ich jemand eigener. Schauspieler wollte ich werden, doch statt mich auf die Aufnahmeprüfungen vorzubereiten, habe ich Wirtschaftswissenschaften inskribiert, ich war ja wie tot. In Mindeststudienzeit habe ich mit Auszeichnung studiert. Nach dem Diplom habe ich mich für einen Schauspielkurs angemeldet. Statt hinzugehen habe ich eine Dissertation geschrieben. Nach der Promotion habe ich mir ein Round-the-World-Ticket gekauft. Statt in das Flugzeug zu steigen, habe ich in der Consultingfirma meines Doktorvaters zu arbeiten begonnen. Auf meiner Visitenkarte steht:

Dr. Marius Tankwart – mit Strategie zu Erfolg und Effizienz

Das ist jetzt vorbei.

Wer, wenn nicht ich, Horst Wienacher, soll der nächste Geschäftsführer der Agentur werden, denke ich und setze mich auf den reservierten Sitzplatz am Fenster, ziehe die Jacke aus, schaue auf das Handy, kein Anruf in Abwesenheit, noch immer keine neue Nachricht. Veronika, was ist mit dir? Es gibt keine Alternative, ich muss an dem Seminar teilnehmen, alles andere wäre Wahnsinn. Ich weiß, du hast das Wochenende lange geplant, es ist unser Jahrestag, ja, ich wäre auch gern mit dir in den Bergen, aber ein gemeinsames Wochenende ist kein Grund für eine Nicht-Teilnahme an dem Auswahlseminar, es wird entschieden, wer Geschäftsführer der Agentur werden soll, das geht nicht ohne mich. Bald schon werden wir meine Beförderung feiern. Ich werde dich auf einen Luxusurlaub einladen, Malediven, Mauritius, Seychellen, egal wohin. Veronika, sei wieder nett, ruf mich an! Ich vergesse auch, dass du schon seit geraumer Zeit zu mir sagst, dass es auch etwas anderes geben müsse als Arbeit, und dass mein Arbeitseifer kaum auszuhalten sei, aber du hast es ja leicht, als Musiklehrerin hast du deine Stundenverpflichtung, sonst nichts. Ich meine, Leistungsbereitschaft, entschuldige, was verstehst du davon mit deinen zwanzig Stunden Lehrverpflichtung. Ja, ich weiß, gestern, nach dem zweiten Glas Wein, hätte ich dich umarmen und ohne Zögern zu dir sagen sollen, dass du mir wichtig bist, aber das habe ich nicht getan und nicht gesagt, weil das ja selbstverständlich ist und nicht extra gesagt werden muss.

Es riecht nicht gut hier, ich ziehe meine Nase hoch, hätte ich doch die Strickweste eingepackt, es ist kalt. Nach welchen Kriterien wird in einem Waggon die Temperatur geregelt? Auf dem Platz gegenüber sitzt ein Mann mit einem Schal um den Hals, der sein Gesicht bis zu den Augen hin bedeckt. Vermummt der sich? Eine Reisetasche aus Leder steht neben ihm. Was könnte nur in dieser Tasche sein? Hemden, Hosen, Toilettenartikel oder doch etwas Gefährliches, eine Bombe vielleicht, der Mann könnte ein Terrorist sein. Nein, er sieht unauffällig aus, er trägt gute Lederschuhe, ein dunkelblaues Hemd unter dem Sakko, trotzdem ist nur jemand, der etwas zu verbergen hat, nicht bereit, sein Gesicht zu zeigen, es wäre wohl sicherer gewesen wäre, mit dem Auto zu fahren. Mein Gott, was würde geschehen, wenn der Mann eine Waffe hervorholte, ein Messer oder eine Handgranate, ich könnte hier und heute in diesem Zug sterben.

Veronika, was war gestern nur los mit dir? Beinahe wäre der Abend ausgeufert in einen Streit. Diese Bahnfahrt wird sich hinziehen. Das Beste wird sein, wenn ich mich ausruhe. Was ist es nur gewesen, das mich an dir störte, während du sprachst? Es war etwas an dir, das mich zur selben Zeit an dich und auch an alles Mögliche denken ließ, ohne dass ein Gedanke sich abhob von einem anderen, und das hatte etwas Gruseliges, du willst mich verlassen, nein, das würdest du nie, würdest du? Ruf jetzt an, verdammt.

Wir sind auf dem Sofa gesessen, haben Wein getrunken und Käsestangen gegessen, du hast über ein Buch von einer Clarice-den-Familiennamen-habe-ich-vergessen gesprochen, davon, dass du dich, aber da habe ich dir nicht mehr zugehört, habe stattdessen an das bevorstehende Auswahlverfahren gedacht, an meine Konkurrenten aus der Firma und jetzt erinnere ich mich nur mehr an deine Stimme, die wie ein Plätschern war, ein ruhiges Plätschern, das dich schön aussehen und mich an einen Bach denken ließ und an einen Baum, gefolgt von Regen und Stille. Stille? Ja, so war es.

Veronika, ich höre dein Stimmengeplätscher, regnet es? Ist da ein Kribbeln in meinem Gesicht? Wo bin ich? In

Großmutters Haus, in ihrem Schlafzimmer, liege ich etwa auf ihrem Bett? Im Zimmer ist es kalt. Ich möchte schlafen. Im Erdgeschoß höre ich jemanden sprechen, es ist Mutters Stimme, Vaters Stimme und die der Verwandten. Neben mir steht ein Tablett mit einem Teller darauf und einem Glas. Was ist los, etwas beißt mich in den Knöchel, der Schmerz ist stark, ich bewege mich nicht, ist das eine Schlange? Eine Klapperschlange, hat sie mich gebissen in Großmutters Bett, das ist nicht möglich. Die Schlange verkriecht sich durch ein Loch in der Matratze, kein Lattenrost ist zu sehen, es ist Wüstensand, auf dem ich liege. In Österreich kann ich nicht sein, hier gibt es keine Wüste. Mir graut vor der Schlange. Werde ich sterben an ihrem Biss? Ich brauche ein Gegengift. Auf dem Tablett neben mir liegt jetzt ein Ei, wo kommt es her? Das muss ein Klapperschlangenei sein, ist es das Gegengift, wird sich alles klären? Ich werde mich nun überwinden und das Ei austrinken, mich ekelt, ich schlage es entzwei, trinke es leer in einem Zug, beinahe muss ich mich übergeben. Nein, ich muss das Ei in mir behalten, sonst werde ich sterben. Ich erhebe mich, stehe auf, der Boden trägt mich, ich gehe ein paar Schritte. Jetzt bin ich in der Stube bei den Eltern und den Verwandten. Sie sitzen um den Tisch, sie essen und trinken, ich sage, beinahe gestorben wäre ich jetzt. Die Eltern essen weiter. Hört ihr nicht, in Großmutters Zimmer war eine Klapperschlange, sie hat mich hier gebissen. Ich zeige auf meinen Knöchel. Mutter schüttelt den Kopf und sagt, Klapperschlangen gibt es nicht bei uns. Ich wäre beinahe gestorben, hört ihr nicht, ich rufe laut und werde lauter. Die Mutter lacht, der Vater lacht. Bin ich jetzt wach?

Ich hätte nicht einschlafen sollen, dieser merkwürdige Traum, was soll er nur bedeuten? Dass ich Angst vor Schlangen habe, aber das weiß ich ja. Ich werde mir jetzt die Beine vertreten. Mann, die Hose ist zerknittert, wieso ist da Schmutz auf meinem Schuh? Der nächste Waggon ist die erste Klasse, danach ist das Restaurant. Hoffentlich verkaufen sie nicht diesen grässlichen Automatenkaffee. Das Mobiltelefon klingelt. Vielleicht ist es Veronika, die endlich zurückruft. Nummer unbekannt, Veronika, hast du etwa die Nummer unterdrückt? Ich werde abwarten, ob du es warst und eine Nachricht hinterlassen hast. Ich werde dich jetzt sicher nicht anrufen. Keine Nachricht, du bist an der Reihe, du musst mich anrufen. Oder sollte ich, Moment, sitzt hier Annette? Sie scheint weit entfernt, fast so, als wäre sie jemand, der morgens, sofort nach dem Aufwachen, den Fernseher einschalten muss.

Es wird ein Leichtes werden, mich gegen sie durchzusetzen, ich werde sie grüßen, ein freundliches Gesicht aufsetzen, vorbeigehen.

Hallo Annette.

Sie reagiert nicht.

Annette, du auch hier? Was für eine schöne Fahrt, nicht?

Sie beachtet mich nicht, dann eben nicht, du Trampel, denke ich und gehe weiter.

Dieses Hin und Her stört mich nicht, wirklich nicht. Während der Woche bewohne ich, Franz Seidlinger, eine kleine möblierte Wohnung in der Nähe der Agentur. Achtundzwanzig Quadratmeter, mehr Platz benötige ich nicht. Am Wochenende fahre ich nach Hause zur Familie. Mein ganzer Stolz sind meine Frau und die beiden Kinder.

Wie in eine andere Welt begebe ich mich, wenn ich bei ihnen bin. Da legt sich in mir ein Hebel um, schon wenn ich die Einfahrt entlang fahre, stelle ich mir vor, wie ich den Anzug ausziehe, in die alten Jeans schlüpfe, die Lederjacke raussuche und ein weißes T-Shirt. Dann kann ich endlich für mich sein, entspannen, Motorrad fahren. Aber während der Woche kann ich von mir behaupten, dass ich zehn bis zwölf Stunden am Tag arbeite. Ich bin belastbar und was mir kaum jemand glaubt, ich mache das gerne, viel arbeiten, bis zu vierzehn Stunden am Stück, auch das kommt vor.

Es stört mich wirklich nicht, das Hin- und Herfahren an den Wochenenden, im Gegenteil. Ich bin froh über die Abwechslung, und mit dem Auto fahre ich gerne. Jeden Freitag nach der Arbeit gehe ich in die Wohnung und bereite mir mit meiner beinahe zehn Jahre alten Bialetti-Espressokanne einen Kaffee zu. Kaffee ist nicht gleich Kaffee, das muss einmal gesagt werden. Ich bin wählerisch, kaufe nur biologisch Angebauten aus fairer Erzeugung. Dafür fahre ich alle zwei Wochen beinahe bis ans andere Ende der Stadt in das wunderbare Kaffeegeschäft. Nachhaltigkeit ist mir wichtig. Und freitags, wenn ich höre, wie der Kaffee in der Kanne zu sprudeln beginnt und rieche, wie sich der Duft in der Wohnung ausbreitet, dann bin ich schon im Vorhinein der liebende Vater. Ich fülle den frisch gemachten Kaffee in die Thermoskanne und deponiere sie im Auto neben mir auf dem Beifahrersitz. Dazu lege ich die Box mit den belegten Broten: zwei mit Butter und Salami, zwei mit Emmentaler und Essiggurken. Ich fahre los, meine Familie wartet auf mich, ich bin glücklich. Wer etwas anderes von mir behauptet, ist ein Lügner.

Es ist nun mal so, die Trennung von Beruf und Familie setzt Prioritäten, bei genauer Betrachtung ist das ein Vorteil. Ich kann mich auf die Arbeit konzentrieren, wenn ich arbeite, und auf die Familie, wenn ich zu Hause bin.

Ich bin belastbar, das ist meine Stärke, und meine Belastbarkeit lasse ich mir von niemandem kaputtreden, nicht von meinen Kollegen und auch nicht von meiner Frau. Burn-out oder so etwas, das gibt es bei mir nicht, dafür bin ich viel zu kräftig, zu robust.

In zwei Stunden werde ich schon im Hotel angekommen sein und die Kollegen treffen. Wer außer mir wird noch da sein? Der Griegler wahrscheinlich, Annette vielleicht, Horst mit Sicherheit, er wird mein größter Konkurrent werden, darüber werde ich später nachdenken. Robust war das Stichwort, was gibt es noch zu sagen zu meiner Person?

In zweihundert Metern rechts abbiegen, sagt die Stimme des Navigationsgeräts.

Ich schalte das Radio ein, Volksmusik, nein, ich schalte weiter, Pop, nicht wirklich, dann ein Klavierkonzert, noch nie hat mir klassische Musik gefallen, diese Monokulturwälder, warum pflanzen sie nicht Laub- und Nadelbäume abwechselnd, ah, ein Verkehrsschild: Achtung Wildwechsel.

Ein Anruf von Sonja. Nicht doch, nicht schon wieder.

Hallo Sonja.

Franz, du und deine Wochenendarbeitstermine. Wann kommst du jetzt nach Hause?

Das Seminar wird bis Sonntagabend dauern. Ich werde danach gleich in die Stadtwohnung fahren, du weißt, wie sehr ich das bedaure.

Nie, wirklich nie bist du bei uns, ich glaube schon, wir sind bedeutungslos für dich.

Das stimmt nicht. Ich mache das nur für die Familie, das viele Arbeiten, du willst ja neue Kleider, neue Taschen, in den Urlaub fahren, Reitstunden für Marlene, Klavierstunden für Konstantin und, und, und, nur für euch mache ich das. Damit es euch gut geht, damit ihr zufrieden seid.

Du wirst den Kindern am Wochenende fehlen.

Ja? Und, was werdet ihr unternehmen?

Am Samstag ist doch Kochabend. Hast du das etwa vergessen?

Wie könnte ich? Mach dir mit deinen Freundinnen einen netten Abend.

Du bist mit dem SUV unterwegs und ich wollte doch noch in den Bioladen fahren.

Fahr doch mit dem BMW.

Du weißt, das geht nicht. Die alte Klapperkiste, den müssen wir eintauschen. Gerade am Samstag fahren alle in den Bioladen.

Dann nimm dir ein Taxi, Sonja, ich muss Schluss machen, Liebling, ich sehe eine Polizeikontrolle direkt vor mir, du, ciao.

Schnell das Handy ausschalten, den Kochabend hatte ich ganz vergessen, es wird mir erspart bleiben, dabei zu sein, wenn sie und ihre Freundinnen um unsere Kücheninsel herumstehen, Rotwein trinken und Snacks zubereiten, Glück gehabt. Kaffee könnte ich jetzt gebrauchen und eine kurze Pause.

Vor fünfzehn Jahren war das nicht absehbar, Vater zu sein, Kinder zu haben. Ich habe ganz für mich in meinem Haus gewohnt, dem Familienhaus, mit den von Mama an die Garagenwand gemalten Lilien, mit den Erbstücken, den Silberkannen, der Kommode aus dem achtzehnten Jahrhundert und an den Wänden waren meine Star-Wars-Plakate.

Jetzt habe ich eine Frau, die Designermöbel in mein Haus geschleust hat, und meine alte Kommode verstaubt auf dem Dachboden.

Sie will nicht in einem Erbstückmuseum wohnen, hat

sie gesagt, sie will sich was aufbauen mit mir, etwas Eigenes, nicht die Dinge meiner Herkunftsfamilie um sich haben.

Das war doch alles nicht geplant, das Leben mit Kindern.

Ich bin ja nicht einmal sicher, ob sich überhaupt etwas richtig planen lässt, oder ob das Leben nur so dahinfließt und ich obendrauf ohne Handhabe mitfließe. Schluss jetzt mit diesen Gedanken. Sich einfach nicht dagegen stemmen, dann folgt die Zufriedenheit wie von selbst. Nicht wehren, nicht auflehnen, nicht mit sich hadern. Omas Leitmotiv habe ich immer befolgt.

Jetzt sind da Sonja mit Konstantin und Marlene, ich bin in der letzten Runde des Auswahlverfahrens, ich bin angekommen. Fast alles ist erreicht. Gut, die Ineffizienz stört mich. Darüber muss ich mit Sonja reden, ich kann Ineffizienz nicht ausstehen, nicht bei ihr, die behauptet, am Ende ihrer Kapazitäten angekommen zu sein. Das stimmt natürlich nicht, sie hat ihre Pausenpuffer, ihr Telefonieren zum Beispiel. Drei Stunden am Tag telefoniert sie mit ihren Freudinnen, und das ist Durchschnitt. Natürlich muss sie sich austauschen, das verstehe ich, aber zwei Stunden würden genügen, da wäre Sparpotenzial, enormes Sparpotenzial, wie auch beim Einkaufen.

Ich habe das überprüft, in zwanzig Minuten erledige ich den Einkauf, für den sie mehr als eine Stunde benötigt. Ich will ihr das nicht vorwerfen, es ist ja ihre Sache, wir werden uns das weiterhin leisten, ich gönne ihr das, wirklich.

Auch bei den Kindern will ich mich nicht einmischen, und die Idee mit dem Aquarium, Fische als Geburtstagsgeschenk für Konstantin, die finde ich gut. Ich will keiner von diesen abwesenden Vätern sein, die sich nicht für ihre Kinder interessieren. So einer bin ich einfach nicht.

Ich google Aquarium. Die neuen Fische werde ich mit aussuchen gehen, ebenso die Wasserpflanzen. »Mein Aquarium«, das Buch bestelle ich jetzt und nächste Woche werde ich es lesen, ganz sicher, und Konstantin werde ich am Wochenende alles erklären, das wird unser gemeinsames Projekt werden, ich freue mich darauf. Noch ein Schluck Kaffee und weiter geht es Richtung Beförderung.

Zwei Augen, die Ausschau halten. Ich habe gelernt, ruhig zu werden. Das habe ich mir erarbeitet nach diesen Vorfällen.

So wird das nichts, Annette Stumpner, die einführenden Worte zu deiner Person müssen anders lauten, und die Vorfälle darfst du nicht ansprechen, das wäre fatal, da würdest du dich vom Griegler, ausgerechnet von ihm, oder von Horst und wer weiß, wer noch alles dabei sein wird, da würdest du dich angreifbar machen. Das geht nicht.

Wie ein Mantra sage ich mir diese Worte und notiere auf meinem Block: nachdenken, du musst nachdenken.

Wollen Sie ein Erfrischungsgetränk oder Kaffee, darf es ein Glas Prosecco sein, fragt die Zugbegleiterin.

Einen Milchkaffee, bitte.

Die Rückenlehne des Erste-Klasse-Sitzes fühlt sich gut an, und die Armlehne ist richtig angenehm. Aus dem Kopfhörer singt Bonnie Tyler *Total Eclipse of The Heart*. Mit Bonnie schließe ich die Augen, will mich wegtanzen, fortwirbeln.

Schon tauchen die Bilder in mir auf. Ich will mich jetzt nicht im Kino sitzen sehen.

Es gibt kein Entkommen, die Lebensberaterin hat gesagt, wenn die Bilder auftauchen, gehen Sie in die Bilder hinein. Lernen Sie, die Kontrolle zu behalten. Beschreiben Sie sich in der dritten Person, so können Sie sich von den Bildern distanzieren.

Annette sieht sich einen Film an, und während der Film abläuft, entwickelt sie das Bedürfnis, die neben ihr Sitzenden zu beobachten. Annette sieht nur schemenhaft beleuchtete Gesichter, die nach vorne gerichtet sind, beinahe eine Front bilden, und sie fühlt sich wie verschluckt von dem Dunkel um sie herum. Annettes Konturen scheinen mit der Menge zu verschmelzen. Das hat etwas Erdrückendes. Auf der großen Leinwand ist ein Standbild und alles verwirrt sich in Annette, um sie herum regt sich niemand. Annette sieht einzig die Großaufnahme eines Mannes auf einem Boot voller Menschen. Die Menschen liegen Körper neben Körper, sie bewegen sich nicht. Erschöpfung ist in ihren Gesichtern. Sie liegen auf dem Boden, die Gesichter voneinander abgewendet. Wellen schlagen gegen das Boot.

Annette sitzt im Dunkeln, sie meint, sie wäre ganz allein. Beinahe kann sie die Hitze der Sonne spüren, die brennen muss auf den Köpfen der Menschen, die in ihrer Bewegungslosigkeit ausharren.

Die Starre zu sehen wird unerträglich für Annette, bis der Mann in Großaufnahme sie endlich erlöst, er beginnt sich zu bewegen, langsam zieht er sich hoch, sie ist froh, es geschieht etwas, und mit letzter Kraft und ohne speziellen Ausdruck im Gesicht lässt sich der Mann in das Wasser gleiten.

Annette hört das Plätschern seines Körpers im Wasser, sie sieht die anderen Menschen auf dem Boot, die nicht auf seine Tat reagieren, und sie sieht die Wellen gegen das Boot schlagen, wie zuvor.

Der Milchkaffee steht auf dem ausgeklappten Tablett.

Eine Bluse trug sie an jenem Abend, eine enge schwarze Bluse und eine Strickweste darüber, den graumelierten Rock, die schwarzen Stiefel, und wie immer hatte sie ihre »Neverfull« von Louis Vuitton dabei.

Sie ist aufgestanden nach dieser Szene, konnte das Ertrinken des Mannes nicht ertragen, sein lautloses Gleiten, konnte nicht ertragen, dass sie froh war, dass endlich etwas geschah, auch wenn es sein Ertrinken war. Nicht räuspern, jetzt nur nicht räuspern.

Nach dieser Szene ist Annette erst langsam, dann schneller auf den Ausgang des Kinosaals zugegangen, es kitzelte in ihrem Hals, sie wollte das nicht, dem Hustenreiz nachgeben, während sie sich im Vorführungssaal befand, es gehörte sich nicht, hier aufzufallen. Und es kitzelte weiter in Annettes Hals, wie aus einer anderen Welt kam dieses Kitzeln, und Annettes Herz klopfte schnell und schneller, und Annette begann zu husten, während sie aus dem Saal ging, und das Kitzeln hörte nicht auf, der Husten wurde stärker, Annette beschleunigte ihre Schritte, Annette begann nach Luft zu ringen, da war zu wenig Luft, da war.

Ich kann jetzt unterbrechen, ich habe keinen Hustenreiz, ich spüre kein Kitzeln. Ich sitze im Zug und werde zu dem Auswahlseminar fahren. Ich arbeite. Wenn ich arbeite, bekomme ich keine Panikattacken, ich kann dieses Bild jetzt verlassen, Annette geht aus dem Vorführungsraum und ich gehe aus dem Bild.

Nein. Annette konnte den Husten nicht stoppen, und als sie das begriff, wurde der Husten stärker und die Wände um sie herum kamen näher und nichts erschien ihr mit einem Mal mehr wichtig, nur der Husten, der nicht zu unterdrücken war und der Atem, der kaum einen Weg aus ihr heraus und in sie hinein fand und immer noch sah sie diesen Mann ins Wasser gleiten.

Annette war im Kinofoyer, sie hustete, sie konnte nicht mehr stehen, sie wollte sich setzen, da war kein Stuhl und sie sackte in sich zusammen, kniete sich auf den Boden. Mit der Handfläche auf dem Brustkorb klopfte Annette gegen das Brustbein und versuchte den Atem zu besänftigen.

Die Klopfbewegung wirkte, es wurde leichter, doch dann kamen Menschen ins Foyer und sie wollte keinesfalls, dass jemand sie sah, kniend, im Kinofoyer.

Sie wollte sich verkriechen, wollte unsichtbar werden, sie versuchte, leise zu husten, so leise es ihr möglich war, und je mehr sie danach trachtete, umso stärker wurde der Hustenreiz, umso schwieriger die Atemkontrolle.

Ich werde unterbrechen, ich werde bis zehn zählen, eins, zwei, ich werde an Schuhe denken, Stiefeletten, jetzt sehe ich Annette auf dem Boden knien und nach Luft ringen, sie darf nicht knien, sie muss sich auf den Rücken legen. Die Menschen laufen auf sie zu, es ist ihr so peinlich, sie schämt sich. Husten ist Charaktersache, hört sie Mutti sagen, man muss nicht husten, ein starker Mensch unterdrückt diesen Reiz, bist du ein starker Mensch, Annette? Natürlich nicht, du lässt dich gehen, das weiß Mutti schon seit immer.

Einer der Passanten wollte den Notruf wählen. Nein, bitte nicht den Notruf, versuchte Annette zu sagen, der Husten, sie bewegte die Hände, sie rang nach Luft, nur die Luft, die machte, was die Luft wollte, sie gehorchte ihr nicht.

Einer der Menschen kniete sich neben Annette, nahm ihre Hand und blickte sie an.

Es war die Hand, es war die Hand, die sie beruhigte, und Annette drückte diese fremde Hand, atmete ein und atmete aus, ein und aus und fand zurück in einen Atemrhythmus.

Hallo, ich bin 45 Jahre alt und in meiner Freizeit habe ich Panikattacken, die ich während einer Zugfahrt aus dem Fenster blickend nachlebe. Was stimmt nicht mit mir? Ich meine, ich möchte doch ein Kind bekommen. Nein, als Mutter wäre ich nicht geeignet. Ich möchte wirklich kein Kind bekommen. Ich möchte Geschäftsführerin werden. Ich verfüge über einen gut funktionierenden Körper, ich kann über ihn bestimmen. Ich werde von nun an keine Panikattacke mehr bekommen. Ich werde mir eine Katze aus dem Tierheim holen. Ich wollte schon seit meiner Jugend eine Katze. Wieso habe ich keine Katze? Meine Wohnung ist groß genug für mich und eine Katze. Ich sehe mich noch immer im Kinofoyer stehen, ich wollte nur raus aus diesem Foyer, raus aus diesem Gebäude, am liebsten wollte ich mich unsichtbar machen, verschwinden, irgendwohin, wo niemand mich sähe, und ich blickte aus dem Fenster auf die Bar gegenüber.

Als ich auf dem Barhocker saß, bestellte ich Weißwein, Oliven, Mineralwasser und Martini, ich wollte nicht in meine Wohnung zurück. Ich wollte mit jemandem sprechen, der mir etwas bedeutete. Hätte ich eine Katze gehabt, vielleicht wäre es mit den Panikattacken nicht so weit gekommen. Doch ich saß in dieser Bar und fragte mich nur: wie weiter? Es war das erste Mal, dass ich ernsthaft daran dachte, ein Kind zu bekommen, und so lange ist das noch nicht her. Zwei Wochen, nicht ganz drei Wochen. Seitdem, ist das Horst, der den Gang entlangkommt? Ihm will ich jetzt nicht begegnen, lieber lehne ich den Kopf ans Fenster und blicke nur scheinbar hinaus. Panikattacke, oh, Panikattacke, ich schließe die Augen.

Liza Minelli, ihr Gesicht sehe ich vor mir, wie aus einem Nirgendwo, Lizas tränenüberströmtes Gesicht und ihre großen, braunen Augen. Dieses Bild muss aus einem Video der 1980er Jahre sein, die Großaufnahme der Tränen, typisch 80er Jahre, jetzt nicht an Rehe denken, an samtbraune Augen oder lange Nächte ohne genügend Schlaf.

Hallo Annette, sagt Horst.

Liza Minelli betritt die Bühne, ich glaube, sie ist in Las Vegas in einem Theater, und ich sehe sie tanzen, ja, sie steppt und sie singt über Panikattacken, freudig und froh singt sie über Panikattacken.

Annette, du auch hier? Was für eine schöne Fahrt, nicht, sagt Horst.

Liza singt weiter und die Tänzer laufen auf sie zu, schnell und schneller, dann bleiben sie stehen und Liza berührt die Wangen der jungen Tänzer.

Horst geht.

Endlich ist er weg, wie er den linken Fuß hinter dem rechten herzieht und sein Kopf beinahe zwischen den Schultern zu verschwinden scheint, als hätte er keinen Hals, so angespannt wirkt er, dass er sich wohl als Ganzes in sich zusammenziehen muss.

Er hat keine Chance auf den Job, ich weiß ja, wie gut ich darin bin, die Aufmerksamkeit jederzeit jemandem entziehen zu können, besonders dann, wenn die betreffende Person Aufmerksamkeit von mir erwartet.

Vergangenheit, wen interessiert das? Nicht Helmut Griegler. Was zählt, ist die Zukunft. Wozu erinnern? Etwas Konkretes aus der Kindheit, da ist nichts. Natürlich ist mir das eine oder andere erzählt worden, ich habe auch Fotos gesehen, aber ein Foto, das ist keine Erinnerung, das ist etwas anderes, da gibt es schon einen Unterschied, und bei mir funktioniert das nicht, dass ich mir ein Foto ansehe und mir dann etwas einfällt.

Es reicht aus, was ich weiß. Ich hatte Asthma als Kind, das war schlimm. Einige Male war ich deswegen auch im Krankenhaus. Ich muss noch sehr klein gewesen sein, ein junger Bub, vier oder fünf Jahre alt, oder vielleicht noch jünger. Ich weiß nichts mehr von diesen Aufenthalten, für mich ist es, als hätten sie nie stattgefunden, nichts hat sich mir eingeprägt.

Mama hat mir einen großen Bagger mitgegeben, hat sie mir erzählt, und meinen Teddybären. Ich sei damals wie ein kleines Häufchen im Krankenbett gelegen, sie habe mich ihr Helmuthäufchen genannt. Sie hat gesagt, dass sie mich am liebsten zusammengefegt und eingepackt hätte. Sie wollte mich nicht bei den Ordensschwestern zurücklassen.

Ob ich noch weiß, dass mein kleiner Bruder damals, dass der mich auf dem Schulweg immer verteidigt hat, hat sie manchmal gefragt. Er hat sogar die großen Buben statt mir verprügelt, denn ich war scheinbar schmächtig und ganz blass.

Aus gesundheitlichen Gründen habe ich wohl früh schon auf viel verzichten müssen, aber Buben, die beim

Sport nicht so top sind, die werden schnell in ein Mädcheneck gedrängt, und anscheinend war das bei mir auch so. Obwohl ich davon nichts weiß, und offen gesagt, kann ich mir das auch nicht vorstellen, ganz und gar nicht, fast undenkbar ist das.

Ich bin super fit und in Form, dreimal in der Woche gehe ich ins Fitnessstudio und mit dem Laufen habe ich begonnen. Einen Marathon werde ich laufen in einer Superzeit, und schaffen werde ich das, denn schaffen kann ich alles, da gibt es keine Grenze, kein Tabu. Da bin ich, manche würden sagen, beinahe fanatisch, und das macht mich stolz.

Früher bin ich oft rot geworden im Gesicht, aber das hat sich wegtrainieren lassen, jetzt werde ich nicht mehr so leicht rot, zumindest nicht im Gesicht. Das ist zu empfehlen, das Umtrainieren, das kann man schaffen, wenn man will, kann man das erreichen. Ein rotes Gesicht, das hat ja so etwas Unkontrolliertes. Was das heißt, das werde ich mir nicht überlegen, obwohl, jetzt könnte ich schon darüber nachdenken, nein, nicht heute, heute passt das gar nicht.

Wenn ich mir schon die Mühe mache, meine Gedanken aufzuzeichnen, dann bin ich der Bestimmer, niemand sonst, auch nicht mein Psychiater, der mir geraten hat, mehr über mich zu sprechen, besonders vor Zeugen.

Aber diese Zeugensache, die brauche ich nicht, wirklich nicht, das bringt ja nichts, ich verrate mich ja nicht selber. So weit kommt es noch, habe ich gesagt. Jetzt fahre ich eben mit dem Auto herum, einfach so durch die Gegend, nicht schneller als achtzig Stundenkilometer, und statt Mick Jagger zu hören, höre ich meine Aufzeichnungen oder zeichne mich selber auf während der

Fahrt, so wie jetzt, denn eine freiwillige Fahrt ist das ja nicht ins Hotel Weitblick.

Der Name Weitblick, der passt aber zu mir, denn einen Weitblick habe ich, vorausschauend denken, unbeirrt vorangehen, das kann ich. Als wäre ich in der Weite der Prärie und ein Bandit noch dazu, ja, einmal Bandit sein, einfach drauflos mit Colt und Gitarre, herumziehen ohne nachzudenken, was ist denn jetzt los? Was geschieht hier?

Was war das für ein Überholmanöver, so ein Idiot! Auf der Landstraße, in dieser Kurve konnte der nicht erkennen, ob ein Gegenverkehr, jetzt zeigt der mir den Stinkefinger, das gibt es ja nicht, das lasse ich nicht auf mir sitzen!

Unterzuckert, würde mein Psychiater sagen, oder worin sonst könnte der Grund dafür liegen, sich herausfordern zu lassen von einem halsbrecherischen Überholmanöver irgendeines zufällig zur selben Zeit, auf derselben Straße fahrenden Autofahrers?

Sie sind doch nicht mehr zwanzig, Helmut, und selbst mit zwanzig wäre es beschämend, sich auf eine Rennfahrt einzulassen oder anzunehmen, dass so ein Rennen überhaupt stattfinden könnte. Bedenklich wäre das und vor allem, was sagt es über Sie aus?

Befassen Sie sich doch mit dieser Frage, befassen Sie sich mit den wichtigen Dingen, Ihrem Zorn zum Beispiel, wo könnte der Zorn in Ihnen verortet sein, wollen Sie darüber einmal nachdenken?

Will ich nicht und auch nicht an der Stelle meines Psychiaters zu mir sprechen. Der ist nie auf meiner Seite.

Ich möchte doch nichts anderes als meine Laufschuhe anziehen und trainieren. Laufen, das ist meine Welt, ein einzigartiges Gefühl ist der kurze Moment, bevor die Sohle des einen Fußes den Boden berührt, beginnend mit der Ferse, dann der Ballen, am besten im freien Gelände, am schönsten im Wald, direkt und nicht auf vorgetretenen Pfaden. Wenn zur selben Zeit der andere Fuß sich vom Boden abhebt, das ist dieser Augenblick, dieser Sekundenbruchteil, wenn keiner der beiden Füße am Boden und alles im Einklang ist, in diesem Flugmoment, da bin ich zufrieden.

Ich werde dem jetzt nachgeben, das Fenster öffnen, die Außentemperatur prüfen. Eine kleine Strecke, eine kleine Strecke nur werde ich laufen, fünfzehn Minuten, es ist kühl. Die kurze Hose könnte ich anziehen, raus aus dem Slim Fit und den Lederschuhen, die Kurze wird reichen, um ein paar Kalorien mehr zu verbrauchen, na ja, mehr als ein paar Kalorien, natürlich. Dann könnte ich mich später beim gemeinsamen Abendessen für eine Semmel entscheiden, die ist ja aus reinem Zucker, aber eine Semmel mit Aufstrich, mit Gurkenscheiben und Paprikastücken könnte ich dann essen, ich werde jetzt vorab die zusätzlichen Kalorien verbrennen, dann werde ich, ohne nachdenken zu müssen, das Abendessen überstehen, einfach so, und dann noch ein Mineralwasser und noch eines und vielleicht eine Cola Zero. Ich muss jetzt laufen, den Timer einstellen, zwanzig Minuten, diese Zeit kann ich aufholen, ich bin früh genug losgefahren, ich werde mich nicht verspäten. Ich habe Zeitreserve.

In den Laufschuhen und der kurzen Trainingshose bin ich unbeirrbar. Anders als an manchen Abenden in der Bar mit meinen Freunden, an denen ich still bin, richtig schweigsam. Dabei rede ich gerne und ich kann das auch, das Reden, Gespräche führen in der Bäckerei, mit den Nachbarn, mit Kunden, mit Kollegen. Keine Probleme habe ich mit dem Sprechen, viel sagen, viel tun, so habe ich mir mein Leben eingerichtet.

Ich will nicht immer nachdenken müssen, ach, dieser Psychiater, was der alles von mir will, dafür habe ich gar nicht die Zeit, für dieses dauernde Nachdenken, und ich will auch nicht, dass ich beginne, mich dann irgendwo hinzudenken, dass ich auf den Gedanken kommen könnte, dass gar nichts so ist, wie es ist, dass ich vielmehr nur glaube, dass manches so ist, mich aber irre, wie das gelegentlich in den Träumen vorkommt, die jeder kennt, man träumt zum Beispiel, nackt vor aller anderen Augen herumzustehen und zu gehen und alle merken das und sagen nichts, bis es zu spät ist, bis man sich schon danebenbenommen hat, ohne es zu merken. Vielleicht das ganze Leben lang schon nichts bemerkt hat. Dass so etwas passieren könnte oder vielleicht dauernd passiert, das denke ich dann, aber das lasse ich mir nicht gefallen, auch nicht von meinem Psychiater, der hält mich von gar nichts ab und vom Laufen erst recht nicht. Den Inhalator noch in die Brusttasche, jetzt laufe ich los Richtung Flugmoment.

Willkommen, verehrte Teilnehmer, ich begrüße Sie zu unserem Assessment-Seminar. Darf ich mich vorstellen, mein Name ist Marius Tankwart. Kurz zum Ablauf: Wir starten dieses Wochenende mit dem gemeinsamen Abendessen und danach wird die erste Arbeitsrunde stattfinden. Auch morgen wird uns ein intensiver Tag erwarten und am Sonntag vor dem Mittagessen wird die Entscheidung fallen. Übrigens: unser Seminarraum »Harmonie« befindet sich im ersten Stock, und das Buffet in diesem Hotel ist ausgezeichnet. Guten Appetit!

Annette streicht ihr Kleid glatt, bevor sie aufsteht. Ich bin wie immer die einzige Frau auf dieser Führungskräfteebene, und darüber ließe sich wohl ein Lied singen: das Lied von der letzten Runde. Sie lacht in sich hinein, geht zum Buffet, nimmt einen Teller, belegt ihn mit Parmesanstücken, getrockneten Tomaten, Prosciutto, Honigmelone und Weißbrot, dann blickt sie Richtung Tisch, der Griegler ist aufgestanden, im Super Slim nähert er sich dem Buffet. Der Platz neben ihrem ist nun leer.

Mahlzeit, Annette, sagt er und zwinkert.

Sie beachtet ihn nicht, geht zurück an den Tisch, setzt sich und trinkt einen Schluck Apfelsaft, dabei konzentriert sie sich auf den Schluckvorgang.

Helmut geht gezielt auf die geschnittenen Gurkenscheiben zu. Bevor er sie auf den Teller legt, zwingt er sich, innezuhalten. Er muss sich für ein anderes Gericht entscheiden. Helmut blickt sich um. Er wird einen großen Teller mit Kürbisauflauf, Tomatensauce und Salat belegen und sich zusätzlich einen kleinen Teller mit Gurken und ein Stück Vollkornbrot nehmen. Er wird drei oder vier Bissen vom Auflauf essen, das Gericht loben, um sich danach den Gurken zu widmen und den Auflauf abservieren zu lassen. Leider bin ich heute appetitlos, wird er der Kellnerin sagen.

Horst sagt an Franz gewandt, du, eine Zugfahrt ist nicht zu empfehlen, der Entspannungsfaktor ist gleich null, zu viele Menschen, und man weiß nie, was einem widerfahren kann.

Franz antwortet, echt? Autofahren entspannt mich. Ich fahre gerne und viel.

Horst sagt, ich weiß, du pendelst jede Woche. Horst denkt, hat der sich die Zähne aufhellen lassen?

Die Kandidaten sitzen um den Tisch, mit erwartungsvollen Blicken. Sie essen, doch sie zeigen nicht sich selbst. Ja, würden sie? In dieser Welt? Wäre es ein Albtraum oder ein Neubeginn? Mein letztes Seminar hat begonnen, es ist so weit. Consulting ade!

Wir treffen uns in dreißig Minuten im Seminarraum, falls Sie Kaffee oder Getränke mitbringen möchten, können Sie das gerne tun, sage ich, stehe auf und nicke in die Runde.

Im Zimmer riecht es nach Raumerfrischungsspray. Die Putzfrau muss hier gewesen sein, Magnolienduft liegt in der Luft. Ich mag den Geruch nicht, gehe zum Fenster, öffne beide Flügel, strecke den Kopf hinaus, halte nach der Amsel Ausschau, mich fragend, ob sie schon schläft und ob sie weiß, dass auf jeden Tag eine Nacht folgt. Wie einfach ist doch diese Klarheit. Daran will ich mich in Zukunft orientieren. Das Einfache, nicht die komplizierten Dinge. Ich schließe das Fenster und als gäbe es eine Verknüpfung zu diesem geschlossenen Fenster, sind sie da, die Gedanken an mein Zögern, als sich mir die Frage stellte, wie ich mich verabschieden sollte von meinem Beruf, dem bisherigen Leben. In Frau Mundgolds Antiquariat bin ich gesessen, sie hat mir wieder einmal von ihrer Tochter erzählt, die in Mexiko lebt. Fahr doch hin, hat sie gesagt und ich habe erst abgewehrt und nur daran gedacht, den beruflichen Abschied möglichst gut hinzukriegen. Gut, aber für wen, habe ich mich gefragt und sofort war da diese Unklarheit. Wie verschwommen wurde es in mir, und ich wusste mit einem Mal nicht mehr, ob ich die vereinbarten Seminare zur Gänze absagen oder nur verschieben sollte bis,

bis wann denn nur, bis ich wieder zurückkehren würde in den Beruf. Diese schreckliche Unsicherheit, sie war nichts anderes als ein Hilferuf an mein altes System, es doch noch einmal hochzufahren. Dann notierte ich, Tankwart, im Hotel Weitblick wird dein Abschiedsseminar sein. Eine Rückkehr ist ausgeschlossen. Und ich ließ mich nicht beirren, setzte den nächsten Schritt, es waren nur ein paar Klicks zu einem Flug, gebucht für Montag nach dem Seminar.

Hannelore Mundgold wird mich am Flughafen in Mexiko City erwarten, schon in drei Tagen wird es wahr. Die Vorfreude dreht sich in meinem Kopf wie die Scheinwerfer eines Leuchtturms. Das Meer aber bleibt dunkel.

Fritzi, du! Wie lange habe ich nicht an dich gedacht. Ein Jäger hat dich damals zu uns gebracht. Wollt ihr den Raben großziehen, hat er Mama gefragt, er muss wohl aus dem Nest gefallen sein, bevor er fliegen konnte, hat er gesagt, da gibt es keinen Weg zurück.

Fritzi habe ich dich gerufen und Regenwürmer für dich gefangen. Du hast bei den Hühnern gewohnt. Ich glaube, auch sie hatten dich gern. Wir haben Fangen gespielt und Mama hat dich bei uns gelassen. Wenn du zu ihr geflogen bist, hat sie dich verscheucht, aber sonst hat sie dir nichts getan. Ins Haus hinein durftest du nicht. Auch nicht durch das Fenster, nur einmal warst du mit mir in meinem Zimmer. Ich habe dir aus dem großen Heimwerkerbuch vorgelesen und jeden Morgen, wenn ich mit dem Fahrrad erst den Schotterweg, dann die Hauptstraße entlang zur Schule gefahren bin, habe ich gewusst, dass du deine Kreise über mir fliegen wirst, auch wenn ich dich nicht gesehen habe, und manchmal hast du dich während der Fahrt auf meine Schulter gesetzt.

In diesen Momenten habe ich geglaubt, ich könnte alles schaffen mit dir an meiner Seite. Ich habe gedacht, wir beide wären unaufhaltsam, und im Stillen habe ich darauf gewartet, wann du endlich zu sprechen beginnen würdest. Und während du zu mir sprechen würdest, würdest du wachsen und so groß werden, dass ich mich auf deinen Rücken setzen und mit dir davonfliegen könnte. Dieser Gedanke war es, der mir geholfen hat, an deiner statt zu sprechen. An meine Worte erinnere ich mich nicht, sie sind einfach aus mir herausgekommen, wie von selbst, und auch meine Stimme klang anders, und was ich ausgesprochen habe, hat sich richtig angefühlt. Mit dir auf meinen Schultern war ich nicht allein. Ich glaube, ich habe dir meine Einwände erzählt, habe über Dinge geredet, die ich nicht verstehe, und ich habe meine Wünsche formuliert und meine Träume, auch wenn sie sich mir nicht immer völlig erschlossen haben. Wir waren ein Team bis zu jenem Tag, an dem ich die Gewissheit hatte, dass du nicht mehr wiederkommen würdest.

Mama hat am Abend Milchreis gemacht und extra viel Zimt mit Zucker darauf gestreut. Ich hatte den ganzen Nachmittag nach dir gerufen, dich gesucht bei den Hühnern, war auf den Kirschbaum geklettert, hatte Ausschau gehalten. Mama hat gesagt, ich solle hereinkommen. Ich wollte nicht, nicht ohne zu wissen, dass du wieder da warst. Du musstest ja irgendwo sein. Du würdest mich nicht verlassen und einfach davonfliegen. Dein Zuhause war bei mir. Und als ich dann doch am Tisch saß, hat Mama gesagt, iss, und ich habe mich gewundert, warum sie Milchreis gemacht hatte, an einem einfachen Wochentag. Dein Lieblingsessen, lass es dir schmecken, und nach einer kurzen Pause hat sie gesagt, Fritzi ist tot. Der Huberbauer hat ihn erschossen, er hat gemeint, das Rabenvieh frisst seinen Hühnern das Futter weg. Die Huberbäuerin hat es mir vorher gesagt, geflucht hat der Huberbauer über uns, dass wir so blöd sind, einen

Raben zu halten, der in der Gegend nur für Wirbel sorgt. Ist nicht schade um das Tier.

Hat er denn die Markierung am Bein nicht gesehen? Wir haben der Fritzi ja einen Gummiring umgebunden.

Hat eh so viel gefressen, dieser Rabe, und ein wirkliches Haustier ist er nicht gewesen. Lass dir den Milchreis schmecken. Das Kirschkompott habe ich nur für dich aufgemacht. Daraus darfst du heute naschen, so viel du willst. Nachdem sie das gesagt hatte, ist sie aufgestanden und weggegangen.

Ich setze mich, schließe kurz die Augen und lehne mich zurück. So ist es gewesen, sage ich, öffne die Augen, greife nach einer Karteikarte und lese:

Das Kind wird gefüttert, gebadet und trockengelegt. Im übrigen aber vollkommen in Ruhe gelassen.
Johanna Haarer

Wir wissen alle, weswegen Sie hier sind, ich möchte daher auf eine Vorstellrunde verzichten, sind Sie einverstanden? Sie nicken, gut, dann hätte ich noch eine Bitte, ich würde Sie gerne mit Ihren Vornamen ansprechen und beim Sie bleiben, ist das in Ordnung?

Okay, sagt Horst, und auch die anderen bejahen.

Dann formuliere ich meine erste Frage, sie lautet: Was ist *tschulpi*?

Wie bitte, fragt Horst, ich habe Sie, glaube ich, nicht verstanden.

Doch, sage ich, lehne mich zurück und beobachte, wie sich die angespannten Gesichtsausdrücke der Teilnehmer in Richtung Ratlosigkeit verändern, nicke aufmunternd, bevor ich frage, haben Sie eine Idee, was könnte das Wort *tschulpi* bedeuten, könnte es eine Bezeichnung für einen Geruch sein, vielleicht in Verbindung mit einer Erinnerung, einer eigenen oder einer fremden, von der niemand so genau weiß, woher sie stammt? Oder könnte *tschulpi* Teil einer, sagen wir, Unschärfe sein, die etwas in sich birgt, etwas Eigenes, das einem fern sein oder etwas Fernes, das einem nah sein kann, verstehen Sie?

Ich verstehe nur Bahnhof, sagt Franz, öffnet den zweiten Knopf seines Hemdes und rümpft ein klein wenig die Nase. Die Skepsis jetzt nicht zu offensichtlich zeigen, mahnt er sich in Gedanken, aber ganz normal kommt mir das nicht vor.

Die anderen nicken.

Tschulpi könnte all das von mir Gesagte sein oder nichts davon. Folgen Sie Ihren Einfällen. Vorab: Versuchen Sie sich für einen Moment zu entspannen. Wenn Sie möchten, können Sie die Augen schließen. Jetzt hören Sie ein zweites Mal die Frage: was ist *tschulpi*?

Finden Sie einen Partner, diskutieren Sie in der Zweiergruppe und präsentieren Sie Ihre Ergebnisse in 15 Minuten.

Annette kaut an ihrem Stift.

Noch Fragen?

Ähem, sagt Helmut, ich weiß nicht, einen Partner finden, ist das notwendig?

Dann werde ich die Teams bilden, Horst und Annette, Sie beide, und Franz wird gemeinsam mit Helmut die Frage erläutern. Haben Sie keine Scheu. In fünfzehn Minuten erwarte ich Ihre Präsentationen.

Annette legt den Stift auf ihren Notizblock. Horst rückt seinen Stuhl neben ihren. Er setzt sich.

Sind wir hier auf einem Selbsterfahrungstrip, fragt er, ich meine, das ist völliger Schwachsinn, eine Farce, tschudings, das werden wir uns nicht bieten lassen. Annette, wir sind hier, um zu erfahren, wer der am besten Geeignete ist, um der nächste Geschäftsführer zu werden, und dieser Dr. Tankwart hält uns mit diesem Blödsinn auf. Kleine Schweißtropfen bilden sich auf seiner Stirn.

Annette blättert in ihrem Block. Auf einer leeren Seite beginnt sie einen Kreis zu zeichnen. Horst, ich bitte dich, du schießt über das Ziel hinaus.

Was soll das, übers Ziel hinausschießen, lächerlich.

Du, ich bin bereit, zu kooperieren, sagt sie, während sie einen zweiten Kreis über den ersten zeichnet. Tschoody, hat Dr. Tankwart gesagt, oder, was könnte Tschoody sein?

Du meinst das ernst, oder, Annette? Horst gibt einen schnaubenden Laut von sich.

Annette streicht sich eine Haarsträhne zur Seite, Gott sei Dank war ich gestern noch beim Frisör und habe mir den Haaransatz nachfärben lassen, keine einzige graue Strähne will ich mehr sehen, habe ich zu Clarissa gesagt, und dass sie mir auch gleich noch die Spitzen schneiden soll. Lass uns nachdenken, sagt sie zu Horst, und stell dich nicht so an, ja, Tschoody, mein Gott, das ist doch nicht so schwer, ich denke an einen Namen, eine Kurzform für einen Namen, für Jutta, und eine Jutta kenne ich aus der Unterstufe, ich bin sehr gerne in die Schule gegangen. Und du, Horst, warst du ein guter Schüler?

Annette, du willst das durchziehen? Horst verschränkt die Arme vor seiner Brust und atmet durch.

Annette kaut an ihrem Stift.

Brauchst du einen Zahnstocher, fragt Horst.

Annette geht nicht auf die Frage ein, sie sagt, also gut, Horst, ich werde die Aufgabe alleine lösen. Aber sag nicht, ich hätte dich nicht eingeladen mitzumachen. Sie streift ihre Bluse glatt, du wirst schon sehen, später wird sich das klären, weißt du, Dr. Tankwart ist einer der Besten seines Faches. Auch wenn er unorthodoxe Methoden hat, sie räuspert sich und zeichnet einen kleinen Kreis in den größeren.

Unorthodox? Das ist ja freundlich ausgedrückt, Horst unterbricht sich, vielleicht ist es so, also gut, sagt er und denkt, nichts ist gut, das entspricht hier nicht meiner Erwartung, aber Vorsicht, Horst, nicht zu weit aus dem Fenster lehnen. Mach einfach mit und der Rest, irgendwann schlägt deine Stunde. Sicher sogar, diese Annette, von ihr lasse ich mich nicht übers Ohr hauen. Ich habe mich im Griff jetzt. Also gut, sagt er zu Annette und lächelt, während er spricht, Tschoody ist ein Mensch, ich bin einverstanden. Sagen wir etwas Realistisches, sie arbeitet in der Firma in untergeordneter Position, sie ist Schreibkraft?

Schreibkraft, das ist doch altmodisch, nein, sie ist Reinigungskraft, sagt Annette, und Tschoody überschätzt sich selbst. Ihre Überzeugung lautet: Die Reinigungskräfte sind der Motor eines jeden Unternehmens. Ohne sie wäre alles voller Schmutz und Staub. Der Pausenraum wäre verdreckt, die Mikrowelle und der Kühlschrank wären unbenutzbar. Es gäbe kein einziges sauberes Glas in der Firma. Horst, beantworte mir die eine Frage: Würdest du deine Kaffeetasse selbst abwaschen?

Du meinst, ob ich die Tasse in den Geschirrspüler räumen würde? Vielleicht. Aber ich muss ja nicht. Und Reinigungskräfte wird es bald nicht mehr geben. Man wird sie durch Maschinen ersetzen. Da sehe ich auch Sparpotenzial. Horst schaut auf die Uhr, nicht mehr trödeln jetzt, Annette, machen wir weiter, ich fasse zusammen, Tschoody ist 23 Jahre alt. Sie ist gutaussehend und gepflegt.

Aber was hat ihr Aussehen mit unserer Aufgabe zu tun, fragt Annette, denkt, Idiot und sagt, vielleicht wollen wir auch noch den Body-Mass-Index besprechen, oder wie?

Es ist ja ganz einfach, Tschoody bedeutet Selbstüberschätzung und du bist sexistisch.

Gutes Aussehen ist nie ein Nachteil, sagt Horst, Tschoody ist Gebäude- und Fassadenreinigungsmeisterin. Erstellen wir ein Facebook-Profil für sie?

Also Horst, ich denke, du versteifst dich da. Tschoody könnte, wie gesagt, Selbstüberschätzung bedeuten. Bieten wir Dr. Tankwart doch eine zweite Möglichkeit. Tschoody, was ist das nur, lass mich nachdenken, ich werde bald darauf kommen, ich sage, tschoody ist eine positiv besetzte Eigenschaft, im besten Falle motivierend und erfolgversprechend, weißt du, so können wir einen Bogen spannen. Selbstüberschätzung ist negativ, Motivation ist positiv. Annette zeichnet eine Linie auf die Seite.

Machst du Notizen, fragt Horst.

Nicht nötig, sagt Annette, mein Gedächtnis funktioniert einwandfrei.

Horst schweigt. Jetzt habe ich die Lösung, sagt er, Tschoody, ich weiß was es bedeutet, es ist die Landkarte des Lebens.

Annette zieht ihre Augenbrauen zusammen und sagt, eine Landkarte, ja, aber die des Lebens? Ist das nicht zu dick aufgetragen? Sie räuspert sich. Nicht jetzt, nicht husten, Annette, lass das Husten sein. Sie zupft an ihrem Rock, räuspert sich ein zweites Mal und beginnt, in ihrer Tasche zu kramen.

Ich mache das schon, sagt Horst, ich werde die Präsentation übernehmen, dann wirst du verstehen, was genau ich mit der Landkarte zum Ausdruck bringen möchte.

Annette holt ein Bonbon aus der Tasche, wickelt es aus und nimmt es in den Mund. Während sie lutscht, sieht sie sich auf dem Boden des Kinofoyers liegen. Schnell wendet sie sich von diesem Bild ab. Es wird nicht geschehen, ich kann mich selbst beruhigen, ich finde in meine Stille. Sie atmet ein, sie atmet aus und lehnt sich zurück.

Erkenne ich da eine Unruhe an Annette, ich weiß nicht, auf eine mir unbegreifliche Weise erinnert sie mich an die Geschichte der Frau, die ein Sessel sein wollte, frage ich mich etwa, ob sie der Frau ähnlich sein könnte? Besser nicht, denke ich und sage, ich bitte um die Ergebnisse Ihrer Beratungen, Franz, würden Sie beginnen?

Gerne, aber bevor ich auf die Frage eingehe, möchte ich mich dennoch kurz vorstellen, die Kollegen kennen mich.

Wir haben uns gegen eine Vorstellrunde entschieden, Franz, Sie erinnern sich?

Zu meinen Eigenschaften zählen: Verlässlichkeit, Genauigkeit, ich würde mich als bodenständig bezeichnen, ich verfüge über eine schnelle Auffassungsgabe, bin bereit, für mein Unternehmen einzustehen, bin sehr zuverlässig und ich lasse mich auf neue Herausforderungen ein. Tschulpi, Herr Dr. Tankwart, nach reichlicher Überlegung sind der Griegler, ich meine, Helmut und ich zu der Überzeugung gelangt, das Wort bedeutet: Ich habe eine Möglichkeit. Eine Möglichkeit der Optimierung. Tschulpi ist daher eine Strategie.

Das ist nicht alles, bei Weitem nicht, sagt Helmut, und ich muss sagen, es war eine sehr interessante Fragestellung, Herr Dr. Tankwart, und ich möchte hinzufügen, zur detaillierten Ausarbeitung der Strategie fehlte uns die Zeit. Um nur einige der angedachten Zusammenhänge zu formulieren: Ein Ziel zu visualisieren heißt, es mit aller Kraft zu verfolgen. Sich niemals vom Weg abbringen zu lassen bedeutet, resistent gegenüber Kritik zu sein. Ein persönliches Anliegen ist es mir noch mitzuteilen, dass ich Marathonläufer bin.

Annette sagt leise, aber dennoch laut genug, dass alle es hören können: Dein Laufen trägt nichts zur Sache bei.

Wie bitte, was soll das Gemurmel, Annette, als Läufer lernt man die eigene Grenze auszuloten, über sich hinauszuwachsen. Davon verstehst du nichts. Da geht es nicht um Perlenkettchen und Lächeln.

Franz sagt schnell, das Wichtigste sind die Arbeit und die Familie.

Annette, würden Sie die Ergebnisse Ihrer Diskussion mitteilen.

Annette setzt zu sprechen an.

Horst sagt schnell, Herr Dr. Tankwart, liebe Kollegen, nach reiflichen Überlegungen sind Annette und ich zu dem Ergebnis gekommen, er hält inne, nickt in die Runde, spricht weiter, Tschoody ist nichts anderes als die Landkarte des Lebens. Ihr fragt euch jetzt wahrscheinlich, was will Horst uns damit sagen. Ich sage euch, diese Frage ist nicht zielführend, die korrekte Frage lautet, was will man auf der Landkarte sehen? Herr Dr. Tankwart, ich nehme an, Sie pflichten mir bei?

Nur zu, sagen Sie es uns, was will man sehen?

Ich denke, jedes Leben ist einzigartig. Keine Landkarte gleicht der anderen. Wir sind Individuen. Und wir, die Individuen in diesem Raum, unsere illustre Runde, sozusagen, wir sind die Leistungsträger. Das Fundament der Gesellschaft. Unsere Basis ist die Bereitschaft, das Notwendige zu erkennen und entsprechend zu handeln. Wir machen das Unternehmen zu dem, was es ist. Wir sind die Landkarte der Firma und Tschoody ist die Landkarte unseres Lebens. Horst nickt und hebt die Schultern. Ein leichtes Grinsen ist in seinem Gesicht erkennbar.

Danke für Ihren Beitrag, sage ich, wir werden später darauf zurückkommen.

Stehen Sie nun bitte alle auf. Ziehen Sie Ihre Schuhe und Socken aus. Wann waren Sie das letzte Mal barfuß? Ihre Füße, haben Sie darüber schon einmal nachgedacht, Ihre beiden Füße tragen Sie während eines Arbeitstages, nach Feierabend, sie tragen Ihr Gewicht. Ich sehe, der eine oder andere von Ihnen möchte die Augen schließen? Bitte, nur zu. Sie wollen jetzt ankommen, hier sein.

Horst sagt leise, sodass nur er es hört: Ich muss gleich kotzen und die Socken werde ich nicht ausziehen.

Wagen Sie nun ein Experiment.

Ich kann die Socken nicht ausziehen, meine Füße könnten schlecht riechen, ich meine, den ganzen Tag unterwegs, denkt Franz, und frisch geduscht bin ich nicht.

Ich möchte Sie einladen, sich eine Landschaft vorzustellen, nehmen Sie sich Zeit, wie sieht es in dieser Gegend aus, haben Sie ein Bild vor Augen? Es kann auch eine erfundene Landschaft sein, sie muss nicht real existieren.

Meinen Sie eine Mondlandschaft, können Sie bitte etwas konkreter werden, fragt Franz und blickt auf die Uhr. Noch eine Stunde, bis der Einstiegsabend zu Ende sein wird, denkt er und fragt sich, habe ich alles über mich gesagt, wie ich es wollte, oder habe ich was vergessen? Leise fragt er, was soll das für eine Landschaft sein, die nicht existiert, entweder etwas existiert oder eben nicht.

Ich meine, diese Landschaft muss nicht konkret sein, sie kann auch ein Gemälde sein oder eine Zeichnung, lassen Sie sich darauf ein, das Bild entsteht in Ihnen, Sie sehen diese Landschaft, ist sie karg, ist sie dicht bewachsen, und jetzt stellen Sie sich irgendwo in dieser Landschaft einen Baum vor, zu dem Sie gerne hingehen möchten, vielleicht zieht es Sie sogar zu ihm hin.

Helmut lacht auf, Verzeihung, sagt er und beißt sich auf die Lippe, denke ich gerade an den Refrain eines Liedes, das ich seit der Kindheit kenne: *Mein Freund der Baum / ist tot / er fiel im frühen Morgenrot*, wie war der Name der Sängerin, Agatha, nein, so ähnlich, ich erinnere mich nicht. Ein Blick durch den Seminarraum. Auf einem Beistelltisch neben der Tür steht ein Obstkorb. *Nehmen Sie einen Apfel*, steht auf einem ausgedruckten, in Folie geschweißten Kärtchen davor. Ein Apfelbaum, ich sehe einen Apfelbaum.

Sollen die Augen jetzt geschlossen sein oder offen, fragt Franz. Und dieser Baum, es muss ein Laubbaum sein, ja, habe ich das korrekt verstanden? Herr Dr. Tankwart, ich meine, dürfte ich Sie fragen, wie lange diese Übung in etwa dauern wird? Er seufzt und schaut auf das große Panoramafenster. Draußen ist es bereits dunkel, er sieht nur sich selbst.

Helmut flüstert, Alexandra, so heißt die Sängerin.

Annette seufzt.

Stellen Sie sich jetzt vor, es weht ein Wind und Ihre Zweige werden ganz sachte und sanft hin und her bewegt oder eher wild und stürmisch, wie ist Ihr Impuls? Geben Sie dem nach.

Diese Zahnschmerzen, denkt Franz, nicht schon wieder, habe ich die Schmerztabletten wirklich eingepackt? Sie müssten im Seitenfach in meinem Kulturbeutel stecken. Bewegen lassen, das wird mir jetzt zu viel.

Wie ich sehe, bewegen sich die meisten von Ihnen kaum. Bemerken Sie den Wind nicht? Oder wollen Sie nicht mitmachen, haben Sie Angst? Stellen Sie sich den Fragen und bleiben Sie noch einen Moment für sich, nehmen Sie ein Blatt Papier und eine Schachtel Malkreiden und versuchen Sie, so gut als möglich in ihrer derzeitigen Stimmung zu verweilen. Beginnen Sie damit, Ihren Baum zu zeichnen, notieren Sie Ihre Gedanken.

Morgen um neun Uhr sehen wir uns wieder. Sie können im Seminarraum weiterarbeiten oder in Ihre Zimmer gehen. Einen schönen Abend und eine gute Nacht.

Das ist alles gar nicht wahr und ich bin überhaupt nicht da, sagt Horst und öffnet die Minibar, nimmt eine Flasche Rotwein heraus, 0,25 Liter. Eine Schachtel Wachsmalkreiden und ein leeres Blatt liegen auf dem Boden.

Keine neuen Nachrichten, sagt die Stimme der Mobilbox.

Wo bist du, Veronika, du bist nie da, wenn ich dich brauche. Du rufst mich nicht an, ich bin ja schon wie weichgekocht, du liegst sicher wieder in deinem Bett und liest und lässt die Zeit vergehen. Ohne auf andere nur annähernd Rücksicht zu nehmen. Ruf an, ruf schon an. Ich werde jetzt schreien.

Horst schreit nicht. Idioten, sagt er und klappt sein Notebook auf. Ekelhaft schmeckt dieser Wein, wo bin ich nur gelandet?

Er gibt sein Passwort ein. Ich werde mich nicht unterkriegen lassen. Bewegt werden vom Wind. Wir sind doch nicht in einer Lehrerausbildung. Inhalte? Fehlanzeige. Gruppenfindung, oder was soll das werden, es ist mühsam. Posteingang, zweiunddreißig neue Nachrichten.

Eine Nachricht von Veronika.

Horst markiert die meisten der Nachrichten als ungelesen und klickt auf Veronikas E-Mail.

Lieber Horst,
Prost, ich trinke ein Glas Champagner auf unseren Jahrestag.

Gerade schaue ich zur Tür und ich höre nicht, wie du den Schlüssel im Schloss drehst. Du bist in deinem Seminar geblieben, du bist nicht eingestiegen in den nächsten Zug, um zu mir zurückzufahren, ich hatte das gehofft. Du, das ist nicht naiv. Was wichtig ist, fragst du dich das manchmal? Ich schweife ab, mein Lieber, gerade schenke ich mir nach. Zum Wohl, auf uns, unsere nächsten gemeinsamen Jahre. Ich will mich nicht abwenden von dir, verstehe mich nicht falsch, ich möchte mich dir wieder zuwenden.

Kein Gruß, keine Umarmung, kein ich liebe dich. Horst schluckt und drückt den Antwortbutton.

Veronika, ich. Er löscht das Geschriebene, der heutige Tag war doch schon anstrengend genug. Er runzelt die Stirn und tippt: Ach, weißt du Veronika, ich habe heute von einem Schlangenei geträumt. Es hat mich gerettet. Die Schlange hat mich zuvor gebissen. Sind wir wie Adam und Eva, Vertriebene aus dem Paradies?
Es liebt dich, Horst

Senden, ja, nein, er zögert, bevor er klickt und sieht sich im Zimmer um, auf dem Boden liegen die Wachsmalkreiden. Ich werde keinen Baum zeichnen, sagt er. Die Luft ist stickig. Er öffnet das Fenster, dunkel ist es draußen und windig. Er betrachtet den Himmel, geht zurück zum Computer. Nein, es reicht, Horst öffnet die Online-Tageszeitung, genervt klickt er sich durch das Tagesgeschehen, er sucht nach Artikeln politischer Kommentatoren, irgendeinen Kommentar wird er finden, der ihm zuwider ist, ja, hier. Horst meldet sich mit seinem Usernamen an.

Bahamas Joe
Heute hat mir jemand erzählt, dass er sich schon in öffentlichen Verkehrsmitteln fürchtet. Der ungeordnete Zuzug ist nicht gut für unser Land. Wie viele sind es denn wirklich aus dem Kriegsgebiet? Die schaffen es doch nicht raus. Wer kommt denn tatsächlich? Die Männer mit den Bärten, die ihre Frauen unterdrücken. Wollen wir das in unserer Gesellschaft. Ich sage nein. Ich bin für Integration der schon hier Lebenden, und wenn sie nicht schnell genug Deutsch lernen, dann haben sie in unserer Gesellschaft nichts verloren. Die Fleißigen und die Anständigen müssen so schon genug leisten, da brauchen wir keine, die sich bei uns in die soziale Hängematte des Staates legen wollen. Der Sozialstaat gehört reformiert. Nur diejenigen, die auch einzahlen, sollen etwas rausbekommen. Nicht die Schmarotzer, die leben wollen wie die Maden im Speck. Runter mit den Sozialleistungen und ein Ende der Neiddebatte.

Horst steht auf, zieht seine Pantoffel an und schließt die Tür hinter sich.

In der Teeküche öffnet er den Kühlschrank. Wasser, Quittensaft, kein Alkohol. Er geht weiter Richtung Bar. Im Hotelgang riecht es nach chemischen Reinigungsmitteln, im Hintergrund spielt leise Instrumentalmusik, das ist ihm vorher gar nicht aufgefallen. Die vielen Bilder an den Wänden. Das darf nicht wahr sein, sagt er, die Fotoserie »Baum im Jahresrhythmus« betrachtend. Jetzt fehlen nur noch Räucherstäbchen, er schüttelt den Kopf. Aus dem Seminarraum »Harmonie« hört er Annettes Stimme.

Es ist abscheulich, sagt sie, es ist, als wäre ich mir mit dem Zeigefinger ins Auge gefahren.

Horst blickt durch die spaltbreit geöffnete Tür. Nur Annette ist im Raum. Uninteressant, denkt er und geht weiter.

An der Bar bestellt er sich einen halben Liter Rotwein, nimmt die Karaffe und ein Weinglas entgegen und geht, ohne sich noch weiter umzusehen, in sein Zimmer zurück.

Ich bin nicht übergewichtig, ich werde jetzt diesen Schokoriegel essen. Und einen zweiten. In seiner Reisetasche findet er keinen weiteren, aber das alte Bon-Jovi-T-Shirt, seinen Glücksbringer. Das werde ich jetzt anziehen, sagt er sich und war da nicht eine Tankstelle unweit des Hotels? Nussriegel, Mandelriegel, Kokosriegel, herrlich. Nein, es geht nicht. Franz lächelt, ich habe noch eine Aufgabe zu erledigen, einen Baum zu zeichnen ist ja nicht schwer. Und wie es mir noch passt, Sonja, das Shirt ist nicht zu eng, ha, von wegen Waschbärbauch!

Die Finger seiner Hände ballen sich zu Fäusten. Wie von selbst krallen sich die Fingernägel in die Handflächen, sie hinterlassen Abdrücke.

Sonja braucht er heute nicht mehr anzurufen. Sie wird bereits in ihren Listen verschwunden sein. Offene Erledigungen für den Mädelsabend. Sei froh, dass sie dich überhaupt genommen hat, klingt die Stimme seiner Oma in ihm nach. Seine Handflächen tun weh, wenn er nicht aufhört zuzudrücken, wird er bald zu bluten beginnen.

Er steht auf, im Bad wäscht er sich das Gesicht. Wieder lächelt er, kontrolliert seinen Blick, alles in Ordnung, versichert er sich, im Wissen, dass er sogleich einen Herbstbaum zeichnen wird.

Er könnte sich aber auch für etwas anders entscheiden. Zum Beispiel für das Video. Es würde ihm gut tun, die Frau zu sehen, sie könnte ihn motivieren. Er müsste ja nur das Telefon in die Hand nehmen und das Video abspielen. Er könnte sich dafür auf das Bett legen, ein bisschen entspannen, die Beine ausstrecken und der Stimme der Frau lauschen. Nur zuhören, auch das würde reichen. Das Display ist zu klein, er könnte es nicht wirklich genießen, ihr zuzusehen, wie sie läuft, wieder und wieder und immer schneller läuft. Nein, es wäre ja auch gar nicht nötig, ihr Laufen zu sehen, er hat ihren Aufprall oft und oft studiert. Es würde reichen, ihre Stimme zu hören und er überlegt, ob es ihm gelingen könnte, die Worte selbst zu sagen, ihre Rufe auszusprechen.

Wessen Rufe, fragt er sich plötzlich und er sieht dieses verschwommene Bild vor sich. Seine Mama mit zusammengebundenem Haar, Ponyfransen, und trägt sie nicht ein Schürzenkleid, irgendwo hinter dem Rücken verknotet. Alles verknotet, ein Knäuel, ihre Stimme, wie sie wohl klingen mag? Da sind keine Nuancen, nicht einmal Laute, ich habe Mamas Stimme vergessen. Hatte ich nicht eine Schlaghose als Kind und dieses rote Tuch um den Hals gebunden, oder war es blau? Immer denke ich an rot, Rot sehen, rote Rüben, rote Lippen, die soll man ja küssen. Sonja, Küsse. Mama, wo immer du auch jetzt sein magst. Gestorben ist sie nicht, wir wären verständigt worden. Mama, nein, nicht jetzt, Franz, hör auf, nach ihr zu rufen, sie hat mich längst vergessen, sie hat mich zurückgelassen, sie, Schluss jetzt. Oma hat es oft und oft erklärt. Mama ist weg, weil sie verantwortungslos war. Sie hat sich nicht um mich kümmern wollen. Aber die Oma hat das gemacht und sie hat so vieles für mich aufgegeben, sie hat, damit sie mir das alles ermöglicht. Ein Studium, das ist nicht selbstverständlich, Franz schluckt, diese Rufe, diese Rede der Frau auf dem Video, wie sagt sie: die Wände sind Haut, der Körper ist Kleid, eine Leerstelle, die sich auffüllt, eine Leerstelle füllt sich, eine Leerstelle, die sich ausfüllt, ist Wand, ist Haut, ist Kleid; Leerstelle. Die Wände sind Haut. Die Wände sind Spuren. Die Wände sind Aufprall. Der Körper ist Boden. Die Spuren sind Kleid. Der Boden ist Aufprall, ist Körper; Füße, Hände klatschen an die Wand, prallen ab, vielleicht einmal, noch zweimal laufen, abprallen, Füße, Hände, Wand, wohin soll ich laufen, schnell, schneller. Die Tür ist verschlossen, kann den Türknauf nicht finden, suche die Füße, die Hände, laufe, der Aufprall ist nichts: Ich falle. Wandringen, der Nachmittag, der Abend, Spuren. Ist das Blut an der Wand, Kratzen, Brüllen, die Hände, die Füße, Fingernägel, Haarbüschel, die Schulterblätter, Kuchenteller, ich zerbreche nicht heute; die Füße, die Hände, vor mir die Wand: Aufprall vorwärts, noch zwei, drei Schritte vorwärts. Leerlauf. Die Wand ist nicht brüchig, ist Wand.

Schnell hat er die Worte gesagt, erschöpft lehnt er sich an die Bettkante.

Er blickt auf seine kreidehaltenden Finger und zeichnet diesen Baumstamm mit dieser zittrigen Hand.

Ich darf nicht hinausmalen, das darf nicht geschehen. Was ist da nur im Raum? Als bräche ein Schatten über mich herein. Wie eine Last, die ich tragen muss, mit mir herumschleppe, so einen Unsinn darf ich gar nicht denken, weiterzeichnen, jetzt die Blätter.

Er versucht aufzustehen, es gelingt ihm nicht. Die Schmerzen im Rücken. Er zwingt sich, er hantelt sich hoch, greift nach der Schachtel mit den Kreiden und setzt sich. Einen Augenblick hält er inne. Der Schatten ist wie die Stimme seiner Oma, sie sagt, bemüh dich, Franz, zeichne einen richtigen Baum, nicht dieses Gekritzel. Das könnte ein schöner Baum werden, aber nicht so, wie du ihn zeichnest. Ein erwachsener Mann bist du. Schäm dich, du Tölpel, du Nichtsnutz, du Kreatur. Klappe, sagt er und greift sich sofort mit der Hand an den Mund. Ich habe es nicht so gemeint, flüstert er, ich würde doch nie, und er denkt an die Lilien, an die auf die Hauswand gemalten Lilien.

Ich liebe meine Frau und meine Kinder, sagt er und möchte es in die Baumwurzeln einschreiben. Ohne, dass es ihm aufzufallen scheint, nimmt er eine rote Kreide aus der Schachtel und zeichnet wie dünne Fäden, beinahe zerbrechlich, ganz langsam und sanft weitverzweigte Wurzeln, die aussehen, als würden sie bluten.

Ich laufe wie Lola in diesem Film, wie heißt der schnell, es will und will mir nicht in den Sinn kommen. Was sie in diesem Film macht, das weiß ich schon, nämlich dasselbe wie ich: der Zeit davonlaufen. Das rasante Laufen ist ein kleines Spektakel, jedes Mal eine spontane Entladung. Dieser Dr. Tankwart aber, denkt Helmut, ist eine eigenartige Gestalt, irgendetwas stimmt mit diesem Mann nicht, an ihm ist etwas faul, ja, das Faule stinkt richtiggehend zum Himmel. Pardon, es riecht, wie bei einem Riechtier. Gibt es so ein Tier und auch hier, ist es ein Waldtier, ein Flusstier, ach wirklich, Helmut, komm zu dir, dieser Gedanke ist doch nicht von Bedeutung, ein Kinderreim, sei still jetzt.

Sie sind ein Baum, der vom Wind bewegt wird. Sie bewegen sich nicht, haben Sie Angst?

Ziemlich eingebildet ist dieser Doktor. Ich frage mich schon, ob der weiß, wen er hier vor sich hat. Ich meine, ich bin kein Niemand. Der nächste Geschäftsführer werde ich sein. Es ist kalt hier draußen. Ich hätte eine Windjacke überziehen sollen. Nicht jammern, Helmut, ein Soldat kennt keinen Schmerz.

Der Psychiater war es, der hat mich dahin gelotst. Ich weiß noch genau, suchen Sie sich einen Sessel aus, hat er gesagt, und ich habe mich umgesehen, wie ich das hasse, unaufgeräumt war es in seinem Zimmer, ein Seil ist herumgelegen auf dem Boden. Nicht, dass ich eine Gewaltfantasie gehabt hätte. So etwas habe ich natürlich nicht. Aber dieses Seil hat mich gestört. Ich konnte keinen Sessel finden, auf dem ich hätte sitzen wollen, was heißt finden, ich sah nur dieses blöde Seil und keinen einzigen Sessel.

Was löst das Seil in Ihnen aus, hat der Psychiater gefragt und ist sich sicher unschuldig dabei vorgekommen, dieser Schuft. Es sieht aus wie eine Grenze, habe ich gesagt, und zwar viel zu schnell, ohne vorher nachzudenken, dass es dann ja weitergehen würde, und so war es auch. Was tun Sie mit der Grenze, die Ihnen offensichtlich nicht passt, hat er weitergefragt. Ich bin um das Seil herumgegangen, auf die andere Seite des Raumes. Ich gehe um das Hindernis herum, habe ich gesagt. Sie flüchten also, hat der Psychiater gemeint. Und ich, nein, ich desertiere nicht, ich bin kein Feigling. Und jetzt soll ich auf einmal Angst vor dem Wind haben?

Ich habe doch keine Angst. Der Waldweg ist unbeleuchtet. Die Dunkelheit tut gut. In dieser Landschaft tut es not, ein ruhiger Läufer zu sein. Die Tiere im Dickicht, sie schlafen. Das Dickicht der Tiere, diese Ruhe, ein Knistern, war da ein Knistern? Ist jemand hinter mir? Der Axtmörder, die Messerstecher, ja, ein berühmt-berüchtigter Messerstecher hätte ich werden sollen, das hätte Mama wohl stolz gemacht. Ein Kleinkrimineller, wie mein Bruder es geworden ist, das hätte sie sich wohl gewünscht. Ein Halbstarker mit Hang zur Vermehrung, und dann, was dann, das Seil einfach zuziehen und weiter?

Eine Stille. Dieser Wald, ein Käuzchen, es ruft mich. Hu-huuuu-hu-huuuu. Da war dieser Hügel in meinem Traum und noch ein Hügel und ich war zwischen den Hügeln, ganz nackt stand ich da mit diesen zwei großen Penissen. Wie ein Ungeheuer, das verfolgt wird von einem noch größeren und mächtigeren Ungeheuer. Das mich erdrücken will oder einfangen, um jeden Preis in seine Gewalt bringen will. In den Keller hat es mich gesperrt, bis ich gehorchte. Mit nur einem Blick gab es mir Anweisungen und ich wusste, was ich zu tun hatte. Hatte das Ungeheuer ein Gesicht, hat der Psychiater gefragt. Als ich nicht antwortete, hat er gesagt, hatte es ein Geschlecht?

Mein Name ist Helmut, ich laufe in der Dunkelheit, mein Name ist Helmut, ich laufe in der, und er sagt es wieder und wieder und immer wieder, bis er die Lichter des Hotels erblickt.

Warmes Wasser rinnt über sein Gesicht. In der Dusche ist es gut. Er schließt die Augen und setzt sich. Das Wasser auf seinem Körper. Er schmiegt sich an die Duschkabinenwand. Ein Soldat weint nicht, denkt er, steht schnell auf, stellt das Wasser auf kalt und stöhnt.

Zwei Augen, die Ausschau halten, so habe ich mir mein Leben eingerichtet. Annette blickt auf ihre Zeichnung. Der Baum auf dem Papier ist noch blätterlos. Ein Astloch wäre schön, mit einem Siebenschläferpaar darin und sieben Siebenschläferkindern, die sich später dann, im kalten Winter, zusammenrollen und aneinanderschmiegen könnten.

Annette fröstelt. Sie zeichnet ein Blatt. Es sieht aus wie ein Fragzeichen. Sie zeichnet weiter, kopfschüttelnd.

Denke ich tatsächlich noch immer darüber nach, ein Kind zu bekommen, tick-tack, tick-tack, es muss die biologische Uhr sein, deren Ticken ich höre. Und die Artikel, die ich in den Frauenzeitschriften gelesen habe, von Mutterglück erzählten sie und gleichzeitig von Emanzipation. Wie genau das zusammenpassen soll, wird leider nicht erörtert. Und die Sache mit Hermine Stahl.

Es sind jetzt genügend Blätter auf dem Baum, ein paar kleine Äste fehlen noch.

Ich ertappte mich vor zwei, drei Wochen dabei, Babykleidung in den Auslagen anzusehen, während ich die Einkaufsstraßen entlangging, zwar in Gedanken beschäftigt mit meinen Kontoeingängen und den sich bietenden Einkaufsmöglichkeiten. Taschen, Stiefel, die neuesten Kollektionen, doch ein Beißring mit aufgemalten Marienkäfern weckte mein Interesse ebenso wie kleine Stofftücher und Spielzeugwürmer. Ich begann in die Kindergeschäfte hineinzugehen, die plötzlich fast an jeder Straßenecke aufzutauchen schienen, und ich fand mich wieder in den Modezonen für Säuglinge. Es war ein Leichtes, mit den Verkäuferinnen ins Gespräch zu kommen. Ich erzählte ihnen Geschichten über meine Schwangerschaft, den Hormonwechsel, und es bereitete mir Freude, mich mit ihnen auszutauschen. Die Verkäuferinnen boten mir Sesamstangen an und Maiscracker, und ich ließ mir als Hermine Stahl Stammkundenkarten anlegen und kaufte ein.

Und zu Mutti habe ich gesagt, etwas bricht da auf, als wir vergangenen Samstag bei Kaffee und Kuchen in ihrer Wohnung saßen, und Mutti hat genickt, mich

wissend an- und die Babysachen durchgesehen, mir auf die Schulter geklopft und gemeint, wir werden das Kind schon schaukeln, mein Mädchen, und einen Mann für dich werden wir auch noch finden, aber die Haare könntest du dir wieder mal färben, du, Annette, Körperpflege ist das A und O.
Das war eine schöne Nähe zwischen Mutti und mir, wie sie sich da um mich gekümmert hat, das habe ich gemocht, und als sie noch gesagt hat, auf dem Dachboden habe ich Sachen für dich aufgehoben, du wirst staunen. Gestern habe ich den Erziehungsratgeber runtergeholt, jetzt gehört er dir. Mit Tränen in den Augen hat sie ihn mir gegeben. Ich glaube, da war ich die Tochter für sie, die sie sich immer gewünscht hatte.

Sie sagte, Annettchen, lies dir alles genau durch, bei dir habe ich mich daran gehalten, mit Erfolg, dann hat sie mir auf die Schulter geklopft und die Anerkennung hat gutgetan.

Die Äste werden mehr und mehr auf dem Papier, Annette zeichnet einen Himmel dazu.

Ich sehe mich noch gut mit dem Ratgeber unter dem Arm mein Elternhaus verlassen. An diesem Nachmittag bin ich nicht den kürzeren Weg zu meiner Wohnung gegangen, sondern dahingeschlendert, durch den Park, vorbei an den alten Platanen, die ihre Rinde teilweise abgeworfen hatten und deren Stämme aussahen, als wären sie Landkarten um Flussmündungen und ich habe gedacht, tatsächlich ein Kind? Könnte ein Kind diese eine Aufgabe sein, die vielleicht größer wäre, als ich selbst es bin?

Hellblau ist der Himmel auf der Zeichnung, mit kleinen weißen Wolken. Ans Heiraten denke ich wirklich nicht. Meine Unabhängigkeit aufzugeben kommt nicht in Frage.

Die Suche nach einem geeigneten Vaterkandidaten, ich hatte ja sogar an Kollegen aus der Firma gedacht, mein Gott, an jetzt hier im Hotel Anwesende, es wäre ja nie wirklich dazu gekommen, ich meine, das wäre doch absurd, eine Affäre im Büro, das wäre ja wie in einer Vorabendserie, die Liebe beginnt im Kopierraum, wird er der Mann für ihr Leben sein und das Leuchten in den Augen, Annette, reiß dich zusammen, die Blätter vorne in der Baumkrone könnte ich aus dem Orange heraus ins Rötliche wenden.

Ich würde einfach nur gerne einen Kinderwagen sehen und mich selbst als dessen Fahrerin. Dieses Bild stellt sich so oft vor meine Augen, wenn ich die Promenade entlanggehe oder einfach durch die Stadt, dann schaue ich in jeden Kinderwagen, der neben mir vorbeifährt. Und wenn ich so ein Würmchen, tief im Kinderwagen liegend, geschützt durch seine Haube und eine warme Decke, nur erahnen kann, dann verwehrt sich mir, was zu sehen ich mir so sehr wünsche. Jede Frau wird wohl einmal diese Erfahrung machen müssen. Aber mit Hermine Stahl, da bin ich zu weit gegangen, da habe ich eine Linie überschritten. Kein Wunder, die Sache mit den Panikattacken, Mutti hat schon recht, wenn sie sagt, alles fällt einmal auf einen selbst zurück.

Ich habe da eine waghalsige These formuliert, jeden zweiten Abend in der Badewanne, bei einer Tasse Ingwertee, in Rosenschaum liegend, meinte ich, dass ich geradezu verpflichtet sei, der Gesellschaft etwas zurückzugeben. Und die logische Konsequenz und der einzig verantwortungsvolle Schritt bestünde darin, der Gesellschaft ein Kind zu schenken, einen künftigen Steuerzahler.

Ich verdiene sehr gut, lege immer Geld zur Seite für schlechte Zeiten, und ich bin schuldenfreie Eigentümerin einer wunderbaren Wohnung. Doch statt Kreuzfahrten zu planen, bin ich zu Hermine Stahl geworden, die meint, dass es nicht angeht, weiterhin so eigensüchtig und kinderlos durch das Leben zu gehen.

Annette nimmt ein Hustenbonbon aus ihrer Tasche, draußen ist es dunkel.

Beinahe hätte ich mich für einen Callboy entschieden. Hätte ich doch, flüstert sie. Ich konnte es nicht, aber die gesellschaftliche Relevanz Mutterschaft hätte diesen Schritt gerechtfertigt. Als Frau mit Charakter würde ich keineswegs Forderungen an den Callboy bezüglich des Kindes stellen, weder in zeitlicher noch in finanzieller Hinsicht.

Annette beißt in das Bonbon, ein Knacken tönt in ihrem Mund.

Auch Ehebruch wäre eine Möglichkeit, das große Ganze fordert eben seinen Tribut. Das ist doch nicht zu viel verlangt, ein Leben, bestehend aus Fleiß und Ausdauer, und zur Krönung ein Kind. Natürlich von einem Mann mit überdurchschnittlichen charakterlichen und körperlichen Eigenschaften.

Annette steht auf, sie hebt das Baumbild hoch und hält es an die Wand.

Tugendhaftigkeit, Ausdauer, Ordnungsliebe, Disziplin, Tapferkeit, Mut sind die Grundpfeiler für einen anständigen Charakter, so steht es im Ratgeber, sagt sie, betrachtet den Baum und ist zufrieden mit der gelungenen Zeichnung.

Bevor sie das Licht ausmacht, bleibt sie vor dem Korb mit Äpfeln stehen und erinnert sich an die letzten Abende, die sie im Ratgeber lesend in ihrer Wohnung verbrachte. Ich hätte mir auch Bücher über die schmerzarme Geburt ausborgen können, sie lacht ein bitteres Lachen und geht zurück in die Mitte des Raumes. Ich will noch bleiben, flüstert sie. Das Wesen einer Mutter dürfe ja keine allzu dunklen Schattenseiten zeigen, denn nur eine Frau, die Sinn für Regelmäßigkeit, Pünktlichkeit und Sauberkeit hat, ist in der Lage, ihr Kind richtig zu erziehen. So ist es doch, das sind die Werte mit Bestand. Obwohl mir das schon altmodisch erscheint, aber ich weiß, ich wäre so eine gute Mutter, mit Bestimmtheit, obwohl diese Träume in letzter Zeit. Stiegen haben im Traum oft in irgendwelche Zimmer geführt, die übereinander wie aufgestapelt waren, oder diese eigenartigen Landschaften mit den hohen Bäumen. Denen entkommt man nicht, und das ist mir zuwider, gleich nach dem Aufwachen diese unangenehmen Gefühle zu haben, und wenn ich mich jetzt an Hermine Stahl erinnere und mich in den Babysachen herumwühlen sehe, ist mir klar, dass ich mir selbst einen Streich gespielt habe.

Der Kaffeenachmittag mit Mutti und die Blicke in die Kinderwägen, das alles war Hermine, nicht ich. Die Erinnerung, es ist abscheulich. Als wäre ich mir mit dem Zeigefinger ins Auge gefahren.

Wer ist da? Können Sie nicht anklopfen, hallo! Niemand da?

Annette steht auf und geht zur Tür. Sie sieht Horst den Gang entlanggehen. Schöner Hintern, kontra wenig Haarwuchs. Verrannt habe ich mich in die Mutteridee, wie froh kann ich sein, kein Kind zu bekommen, mit den Panikattacken im Schlepptau, nicht an Attacken denken, Annette, blende diesen Gedanken aus. Es kann nicht sein, was nicht sein darf und Punkt.

Sie steht auf, stellt sich auf ein Bein, streckt ihre Arme Richtung Decke und legt die Handflächen aneinander. Einatmen und ausatmen, ein und aus.

Marius, deine Zeit des Rechtfertigens ist vorbei, mach, was du für richtig hältst, die Teilnehmer des Seminars können dir nichts anhaben, im Gegenteil, sie werden dir zuhören.

Wie fragil ich bin, noch immer. Unterwandert. Ich weiß nicht, hat es zu tun mit Annette, sie ist eine schöne Frau, doch sehe ich sie an, erscheinen mir ihre Augen wie zwei Knöpfe und ihr Mund wie eine rot gezeichnete Linie auf einem Stück Papier.

Es ist wohl immer noch ein Kampf, den ich mit mir ausfechte, wie es sich eingeprägt hat, dieses Wort, Kampf. Und Annette, ich kenne sie nicht, doch sehe ich mir Vertrautes in ihrem Ausdruck. Es scheint, als müsste sie sich vor sich selbst verbergen.

Das also löst sie aus in mir. Habe ich mir zu viel vorgenommen mit diesem Seminar? Schon schleicht sich Angst ein. Die Angst vor dem Fehler. Die Angst vor der Dämmerung, ach Blödsinn. Die Angst, nicht standhaft genug zu sein, um zu entkommen. Muss ich all das ertragen, um des Ertragens willen? Blödsinn. Die Angst, nicht zu genügen.

Ich hätte dieses Seminar absagen sollen, mich der Sache entledigen. Wollte ich mich etwa auf die Probe stellen?

Ich bin es leid, mich selbst zu geißeln. Andererseits kann ich doch nicht die Augen verschließen vor dem Offensichtlichen. Ich will ein gegenwärtiger Mensch sein. Bin ich jetzt im Widerspruch und gehört Widerspruch zu meinem *tschulpi*?

Gesichtsvermerk Hotel Weitblick, 09. April

Das Gesicht, bleibt es ein Ort für überhastete Nachrichten? Für unchiffrierte Meldungen, schnell und schneller, Meldungen, die auseinandertreiben, was zusammenzugehören scheint: Nase, Stirn, Augenbrauen, Mund und Wangenpaar. Mein Blick schreckt sie auf, versetzt sie in Aufruhr, Knochigkeit. Dahinter, was ist da, die geheime Struktur des Unsichtbaren, die Unterwelt. Mein Gesicht zerfällt. In Bereiche, die mir unzugänglich sind, es scheint, als würden diese Bereiche nicht zur Sprache gehören, als blieben sie ausgeklammert in ihrer Unbeschreiblichkeit. Warum nur ist der Blick in den Spiegel so punktuell? Ist es vielleicht nicht dieser Blick, der in eine Betrachtung wachsen sollte, sondern ein anderer, ein noch nicht gewagter?

Morgen werde ich einen leeren Sessel in die Mitte des Raumes stellen und dann, es klopft an der Tür.

Entschuldigung, sagt Helmut.

Haben Sie eine Frage, es ist schon spät.

Ich weiß nicht, würden Sie mir eine Minute schenken?

Wenn es sein muss, sage ich und öffne die Tür.

Herr Dr. Tankwart, ich weiß, es ist spät. Doch würden Sie mir sagen, worauf Sie hinauswollen mit Ihrer Übung? Hören Sie, ich war vorher laufen, ich mag es zu laufen, wie gesagt, ich bin Marathonläufer, verstehen Sie, ich brauche das Laufen wie die Luft zum Atmen, glauben Sie mir, ich weiß, wovon ich spreche. Ich wollte Ihnen sagen, dass ich sehr beeindruckt bin von Ihren Methoden und dass ich mich auf den morgigen Arbeitstag sehr freue. Ich wünsche Ihnen eine gute Nacht, schlafen Sie wohl.

Was hatte denn das jetzt zu bedeuten, schnell die Tür schließen, nicht dass der wiederkommt, ach der Western, ich muss mich beeilen, jetzt werde ich es mir bequem machen. Sofort nach dem Einschalten erscheint *John Wayne* am Bildschirm. Es wird geschossen, Johns Synchronstimme ist mir vertraut, das rollende R von *Arnold Marquis* erinnert mich seit jeher an verregnete Sonntage. *John* geht auf ein Holzhaus zu, eine Frau sitzt auf der Veranda, dieser Western hält nicht wirklich, was er verspricht, das Kissen hingegen ist sehr bequem, jetzt Gerede, die Frau sagt was, jetzt *John*, wieder die Frau, Schüsse, die Frau schreit, *Johns* Stimme klingt in mir nach, wie es rollt, dieses R, ich gehe jetzt eine Straße entlang. Da ist nichts weiter, nur eine Auslage mit Uhren und vor der Auslage steht eine Frau, die mir den Rücken zukehrt. Keine zwei Uhren zeigen dieselbe Zeit, jetzt bin ich in einem Zimmer. Das Zimmer ist nicht möbliert, nur eine Decke liegt auf dem Teppichboden. Ein Fuß steht auf der Decke, der andere Fuß bleibt auf dem Teppich. Ich stehe gut, das kann ich nicht ertragen, das darf nicht sein. Ich springe hin und her von Teppich zu Decke, schnell und schneller.

Ich wache auf, wo war ich, der Western, *John* redet heute sehr laut, ich schalte den Fernseher aus, der Traum ist noch vor meinen Augen, langsam beginnt er zu verblassen. Jetzt gilt es, wachsam zu sein. Hol dir ein Glas Wasser, Marius, versuch an nichts zu denken, alles, was folgen wird, wird mit dem Traum zu tun haben, nur das zählt, beeil dich. Ein Bild taucht auf, ich sehe mich in meiner Wohnung am Schreibtisch sitzen, eine Karteikarte schreibend.

Unser Kind! – das also ist die Karte zu diesem Traum – *Da läuft es nun herum zwischen uns Großen, fängt an mit uns zu sprechen und lebt immer mehr mit uns. Ist es denn wirklich schon ein Mensch wie wir, nur eben kleiner?*
Johanna Haarer

Ein Mensch wie wir?

Ich sehe Oma auf der Sonnenbank vor ihrem Haus sitzen. Sie trägt ihre grün-braun karierte Schürze und ein dunkelblaues Kopftuch. Ich sitze neben ihr, sie ist mir nicht zugewandt. Sie spricht über ihre offene Wunde an der Wade, die nicht verheilen will, schon seit Wochen, obwohl jeden Morgen und Abend eine mobile Hauskrankenpflege zu ihr kommt, um das Bein zu bandagieren. Die Schmerzen, die ich zu ertragen habe, sind schier unerträglich, höre ich sie sagen und sehe sie an mir vorbei auf die Wiese schauen. Es blühen kaum Blumen, das Gras ist hoch, ich entdecke Löwenzahn und Johanniskraut. Ich habe Mehlspeise mitgebracht und hole aus der Küche in ihrem Haus Gabeln und Kuchenteller. Ich möchte ihr die Hand drücken, ihr in die Augen schauen. Wir essen schweigsam. Ich sehe sie von der Seite an. Sie hat immer gern gebacken und gekocht. Das hat sie gemocht, das Verwerten von all dem, das wächst, in Marmelade oder Essigsaures. Ich erinnere mich an meine Worte, Oma, bald schon wird deine Wunde verheilt sein, ich bin sicher, und ich sehe sie nicken, dabei isst sie Topfenstrudel und mir fallen die dunklen Ringe um ihre Augen auf und ihr ungewaschenes Haar, das unter dem Kopftuch hervorschaut. Schläfst du schlecht? Ja. Wieder möchte ich ihre Hand nehmen und lasse es sein. Sie greift in die Schürzentasche, holt ein Jugendfoto heraus. Als Mädchen blickt sie mir mit zwei langen, geflochtenen Zöpfen und einem exakt gekämmten Mittelscheitel lächelnd entgegen. Ich habe im Bauerntheater immer die Liebesrollen gespielt, höre ich sie sagen, und getanzt habe ich wie keine andere. Hättest einen anderen nehmen sollen, hat dein Opa am Sterbebett gesagt, aber ich wollte nur ihn. Witwe wurde ich viel zu früh und die Kinder waren noch im Haus. Einfach war das nicht.

Ich sehe sie über das Foto streichen mit ihrer Hand, ihre Adern bilden kleine Hügel, Altersflecken sind auf der Haut. Auf dem Foto hält sie eine Tafel. Schuljahr 1941/42 steht darauf. Ich sehe das junge Mädchen vor mir, das Oma in ihren Händen hält. Was haben sie dir nur alles gesagt? Und du, hast du es geglaubt? Hattest du nicht ein Fragezeichen in dir, irgendwo?

Ich habe das Bedürfnis aufzustehen, gehe ein paar Schritte Richtung Fenster. Draußen ist es dunkel, die Lichter in den Laternen sind bereits ausgeschaltet. Ich will vor die Tür, zieh die Pantoffel an, im Gang schaltet der Bewegungsmelder automatisch das Licht an. Hier ist nichts mehr wichtig für mich, flüstere ich in den Raum und denke an mein Früher, an die Besprechungen mit dem Chef, die mir das Gefühl gaben, unverzichtbar zu sein. Wertvoll für das Unternehmen. Es schüttelt mich, ich gehe zurück in das Zimmer, hole Polster und Decke, gehe den Gang entlang zur Terrassentür, öffne sie, die kühle Luft ist angenehm, ich gehe hinaus, setze mich auf einen Liegestuhl und wickle mich in die Decke ein.

Am Himmel sind Sterne, das Sternbild des Großen Wagens erkenne ich, die anderen bemerke ich nicht. Es ist eine klare Nacht. Mir ist kalt.

Oma wird bereits schlafen. Ich wünschte, sie säße so wie ich jetzt, in eine Decke gehüllt auf der Sonnenbank vor ihrem Haus und würde, obwohl weit entfernt, mit mir jetzt diese Sterne betrachten. Einmal habe ich sie umarmt, und als ich sie berührte, bin ich sofort zurückgeschreckt. Da war kein Gefühl, ich hätte ebenso einen Stock umarmen können oder eine Schaufel. Sie blieb mir abgewandt.

Ich stehe auf und gehe zu dem Fernrohr, das am Geländer der Terrasse befestigt ist, werfe eine Münze hinein. Statt zu den Sternen schaue ich in das Dunkel der Landschaft. Es ist nicht leicht, meine Angst wahrzunehmen, ohne vor ihr zu flüchten. Ich weiß nicht, wie es weitergehen wird in meinem Leben, es ist das erste Mal, dass ich kein Ziel vor Augen habe. Nein, das stimmt nicht.

Dass ich keine zielgerichteten Handlungen auszuführen gedenke, die Ergebnisse zeitigen, die richtig sind für andere. Keine Hülle mehr zu sein, die gefüllt wird mit Aufgaben, ich bin es leid, darüber nachzudenken, mich zu wiederholen, Tag für Tag. Ein sicherer Mensch werden will ich mit meinem Eigenleben.

Hannelore Mundgold wird am Flughafenausgang ein Schild mit meinem Namen hochhalten und ich werde zu ihr hingehen, mit ihr sprechen, sie wird der erste Mensch sein, den ich kennenlernen werde, in meinem neuen Leben. Ob sie Thereisa Mundgold ähnlich ist? Wie sie wohl aussehen mag? Frau Mungold hat mir ein Foto gezeigt, Hannelore hat langes Haar, aber ihr Gesicht konnte ich nicht genau erkennen.

Zurück im Zimmer öffne ich das Fenster und fülle den Raum mit kalter Luft. Bevor ich es schließe, schaue ich noch einmal hinaus, als käme es nur darauf an, den Umriss des Parks von oben zu sehen, um alles neu zusammenzusetzen.

Samstag

Bahamas Joe
Am Ende der Gerechtigkeit kann nur Leistungsgerechtigkeit stehen. Ich bin gegen Gleichmacherei, die Menschen müssen das Gefühl haben, dass sich Leistung wieder lohnt. Ständig auf Verteilungsgerechtigkeit zu schielen, da sägen wir uns nur den Ast ab, auf dem wir sitzen.

Horst sendet. Ein guter Morgen beginnt mit dem ersten Posting nach dem Einloggen in das Diskussionsforum und einer Tasse Kaffee, wie lange noch, bis es Frühstück gibt, es ist erst 06:20.

Wo ist mein Posting von gestern Nacht? Etwa gelöscht, eine Frechheit. Es war nichts Beleidigendes oder gar Unsittliches, diese Moderatoren sind einfach nicht objektiv.

Bahamas Joe
Gilt Meinungsfreiheit nichts mehr in diesem Land? Müssen die Anständigen schweigen, darf man die Wahrheit nicht mehr aussprechen und ich sage es noch einmal: Unser Sozialstaat kann nicht für alle aus der ganzen Welt geöffnet werden. Erst gehören die Grenzen geschlossen, dann kann geholfen werden. Nicht umgekehrt. Oder lassen wir es so weit kommen, dass wir einen Stacheldraht um jedes Wohnhaus errichten müssen, zum Schutze unserer Habe?

Horst zieht sein dunkelblaues Sakko an, Dolce und Gabbana, die neuen Loafer. In der Teeküche bedient er den Kaffeeautomaten und holt sich einen großen Mokka. Eigenverantwortung zählt nichts mehr heutzutage, wie auch der Wille zu Leistung und persönlichem Einsatz, jeder, der etwas werden will, hat die Chance dazu. Anpacken heißt das, aber wir, wir leben in einer verweichlichten und tugendfreien Zeit.

Er trinkt einen kleinen Schluck Kaffee, zu heiß. Hoffentlich schmeckt der Kaffee im Frühstücksraum besser, denkt er und trinkt die Tasse in einem Zug leer. Ein Staubfussel auf dem Boden, das darf aber nicht passieren, wird hier nicht regelmäßig gereinigt, fragt er sich und schüttelt den Kopf.

Vor der Tür des Hotels weht ein kalter Wind. Er stellt den Kragen seines Sakkos auf. Nur die Beine vertreten, um den Kopf freizukriegen. Diese Wahrheitsverdreher im Forum und der Ärger mit Veronika noch dazu. Du bist sauer auf mich, stimmt doch. Ich werde dir wohl einen Antrag machen müssen, noch am Sonntagabend werde ich das tun, darauf wirst du nicht vorbereitet sein, auf meinen Heiratsantrag, und du wirst ja sagen, natürlich wirst du ja sagen, jede Frau will einmal heiraten, daran besteht doch kein Zweifel. Den Verlobungsring werde ich beim Juwelier in der Altstadt kaufen, von ihm könnte ich ein Einzelstück exklusiv für dich anfertigen lassen. Du sollst mit deinen eigenen Augen sehen, dass du mir mehr wert bist als ein Ring von der Stange.

Das wird dir gefallen, Veronika, ein Heiratsantrag, du wirst das mit Sicherheit romantisch finden, so Last-Christmas-I-Gave-You-My-Heart-mäßg, wie komme ich jetzt zu einem Vorabring? Vielleicht gibt es hier in der Umgebung eine Möglichkeit.

Die Dame an der Rezeption trägt Dirndl, Janker und eine große Trachtenbrosche unter ihrem Dekolleté, brauchen Sie etwas, fragt sie lächelnd.

Leise Musik dringt aus dem Radio. Wie lange dauert eine Taxifahrt in den Ort?

Die Musik ist nicht aufdringlich und die Rezeptionistin blickt auf die Uhr. Sie streicht eine Haarsträhne hinters Ohr, lächelt, bevor sie sagt, wissen Sie, um diese Zeit frühmorgens fährt noch kein Taxi zu uns heraus.

Der lokale Taxiunternehmer ist Familienvater und es ist Samstag. Wollen Sie es sich vielleicht in der Lobby bequem machen, bis der Frühstücksraum geöffnet wird? Vorab können Sie sich gerne an unserem Obstkorb bedienen. Sie nickt ihm zu, zeigt auf den Obstkorb und hebt eine Augenbraue, dann lächelt sie.

Ist der Ring echt?

Dieser hier?

Ja.

Modeschmuck.

Hören Sie, ich bin in einer Notsituation und Sie könnten meine Rettung sein. Horst strahlt, bevor er fragt, würden Sie den Ring eventuell verkaufen? Ich mache Ihnen auch einen guten Preis. Besser noch, schlagen Sie den Preis vor.

Die Rezeptionistin lächelt. Elton John singt *Like a candle in the wind*, die Rezeptionistin sagt, tut mir leid, der Ring ist unverkäuflich.

Horst lächelt zurück, ja-ja, er zwinkert ihr zu, nennen Sie eine Zahl, die Ihnen spontan einfällt, fantasieren Sie, er zwinkert ein zweites Mal.

Das Telefon klingelt.

Hotel Weitblick, guten Morgen, wie kann ich Ihnen weiterhelfen?

Horst blickt erst auf den Ring, dann auf ihr Namensschild und sagt, bis später, Frau Janine.

Sie nickt ihm zu.

Wie Sie sehen, habe ich den Raum für unseren heutigen Vormittag umgestaltet. Setzen Sie sich bitte auf einen der Sessel im Kreis. Wir werden den Tag mit Ihren Blitzlichtern beginnen. Lassen Sie kurze Momente Ihrer Befindlichkeit aufleuchten und uns teilhaben an dem, was Sie beschäftigt. Helmut, als Ersten möchte ich Sie einladen, sich zu äußern. Noch während ich spreche, hole ich einen Kugelschreiber aus der Hemdtasche, öffne mein Begleitheft und sehe ihn an. Er weicht meinem Blick aus.

Helmut nickt in die Runde. In seinem Magen rumort es. Es ist der Hunger. Die Körperempfindung des Hungers ist ihm vertraut. Er bereut seinen Verzicht auf das Frühstück nicht. Stattdessen hat er ausführlich geduscht und am Ende noch sehr kaltes Wasser über seinen Körper fließen lassen.

Ich notiere, ein konturlos wirkendes Gesicht sehe ich vor mir, es gibt wenig unkontrollierte Bewegung darin. Zuckt etwa der Mundwinkel? Nein, und die Augen, ich kann nicht in sie hineinsehen, da ist eine Sperre, als wäre ein Tatortband um sie herum gespannt, das mir sagt, nicht weiter, nur bis hierher. Ich sehe Augen, die mich drängen, ihnen fernzubleiben, während ich ihn sagen höre, unsere Agentur ist modern und dynamisch. Wir alle lachen auf unseren Teambildern, wir sind glücklich, wir zeigen, dass wir gerne arbeiten.

Helmut hält einen Moment inne. Denn Arbeit, so sagt er, soll in unserer Agentur keinen Zwang darstellen. Wenn ich hier beispielsweise aus dem großen Fenster blicke, sehe ich Wald und Felder und ich finde mich in der Natur wieder. Auch mein Büro ist lichtdurchflutet und ich habe es mit viel Grün gestaltet.

Der Griegler und seine angebliche Naturfreude, denkt Franz, mir hätte das einfallen sollen, nicht dem, bei dem ist alles nur Show, Griegler-Griegler, pass du nur auf.

Während des Sprechens wird dieses Gesicht weicher, schreibe ich in mein Begleitheft, jedoch gibt es nichts von sich preis. Vielleicht ist weich das falsche Wort, es wird feingliedriger. Doch der Ausdruck wirkt einstudiert. Das Lächeln maskenhaft.

Helmut spricht indessen von Pflanzen, er sagt, Palmen stehen vor dem großen Fenster in meinem Büro, und auch im Eingangsbereich der Agentur wuchert es Grün. Ich mag das, es bewirkt, dass ich zwar weiß, ich bin hier, um zu arbeiten, aber das Büro selbst erinnert mich nicht ans Arbeitenmüssen. Kein Müssen drängt sich nach vorne und das ist mir wichtig, er lächelt, ja, es gibt mir die Freiheit, die ich schätze. Als Geschäftsführer der Agentur würde ich mich für diese Freiheit einsetzen. Danke, ich gebe das Wort weiter.

Sie können entscheiden, wer an der Reihe ist.

Gut, sagt Helmut ohne aufzublicken, ich wähle den mir am nächsten Sitzenden, das ist Franz.

Franz sagt, bevor ich hergefahren bin, habe ich noch die Umsätze des vergangenen Jahres studiert.

Ich blättere eine Seite weiter, schreibe, Gesichtsvermerk Franz. Ist da eine Traurigkeit in den Augen, eine Niedergeschlagenheit, ich meine ein verwundetes Gesicht zu sehen, eines, das wohl oft an überdimensionale Ansprüche und Forderungen gebunden war.

Ich muss sagen, wir haben viel erreicht, referiert Franz. Aber jetzt ist ein neues Jahr und ich finde, wir sollten darüber sprechen, was wir erreichen wollen und wie wir es erreichen wollen. Ich denke an einen Spirit der Mega-Wachstumsmentalität.

Was hinter diesen Augen vorgehen mag, ist wohl seit der Kindheit mit der Schuld der Heimlichtuerei gebrandmarkt. Ich entdecke es sofort, erkenne es wieder, wie erinnert es mich nur an mich selbst, da ist dieses Vertraute, die Art und Weise, wie er die Stirn runzelt, sich kleine Schweißtropfen bilden, während er spricht. Sein Lächeln ist nur scheinbar echt. In ihm ist wohl auch die Angst verborgen, Unzulässiges zu tun, ohne zu wissen, was das Unzulässige nun eigentlich ist. Einen Käfer zertreten, aus dem Fenster springen, sich auf die Straße legen und ein Lied singen. Sehe ich etwas von mir in diesen Gesichtsvermerken oder sehe ich Franz, Helmut, Horst, Annette, ich weiß es nicht.

Frau Mundgold würde jetzt ohne Zögern sagen, lass dich auf den Gedanken ein, Marius, geh hinein und sieh, was geschehen wird. Franz, sein Mund spricht die Worte, aber die Augen, sie schweigen.

Wir wollen am Markt gewinnen, wir wollen unser Geschäft verdoppeln, Franz' Stimme wird enthusiastischer, ja, ich weiß, das ist ambitioniert, aber wir können das schaffen, wir als Team mit dem Führungsprinzip des Primus inter Pares. Dieses Prinzip, wir kennen es alle, basiert auf dem Führungsstil des unterstützenden Führens. Reflexiv, rational, empathisch, er nickt.

Ist da ein beinah verborgenes Grinsen, ein leichtes Hochziehen des linken Mundwinkels zu sehen?

Danke, Franz. Wen bitten Sie, weiterzumachen?

Annette.

Sie setzt sich an den vorderen Rand des Sessels und richtet ihren Oberkörper auf. Der untere Rücken schmerzt, darüber sieht sie hinweg. Sie sagt, achtzig Prozent unserer Innovationen entstehen durch die zufällige, ungeplante Kommunikation.

Annette, schreibe ich, da ist doch etwas Hochmütiges in ihrem Gesicht, Arroganz vielleicht. Ein Gesicht, das auf Distanz hält, sieht uns jetzt gerade an, aber dennoch wirkt es eigentümlich harmonisch. Trügerisch, ich bin nicht sicher. Es erweckt den Eindruck einer Güte, aber da ist auch noch etwas anderes, es könnte mit Begierde zu tun haben und mit Trauer. Aber auch mit Kälte. Ich verstehe es noch nicht.

Annette sagt, zwei Mitarbeiter aus unterschiedlichen Abteilungen treffen sich im Pausenraum. Sie kommen ins Gespräch über Alltägliches, ihre Freizeit, worüber auch immer. Ich bin sicher, einer der beiden nimmt ein

Fragment aus diesem Gespräch mit und nutzt es für seine Arbeit. Das heißt, es ist oft das Prinzip des Zufalls, aus dem heraus sich eine Basis für Neues bildet. Versteht ihr?

In Annettes Augen, da ist viel Tiefe. Die Tiefe, für die es sich lohnt, lebendig zu sein. Ist es diese untere Schicht, der Teil, der allem zugrunde liegt?

Ich bezeichne dieses Zufällige als unseren Verbündeten, sagt Annette, und das bedeutet, wir benötigen eine stärkere Gesprächskultur in der Agentur. Meine erste Aufgabe als Geschäftsführerin würde ich darin sehen, die Agentur wohnlicher zu gestalten. Mehr Sitzgelegenheiten und Kaffeeecken einzurichten, sprich, die Räume gewähren zu lassen und dadurch Begegnungen bewusster einzubeziehen. Sie pausiert. Denn wir wissen, Gespräche, die den Input fördern, finden nicht am Schreibtisch statt, sondern beispielsweise an der Kaffeemaschine. Horst, wir bitten um deine Impulse.

Annette lächelt in sich hinein. Geht doch, denkt sie, und euch werde ich es noch zeigen, sie lehnt sich zurück und spielt mit dem goldenen Elefanten, der an ihrer Kette hängt.

Stichwort Transparenz, sagt Horst. Er beißt sich auf die Unterlippe, öffnet den Mund, und während er sagt, Transparenz hat einen sehr positiven Effekt, schlicht und einfach, indem man sieht, wer anwesend ist, spritzen kleine Speicheltropfen aus seinem Mund.

Horst hat eine unangenehme Stimme, notiere ich, und schaue aus dem Fenster.

Wir arbeiten, das wissen wir alle hier, lösungsorientiert in der Agentur, sagt er. Jeder einzelne der Mitarbeiter weiß in der Regel, woran er arbeiten muss, und das kontrollieren wir ja auch nicht anhand einer Videoüberwachung. Wir haben auch keine Stechuhr oder sonst eine Zeitmessung in der Firma, das finde ich gut. Schließlich sind wir dem Agenturkodex verpflichtet.

Ja, sagt Helmut und zieht eine Augenbraue nach oben, du willst jetzt aber nicht.

Doch, Griegler, unterbricht Horst, erst denken, dann handeln, so einfach und klar lautet unsere Devise, und ich erlaube mir, noch weitere Parameter aufzulisten.

Annette hat mich abgelenkt, wo war ich in Gedanken und: Horst. Was sehe ich in seinem Gesicht?

Jeder, der bei uns arbeiten möchte oder in der Agentur weiterkommen will, ist verpflichtet, sein Bestes zu geben. Er übernimmt Verantwortung für sich und andere, das heißt, er ist ständig wach, er ist hilfsbereit.

Da war doch jetzt ein Zucken um seine Mundwinkel, die Lippen wurden spitzer, oder?

Und das Wichtigste, sagt Horst, jeder von uns ist ständig auf der Suche nach Schwachstellen und Verbesserungsmöglichkeiten. Der Leitspruch unter meiner Führung wird daher lauten: Probleme sind Herausforderung, kein Grund zum Jammern und Arbeitsdisziplin gilt für jeden. Ich möchte, dass sich in Zukunft jeder von uns souverän verhält und wir in einer Atmosphäre der gegenseitigen Berechenbarkeit als Team noch effektiver zusammenarbeiten.

Horst nickt in die Runde.

Danke, sage ich schnell, wir haben heute Morgen einiges über Ihre Motivation gehört, Ihre Vorhaben als zukünftige mögliche Geschäftsführer. Jedoch war niemand von Ihnen bereit, sich der von mir vorgegebenen Aufgabe zu stellen. Und ich möchte anmerken, es war eine sehr einfache Aufgabe. Zur Erinnerung: Ich forderte Sie auf, in einem kurzen Blitzlicht Ihre momentane Befindlichkeit zum Ausdruck zu bringen. Diese Aufgabe haben Sie nicht ernst genommen. Wir beginnen nun mit der zweiten Runde. Stehen Sie bitte auf, jeder von Ihnen nimmt seinen Sessel und trägt ihn zur Wand.

Annette räuspert sich.

Franz schluckt, während Helmut sich mit einer Hand durchs Haar streicht, sagt Horst, Dr. Tankwart, wissen Sie.

Ja, frage ich.

Wissen Sie, sagt Horst, wir, und ich denke, es ist in Ordnung, wenn ich für alle Teilnehmer hier spreche.

Nein, sagt Annette, für mich ist es nicht in Ordnung. Ich werde für mich selbst sprechen. Das finde ich nicht gut, dass du dich in den Vordergrund drängst. Das ist kein Fair Play.

Gut, Horst nickt, ich spreche also für uns alle, nur nicht für Annette, er zwinkert, dabei bewegt sich sein linker Mundwinkel ein kleines Stück nach unten, er atmet ein und sagt, Herr Dr. Tankwart, wir lassen uns gerne auf Neues ein, dennoch.

Dann lassen Sie sich ein.

Horst blickt zu Boden, er schweigt, zieht eine Augenbraue hoch, schluckt, holt Luft durch die Nase, öffnet den Mund, schließt ihn und kratzt sich am Kinn.

Sie sind bereit, frage ich in die Runde, ohne eine konkrete Reaktion abzuwarten und sage, als Nächstes werden Sie in diesem Raum aufeinander zugehen. Das scheint auf den ersten Blick einfach zu sein. Jeder von Ihnen steht in einer Ecke des Raums. Und nun? Sie werden gleichzeitig losgehen und sich ein Gegenüber suchen. Während des Gehens werden Sie Blickkontakt halten. Das heißt, sie sehen der anderen Person in die Augen. Sie schenken ihr Ihre Aufmerksamkeit. Nichts anderes zählt als das Aufeinander-Zugehen. Haben Sie Fragen?

Nein, sagt Horst und presst seine Lippen aufeinander.

Franz sagt, alles verstanden, danke, Herr Dr. Tankwart.

Helmut nickt.

Annette nickt.

Und los, sage ich.

Go for it, denkt Helmut und, ich muss in diesen Flow hinein. Ich muss endlich diesen Flow für mich erschaffen. Es ist ja wie beim Laufen, ich werde in Zukunft noch mehr in meiner Tätigkeit aufgehen, total in ihr aufgehen, in dem ich alles vergessen werde, was um mich herum geschieht. In diesem Zustand werde ich noch besser werden, stärker. Der Mensch lernt ja am schnellsten und ist am leistungsfähigsten, wenn er mit seiner Tätigkeit verschmilzt. Vor allem aber kann er dann seine Leistung am längsten aufrechterhalten. Und darum geht es, die beste Leistung, die stärkste Innovation. Jetzt dieses Aufeinander-Zugehen. Was auch immer es sein mag. Ich gehe in den Raum. Punkt. Wie sieht mich denn Franz jetzt an? Nicht darauf eingehen, der Flow muss kommen, jetzt. Die Revanche, Franz, ich werde dir in die Augen sehen, Kleiner. Er presst seine Lippen zusammen und geht weiter.

Franz sagt leise, du willst spielen, Griegler. Dann los. Er beschleunigt seinen Schritt. Dich direkt ansehen, ohne Umschweife, ich kann das. Schließlich sitze ich hier am Steuer. Die Situation muss man sich selber gestalten. Wenn man wartet, bis andere einem etwas vorgeben, dann hat man die Situation nicht unter Kontrolle, wie du, Griegler, so wie du. Franz schließt die Handfläche seiner rechten Hand zur Faust, so wie du, Griegilein, machen das viele Leute. Sie schieben als Erstes gleich einmal die Verantwortung von sich weg und sagen sich, ich bin doch nur Befehlsempfänger. Bald schon wirst du meine Befehle empfangen. Deinem Blick weiche ich nicht aus. Im Gegenteil, ich werde dich ansehen und dich dabei gar nicht sehen. Ich werde da nicht viel reininterpretieren. Dich sehen und nicht sehen. Einfach mein Ziel vor Augen, nichts weiter. Ich setze mein Scheuklappen auf und gehe ganz sanft auf dich zu. So, gleich werde ich dich haben.

Helmut und Franz stehen einander gegenüber und blicken aneinander vorbei.

Ich notiere, diese zwei Gesichter sind wie blockiert, eingefroren, ja, eingeschweißt sind sie in dieser Maschinerie, in der sie ihre Nähe und Zugehörigkeit zu ihren Schemata und Schablonen täglich neu unter Beweis stellen müssen. Beinahe Ruinen sind das, beinahe? Habe ich etwa Hoffnung? Da ist mein Geschriebenes, fast unleserlich, so schnell habe ich geschrieben, schneller, als ich denken konnte. Wenn ich mich an mich selbst noch vor einem halben Jahr erinnere, da hätte ich mich sogleich distanziert von dem Wort Ruinen, nein, das hätte ich nicht schreiben wollen, ich hätte das ausgeblendet, unverzüglich, schon im Denken.

Franz und Helmut stehen im Raum, sie sprechen nicht, sie warten. Helmut wendet sein Gesicht Richtung Marius. Mit ratlosem Ausdruck sagt er, Herr Dr. Tankwart, dürfen wir uns wieder setzen?

Nein.

Annette schaut aus den Augenwinkeln zu mir und dann wieder in das Gesicht von Horst. Einen Zentimeter unter seinem rechten Auge verharrt sie mit ihrem Blick. Dieser Mann ist kein Gegenüber, sagt sie sich, unmöglich war das vorher, auf ihn zuzugehen. Heute Morgen hatte er wohl keine Zeit, sich zu rasieren, und sein Kinn ist vorgeschoben. Er sieht aus wie einer dieser *Dalton-Brüder* bei *Lucky Luke*. War da nicht ein Hund mit im Spiel? Rantan-dings, *Rantanplan*, genau, so hieß er, und das Pferd? *Rosinante* oder so, verwechsle ich *Lucky Luke* jetzt mit *Don Quichote*, hatte der nicht einen Esel? Ich bin durcheinander, in meiner Zeichentricksammlung fehlen nur noch die *Panzerknacker und Kater Karlo*. Der unrasierte Horst, das passt überhaupt nicht zu dem, der ist doch sonst so pingelig. Ist das ein Trick, ich muss wachsam sein, ich weiß auch nicht, aber irgendwie möchte ich jetzt unter einer Trauerweide stehen, woran denke ich da bloß?

Horst fragt sich, an welcher Universität hat dieser Tankwart nochmal seinen Abschluss gemacht, will ich Annette jetzt wirklich auf die Brüste schauen? Horst, bitte. Veronika, dich werde ich heiraten, du wirst die Meine. Wie lange sollen wir noch so herumstehen ohne ersichtlichen Grund? Horst legt seine Stirn in Falten.

Ich sage, Sie stehen einander nun gegenüber.

Ich denke, sie stehen da und sind wie Geister in diesem Raum.

Ich sage, versuchen Sie, sich anzusehen.

Horst hebt seinen Blick Richtung Annette. Sie erwidert den Blick und sieht einen Moment später auf Horsts Kinn, dann aus dem Fenster, ihr Gesichtsausdruck verändert sich.

Ist da ein Zucken um Annettes Nase, Marius, schau hin, sie versucht zu verbergen, sie kann nicht alles zurückhalten.

Annette blickt wieder in Horsts Gesicht.

Er bedroht mich, Annette setzt zu sprechen an, doch dann denkt sie: Was aus dem Mund draußen ist, kommt nie wieder zurück, sei vorsichtig. Und sie sieht sich im Kinofoyer liegen, nach Luft ringend, noch einmal schaut sie aus dem Fenster, dann zu Boden, sie räuspert sich. Der Hustenreiz, die Tür, nur wenige Meter sind es bis zur Tür, sie versucht, sich der Situation anzupassen, will sich lösen von dem Bild des sich in ihr ausdehnenden Hustens, indem sie sich zwingt, zu Horst hinzusehen, ihn zu bewerten. Ein Niemand ist er, ein Bastard.

Ich werde meine Gedanken nicht preisgeben. Annette hustet.

Sie schwächelt, denkt Horst. Er lacht lautlos in sich hinein.

Annette denkt, nein, nicht hier, kein Anfall, nein, ich verbiete es mir. Sie hustet. Ihre Augen verkleinern sich, wie mich alle ansehen, denkt sie, ich werde versagen. Annette räuspert sich, und schaut sich nach ihrem Wasserglas um. Es ist nicht da. Sie hustet, und während des Hustens klopft sie mit ihrer Handfläche auf den Brustkorb. Alles wird gut, denkt sie, ich lasse mich nicht unterkriegen. Ihr werdet mich nicht kleinkriegen. Nicht mit diesen Tricks.

Sie geht zur Tür, mit schnelleren Schritten, als sie geplant hatte. Vor der Tür hustet sie mehrere Male, bevor sie sich an der Wand abstützt. Ihre Augen suchen nach einem Sessel. An der Ecke neben dem Fahrstuhl steht einer, mit rotem Plüsch bezogen. Annette geht langsam und hustend auf den Sessel zu. Sie setzt sich und sinkt in die Lehne. Sie hustet, steht wieder auf, drückt den Liftknopf.

Brauchen Sie Hilfe, frage ich.

Sie verneint mit dem Kopf, hustet.

Setzen Sie sich, ich werde Ihnen ein Glas Wasser bringen.

Horst, Franz und Helmut stehen im Türrahmen des Seminarraums »Harmonie«. Helmuts Gesicht ist farblos. Horst winkt Annette zu. Franz grinst.

Annette sieht weg. Sie steigt in den Lift.

Wir hören sie aus dem Lift heraushusten.

Gehen Sie bitte zurück in den Seminarraum.

Horst fragt, dürfen wir die Sessel wieder in die Mitte des Raumes stellen?

Nur zu.

Franz sagt, Herr Dr. Tankwart, ich glaube, Annette hat eine Erkältung, bei diesen ständig wechselnden Frühlingstemperaturen ist das nicht weiter verwunderlich. Franz denkt, Tankwart, du interessierst dich für unser Fräulein Annette, das ist nicht zu übersehen. Franz sagt, Herr Dr. Tankwart, sollen wir eine Pause machen, bis Annettes Husten sich gebessert hat?

Ist Ihnen das Warten ein Anliegen, Franz?

Franz sagt, ähm, ich dachte, es wäre vielleicht angebracht. Schließlich.

Horst unterbricht, erläutern Sie doch bitte diese Geh-Übung, Herr Dr. Tankwart, ich wäre Ihnen hierfür sehr verbunden.

Horst beabsichtigt also, mich herauszufordern. Wie ermüdend, aber dennoch, ich bin da jetzt hineingeraten, ich werde ihnen wohl eine Erklärung liefern, eine, die sie erkennen und dann werden wir weitersehen. Ich sage, Sie interessieren sich also für den Sinn dieser Übung, indem Sie deren Sinn anzweifeln, Horst, ist das korrekt?

Horst nickt. Er räuspert sich.

Gut, Disziplin ist Ihnen vertraut, da bin ich sicher. Doch im Moment sind Sie alle nicht so diszipliniert, wie die Aufgabe es erfordert. Das heißt, Sie sind eben nicht diszipliniert in dem Sinne, herauszufinden, was jetzt in dieser Situation wichtig ist, was als nächstes auf Sie zukommt, Sie sind demnach nicht im analytischen Sinne diszipliniert. Sondern formal, Sie machen, was Ihnen vorgegeben wurde, stellen sich aber nicht der Aufgabe. Sie haben nicht verstanden, wie komplex die Aufgabe ist, obwohl ich Ihnen das gesagt habe, Sie haben nicht darauf geachtet. Im Gegenteil, Sie haben die Aufgabe negiert. Ich habe Sie alle beobachtet, während Sie durch den Raum gegangen sind, habe Ihre Gesten gesehen, Ihr Unverständnis, Ihr Nicht-Einlassen, ja, Horst, Ihren Unmut. Und jetzt? Hören Sie meine nächste Aufgabe: Jeder von Ihnen hat eine halbe Stunde Zeit, um sich zu erinnern. Was ging in mir vor, während ich auf einen meiner Konkurrenten zuging? Und die zweite Frage lautet, was habe ich im Gesicht meines Gegenübers gesehen? Sie können im Seminarraum bleiben oder hinausgehen, doch in einer halben Stunde werden Sie sich hier wieder einfinden. Es ist 10:14, wir sehen uns um 10:45.

Wann habe ich angefangen, Johanna Haarers Erziehungsleitlinien auf meine Karteikarten zu übertragen. Jetzt, in der Erinnerung scheint es, als wäre ich irgendwann in einem Türrahmen gestanden, und hätte hinausgehen wollen, aber konnte es nicht. Ich musste bleiben, es gab ja immer etwas, das mich zurückhielt, ein Wagnis einzugehen. Darüber habe ich oft mit Frau Mundgold gesprochen, dass ich mich wie angekettet fühle an meine Herkunft, meine Familie. Sie hat mir die Bücher von Johanna Haarer gegeben. Ich habe sie gelesen und ich habe geweint. Mein weinendes Ich. Die Vergeblichkeit, plötzlich konnte ich sie spüren, meine verzweifelten Kinderrufe hören, Mama, hier bin ich, vor dir stehe ich, siehst du mich denn nicht. Aber sie hat keinen Platz für mich gehabt. Ich musste folgsam sein, hatte mich unterzuordnen. Wie sie es vor mir musste, so wurde es weitergegeben von Generation zu Generation. Für die Nöte eines Kindes ist keine Zeit. Ein Kind hat zu funktionieren, sich den Gegebenheiten anzupassen.

In wenigen Minuten werden die Münder der Teilnehmer wieder Worte über Leistung sprechen und ich werde mich fragen, wie oft ich das Wort leistungsbereit in meinen Seminaren schon gehört habe und wieder denken, dass es immer ein Füllwort ist, eine Floskel, die sich jederzeit in einen Satz einbauen lässt.

Ich möchte mich ansehen und einen Mund sehen, der beginnt zu benennen, das noch nicht Benannte möchte ich in schwebender Kenntnis halten, wissend, dass es da ist, auch wenn ich nicht weiß, wo es ist und was es tut in mir. Doch was mein Auge sieht, sind meine sofort empfundenen Defizite, Mensch, Marius, bleib bei dir und geh noch einen Schritt weiter auf dich zu. Ich bin ja immer der Ganze. Oder will ich das schwer Zugängliche vor mir selbst zurückhalten. Zwei Hände, die halten? Mich rückwärts ziehen oder gar würgen, soll ich in mich hineinwürgen, alles runterschlucken und weiter schweigen. Nein, heraus damit, sag ich, und dann.

Im Seminarraum sage ich, bitte, setzen Sie sich.

Horst lehnt am Fenster.

Franz sitzt auf einem der Sessel. Annette setzt sich neben ihn. Ihre Lippen sind dunkelrot und sie hat Lidschatten aufgetragen, ihre Wimpern mit schwarzem Mascara getuscht.

Helmut steht vor dem mit Äpfeln gefüllten Korb. Er sagt, ich glaube nicht, dass heute Morgen jemand frische Äpfel in den Korb gelegt hat. Wir sollten uns setzen, Herr Dr. Tankwart?

Bitte sehr.

Alles wieder in Ordnung, Annette, fragt Horst und setzt sich neben sie.

Danke, ja, sagt Annette, ein verschleppter grippaler Infekt, verzeihen Sie die Störung. Es wird nicht wieder vorkommen, Hustenreiz ist immer so eine Sache.

Charaktersache, Helmut behält seinen ersten Gedanken für sich, beinah ist er überrascht. In der Kirche hustest du nicht, hat seine Mutter immer gesagt, da wenden sich die Blicke der Anderen auf dich, das ist sehr unangenehm. Wenn der Hustenreiz da ist, hältst du ihn zurück, das schaffst du schon, das musst du schaffen.

Ich nicke in die Runde und denke, es hat vielleicht keinen Sinn weiterzumachen. Meiner Idee zu folgen, sie anzusprechen, auszusprechen. Sie wollen nicht hören. Sie wollen einander besiegen, jeder gegen jeden, mit Trick und mit Tücke.

Ich frage, wer von Ihnen hat etwas mitzuteilen?

Horst sagt, ich werde schweigen.

Helmut sagt, du?

Ja, Griegler, ich. Was bezwecken Sie überhaupt, Herr Dr. Tankwart, ich werde mir das nicht bieten lassen.

Helmut sagt, von wegen schweigen. Horst, du, du, du kennst nur Schwarz und Weiß, du.

Horst unterbricht, und bei dir ist das anders, angeblich? Wir wissen, du bist Läufer und bla-bla.

Helmut sagt, ich lasse mich hier nicht entwerten.

Franz unterbricht, aber bitte, ihr nehmt alles so persönlich. Ich frage mich, wie ihr es in eure Positionen geschafft habt, so verweichlicht, wie ihr seid.

Horst grinst, mit viel Fleiß und Überzeugungskraft.

Annette lacht, natürlich, sagt sie, Fleiß, natürlich.

Jetzt, sage ich, werden wir uns wieder der eigentlichen Aufgabe zuwenden. Sie wissen, mein Auftrag lautet, nach diesem Wochenende dem Vorstand der Agentur einen Vorschlag zu unterbreiten, wer mir von Ihnen als am besten geeignet für den Posten des Geschäftsführers erscheint. Was werde ich also tun?

Horst sagt, Sie testen unser Konfliktverhalten, er gähnt, Entschuldigung, ich bin müde. Darf ich das Fenster öffnen?

Horst steht auf, er versucht, ein heiteres Gesicht zu machen, ein Optimistisches. Mit einem kurzen Blick kontrolliert er sein Spiegelbild im Fenster, alles gut, denkt er und öffnet es, hält für einen Moment den Kopf ins Freie, Veronika fällt ihm ein, in ihrem Schlapp-pyjama mit der ins Haar hochgesteckten Lesebrille. Sie fehlt ihm, und einen Moment fragt er sich, ob er jetzt in sein Zimmer gehen, die Sachen packen und zu ihr fahren soll. Doch bevor sich die Idee in seinem Kopf Raum genommen hat, hat er sie schon zur Seite gelegt, wie ein frisch gebügeltes Hemd. Er atmet in schnellen Zügen ein und aus.

Helmut sieht die Wolken vorüberziehen. Es wird aufklaren, freut er sich und blickt auf die Uhr, in zwei Stunden ist Mittagszeit, Laufzeit. Er räuspert sich. Ich glaube, wir haben genug frische Luft im Raum, sagt er an Horst gewandt. Würdest du das Fenster wieder schließen?

Horst schließt das Fenster und setzt sich in den Sesselkreis.

Ich frage, sitzen Sie gut?

Entschuldigung, Herr Dr. Tankwart, was haben Sie gesagt, fragt Franz.

Haben Sie es bequem auf ihren Sesseln?

Wie ein Sessel in einem Seminarraum eben so ist, sagt Franz, also nicht bequem und nicht wirklich unbequem.

Neutral, sagt Annette. Doch im Lendenwirbelbereich spürt sie einen stechenden Schmerz. Sitz gerade, lass dich nicht durchhängen, hört sie ihre innere Stimme sprechen, und schon streckt sie den Rücken durch und zieht ihre Schultern nach hinten. Es fällt ihr schwer einzuatmen. Sie lässt sich ein wenig zurücksinken und atmet auf. Die Muskeln starr, in ihrer Verkrampfung eingedickt um die Wirbel, dennoch haltlos erscheint er, geborgen möchte er sein, dieser Rücken, immer kommt diese Sehnsucht in den Wirbeln. Lümmle nicht so herum, Annette, das schickt sich nicht für eine erfolgreiche Frau. Sitz gerade. Füße zusammen, du willst doch nicht, dass jemand dir zwischen die Beine, du bist ja keine. Das Mannsgefallen hast du ja überhaupt nicht an dir, Annette, ist da Spott in dieser Stimme? Ein Lächeln wäre jetzt aber dennoch angebracht, ein freundliches Lächeln, mitsamt lebhafter Augen.

Ich sehe Besorgnis in Annettes Blick. Wieso nur denke ich, wenn ich meine, Besorgnis im Blick anderer zu erkennen, stets an meine Mutter, an ihren besorgten Blick, mit der Erwartung an mich, doch endlich zu genügen?

Nun gut, sage ich, wir drehen uns hier wohl im Kreise. Ich nehme zur Kenntnis, dass Sie alle sich präsentieren wollen, doch mein Interesse gilt weniger Ihrer Präsentation, es gilt, ja, mir fehlen gerade die Worte dafür.

Franz sagt leise, oje.

Eine Frage an Sie, wie ist das, wenn Worte fehlen, ist das gut oder schlecht, was meinen Sie?

Franz sagt, also was jetzt, das Wortringen?

Das ist doch ein Hin und Her. Was sich nicht bezeichnen lässt, gibt es nicht. Ende, sagt Horst, und wie um seinen Beitrag zu verstärken, schüttelt er den Kopf. Wichtig und richtig ist das Reale, und Reales ist immer einordenbar. Wie komme ich weiter, welche nächsten Schritte sind zu planen. Fertig.

Aber da ist doch schon immer noch irgendetwas anderes, oder nicht, sagt Annette.

Was wollen Sie eigentlich von uns, fragt Horst. Er steht auf. Ich bin kein Statist in Ihrer Show, dafür ist mir die Zeit zu wichtig. Wissen Sie, ich habe auf ein gemeinsames Wochenende mit meiner zukünftigen Frau verzichtet, aber jetzt langsam frage ich mich, ob es das wert war. Sie machen einfach irgendetwas mit uns, und so wollen Sie erkennen, wer der nächste Geschäftsführer werden soll? Horst neigt den Kopf zur Seite und sagt dann, ich bitte Sie, sagen Sie endlich, was Sie mit uns beabsichtigen.

Horst gebärdet sich, als würde er einen Kaiser spielen, denkt Franz, aber völlig unrecht mit dem, was er sagt, hat er ja nicht. Irgendetwas stimmt hier ganz und gar nicht.

Helmut sagt nichts, in Gedanken läuft er längst schon den Hügel hinter dem Hotel hinauf zur Waldlichtung. Es hat keinen Sinn, mich einzubringen, sagt er sich und versucht, ein heiteres Gesicht zu machen.

Clownesk, sagt Annette leise, das ist wie im Zirkus oder besser noch, wie im Kasperltheater, meine Herren, und lauter werdend sagt sie, so beruhigen wir uns doch. Was ist hier los? Horst, wenn du lieber bei deiner Verlobten bist, so fahr zu ihr. Niemand von uns wird dich vermissen. Ich denke, dass ich im Namen aller Anwesenden spreche, wenn ich dies so salopp formuliere. Und ja, Herr Dr. Tankwart, ein, zwei Sätze zur Erklärung würden uns hier bestimmt weiterhelfen.

Ich lache auf, mein Blick begegnet Annettes, dann sage ich, wir sind hier beschäftigt mit Bäumen, mit Gehen und mit dem Ausdruck in unseren Gesichtern. Die nächste Frage, die sich mir aufdrängt, lautet: Hatten Sie eine glückliche Kindheit? Sie alle befinden sich jetzt natürlich in einer, wie heißt es so schön, Zwickmühle, oder nennen wir es vertrackte Situation. Horst, Sie sind mit dem Verlauf des Seminars unzufrieden, erinnert Sie diese Unzufriedenheit an etwas, genauer gesagt, an etwas Ihnen Bekanntes, vielleicht aus der Kindheit? Ja oder nein, sie werden es uns mitteilen oder nicht. Ich bin im Moment unschlüssig, wie es weitergehen wird. Ich denke, eine vorgezogene längere Pause könnte möglicherweise in unser aller Sinn sein.

Helmut nickt.

Franz sagt, ja, ein Spaziergang würde mir gut tun. Franz denkt, Horst hat recht, aus diesem Tankwart wird man nicht schlau.

Annette sagt, wir können gerne eine Pause machen, ich bin einverstanden.

Horst schaut auf das Display seines Telefons.

Gut, wenn niemand einen Einwand hat, dann sehen wir uns wieder, sagen wir um 13:00. Im Übrigen ist das Mittagsbuffet bereits geöffnet. Guten Appetit. Und vergessen Sie für die Nachmittagseinheit Ihre Zeichnungen nicht.

Franz sagt zu Horst, gehst du mit mir ein Stück spazieren?

Naja.

Ich bin übrigens ganz bei dir, mit diesem Tankwart stimmt so manches nicht, man möchte sogar meinen, er ist hier richtiggehend deplatziert.

Ich gehe gern ein Stück mit dir. Vorher werde ich noch eine Kleinigkeit essen und mit meiner Verlobten telefonieren. Treffen wir uns in einer halben Stunde vor dem Hoteleingang?

Abgemacht.

Fräulein Janine, wie schön, ich erwische Sie noch. Haben Sie nachgedacht bezüglich des Rings? Mein Angebot steht nach wie vor, ich habe Handschlagqualität. Wie viel Geld möchten Sie?

Ich sagte bereits, der Ring ist unverkäuflich.

Ach, wissen Sie, ich sage einmal, 120 Euro und pst-pst-pst, er neigt seinen Kopf in ihre Richtung, flüstert, es ist noch Luft nach oben. Horst grinst.

Hat der auch gebleichte Zähne, fragt sich Janine und sagt, wissen Sie, der Ring ist tatsächlich unverkäuflich.

200 Euro.

Das ist keine Auktion, sagt Janine lächelnd. Sie versucht freundlich auszusehen, doch eigentlich ist sie verärgert, was bildet dieser Gast sich ein, denkt sie und bleibt höflich.

Mein letztes Angebot lautet 270 Euro, ich würde es an Ihrer Stelle annehmen. Das ist großzügig, finden Sie nicht. Horst nickt, um seine Aussage zu bekräftigen. Überlegen Sie es sich, ich werde wiederkommen. Denken Sie nach, wiederholt er sein Gesagtes ein weiteres Mal und geht, ohne ihre Antwort abzuwarten.

Janine blickt auf ihren Ring, glaubt dieser Mensch, fragt sie sich, dass alles käuflich ist. Ein kühles Schaudern läuft ihr über den Rücken.

Annette sitzt im Speiseraum an einem Tisch beim Fenster. Der Blick hinaus ist angenehm, und die Ruhe in dem Raum ist es auch.

Ein Paar mittleren Alters setzt sich an den Tisch neben sie. Der Mann riecht nach Zigarettenrauch. Annette rümpft die Nase. Die Frau steht auf und geht Richtung Buffet. Der Mann bestellt ein großes Bier und ein Glas stilles Wasser. Die Frau kommt mit einer Schale Gulaschsuppe zurück.

Annette sticht in die auf der Salatplatte liegende Rote Rübe und belegt die Gabel zusätzlich mit geriebenen Karotten. Zu Hause isst sie gerne gekochte Karotten, die sie in kleine Scheiben schneidet, mit zerbröseltem Schafkäse vermischt und mit Essig und Öl mariniert. Dazu schmeckt ihr eine Scheibe Schwarzbrot. Schön wäre es, jetzt daheim zu sein, denkt sie.

Der Mann am Nachbartisch spricht mit seiner Frau.

Die jungen Leute heutzutage sind wirklich zu nichts mehr zu gebrauchen, sagt die Frau.

Genau, sagt der Mann, gerade in der Hauptstadt.

Ja, wirklich.

Das ist unmöglich.

Ich glaube, da steht morgens überhaupt niemand mehr auf, um etwas zu leisten. Die wollen doch alle in der sozialen Hängematte liegen und fürs Nichtstun kassieren.

Das sehe ich auch so, der Mann lacht auf, weißt du, sagt er, früh ins Bett und früh heraus, das hat Oma schon zu mir gesagt, und dann hat es plötzlich geheißen, Langschläfer wachsen schneller, erinnerst du dich?

Vage, vage, ich glaube, das waren die Hippies, die diesen Unsinn verbreitet haben, und den ganzen Schmarrn mit der zuckerfreien Ernährung, ja, wenn eines dieser Kinder einmal eine Tafel Schokolade erwischt hat, hat es sie aufgegessen wie ein Butterbrot.

Annette grinst in sich hinein und muss plötzlich an ihre frühere Schulfreundin Babette denken, die eigentlich Susi heißt, aber die beiden waren eben Annette und Babette, die Unzertrennlichen.

Was hatten wir nur für Pläne, und dann, nach der Schule, haben wir uns gänzlich aus den Augen verloren. Es war aber vorhersehbar, Susi hat ja irgendwann diese Vorliebe für das Lesen von Gedichten entdeckt. Einmal bin ich mit ihr kurz vor der Matura in die Stadtbibliothek gefahren, wir haben noch in der Trafik haltgemacht und ich habe mir eine Packung *Camel* gekauft, Susi *John Player Special*. Ich möchte jetzt eine Zigarette rauchen.

Annette sieht sich um. Nur der Mann neben ihr scheint Raucher zu sein, aber ihn will sie nicht um eine Zigarette fragen. Er scheint ein Tölpel zu sein, und Tölpel beachte ich nicht, denkt sie, und sogleich an Susi, sie hat diesen Batikrucksack gehabt und ich die alte Ledertasche von Papa. Die Haupttür zur Bibliothek war sehr groß, eher ein Tor, und ich wollte so schnell wie möglich wieder raus aus dem Gebäude. Als ich dann vor der Bibliothek gestanden bin, um zu rauchen, habe ich voller Sehnsucht die Einkaufsstraße entlanggeschaut, mich nach Mascara verzehrt und einem passenden Lipgloss. *Chanel Intense Waterproof* wollte ich mir kaufen. Mein Taschengeld reichte nicht, aber nach der Matura wurde dieser Mascara meine Belohnung und ich benutze ihn bis heute. Annette zieht eine Augenbraue hoch und streicht mit der linken Hand ihre Wimpern entlang. Perfekt, noch immer perfekt, eben Chanel. Susi habe ich wiedergefunden. Sie ist auf dem Linoleumboden gesessen, an den Heizkörper gelehnt und hat Kaugummi gekaut. Ich habe den Zigarettenrauch gerochen. Du sagst mir nicht mal, wenn du rauchen gehst, habe ich sie gefragt. Beleidigt. Sie hat nur gesagt, Annette, ich mag nun mal Gedichte. Lies doch auch welche, hier, versuch mal. Ich gehe zu *Douglas*, habe ich gesagt. Wir sehen uns morgen. Dann bin ich rausgegangen, ohne mich noch einmal umzudrehen. Susi ist nicht nachgekommen, obwohl ich langsam gegangen bin, ihr die Chance gegeben habe, mir zu folgen. Und als ich sie am nächsten Tag in der Schule getroffen habe, war alles wie immer, aber nichts wie zuvor.

Frau Mundgold liest jede Zeitschrift, die sie sich auswählt, restlos zu Ende. Sie sagt auch, dass sie es für reine Überheblichkeit hält, anzunehmen, man könnte seinen Nachfahren Reichtum vermachen. Das Einzige, das ihr sinnvoll erscheint, ist, mit den Menschen, die einem etwas bedeuten, möglichst lange zusammenzuleben. Und dafür sei nicht viel vonnöten. Ein beweglicher Geist etwa, um das, was man lange Zeit als richtig erachtet hat, in Zweifel ziehen zu können. Und ein geschmeidiger Körper, selbsterklärend, wie sie sagt und einfach zu ermöglichen, denn ein Wundermittel hierfür sei unumstritten das Geheimnis der Katze, wie sie ihr Geheimnis nennt, eine Bewegungsabfolge von zehn aufeinander aufbauenden Übungen, und am Schluss der Übungssequenz träumt sie als Katze stets vom Fliegen, denn es hilft, Gewohnheiten abzuwerfen, wenn es Zeit dafür ist, dann stehen neue Möglichkeiten offen.

Die Karteikarten, Johanna Haarers Sätze, ihre Lehre. In mir hat sie eine Leere hervorgerufen, die ich lange Zeit für mein Leben hielt, bis ich erkannte, dass sie zwar eingeschrieben ist, aber nicht unausweichlich. Ich habe sie zu füllen begonnen mit neuen Erfahrungen. Und ich erkenne die Leere in den anderen, sobald ich ihr begegne. Horst, Franz, Annette, Helmut, auch aus ihnen spricht sie, umso mehr, da sie ja funktionieren. Erfolgreich sind, vor einer eventuellen Beförderung stehen. Mit Einsatz und Tatkraft haben sie, mit.

Ich drehe die Karteikarten um, sodass ich die Sätze nicht sehe. Was, wenn ich jetzt einfach mische und ziehe und meinen unvollständigen Satz mit dem Einsatz und der Tatkraft mit irgendeinem Satz fortsetze, der auf einer beliebigen Karteikarte steht. Die Kombination des wirtschaftlichen, nein, des leistungsorientierten, nein, des Kapitals, ich weiß nicht, des, ja wessen, es ist ja kein Mensch, des neoliberalen Wirtschaftssystems mit der nationalsozialistischen Erziehungsideologie, werde ich dann Sätze lesen, die zusammenpassen, als hätten sie schon immer zueinander gehört, werde ich. Eigentlich bin ich mir der Antwort sicher.

Helmut sieht sein Gesicht. Es ist wie ergraut, als ob die Haut nicht ausreichend mit Blut versorgt würde, er sieht ein Haar aus seinem Nasenloch wachsen, nimmt die Pinzette und zupft es aus. Seine Stirn in Falten, seine Augen blicken ihm entgegen. Er schaut kurz in sie hinein, dann blickt er wieder auf seine Nase. In den Augen verweilen will er nicht so lange. Zu spät, schon sieht er sich mit seiner Familie am Esstisch sitzen, auch der Vater ist da, die Erinnerung muss ein Wochenende streifen. Helmuts Mundwinkel fallen nach unten, als hätte er die Kontrolle über sie verloren, mit einer Hand stützt er den Mund, und sein Spiegelbild blickt ihm entgegen, ja, sagt er, an das Aufdecken meiner Schwächen und Untugenden während des Sonntagsfrühstücks erinnere ich mich genau, ich höre noch das hämische Gelächter. Der Hohn, der Sohn, das Ohr im Chor, flüstert er seinem Spiegelbild zu. Helmut dreht den Wasserhahn auf, seine Hände greifen ins kalte Wasser, die Handschüsseln sammeln es, und er schleudert das Wasser gegen den Spiegel. Die Tropfen verstellen sein Gesicht. Wie ein Schluchzen hinter einer verborgenen Maske rinnt das Wasser den Spiegel hinunter. Lass dich auf nichts ein, Helmut, flüstert seine Ohrstimme, arbeite an deiner Fassade. Mach alle Lichter an, wasche dein Gesicht, die Ohren, wasch dich in den Achselhöhlen. Trinke ein Glas Wasser, ein zweites, geh hinaus in die Natur, laufe. Laufe, als könntest du vor all dem davonlaufen.

Helmut nickt sich zu. Seinen Laufpullover und seine Laufjacke hat er griffbereit auf dem Bett. In der Nachttischlade liegt eine Packung Traubenzucker. Er steckt zwei Stück in die Jackentasche. Ich laufe, ich lebe, sagt er. Es ist ja nicht schwer, ich kann alles schaffen, nichts ist unmöglich. Ich reiße mich zusammen, nichts wird preisgegeben. Mein Körper ist schon fort, längst im Wald, zwischen den Sträuchern, eingegraben bei den Wurzeln, Helmut, nein. Helmut, stopp, diese Gedanken bringen dich nicht weiter. Lass los, mach dich frei, der Inhalator ist in der Jackentasche, jetzt die Schuhbänder binden und die Tür verschließen. Eins, zwei, eins, zwei.

Ich will nicht, will die Karteikarten nicht mehr nehmen, will nicht lesen, was auf ihnen geschrieben steht. Stattdessen greift ich nach *tschulpi*, schlage das Heft auf und schreibe:

Wörter, die im Körper schlafen und aus mir herauskommen, um mich zu berühren, sind wie eine wärmende Hand. Darf diese Hand alles schreiben, auch wenn das Geschriebene schwer zu wiegen vermag, in der Angst vor dem sich mir mehr und mehr öffnenden Zusammenhang. Ein Bruch, Einbruch in einen Traum, in dem jeder Buchstabe sich bewegen, ja, tanzen, springen darf, ganz ohne Furcht vor gebrochenen Knochen.

Die Wörter schreibt die Hand, und die Hand hält den Stift, und die Augen schließe ich, während ich aufeinander zuschreibe, nicht wissend, wohin ich mich bewege.

Ich möchte etwas über die Wirklichkeit erfahren. Doch wie oft bleibt der Gedanke im Stift, das Wort ohne Körper. Vertrauen möchte ich. Mir und den Menschen und mit ihnen Balkons an Häuser bauen.

Express yourself, singt *Madonna* in Annettes Ohr. Sie liegt in ihrem Zimmer auf dem Bett. Schaut an die Decke, ihre Augen folgen einer Ritze. Höckerige Kamele, denkt sie und daran, dass sie früher oft davon träumte, in ferne Länder zu reisen. Wann hat das alles aufgehört, fragt sie die Ritze an der Decke und mehr noch sich selbst. Die Decke in ihrem Kinderzimmer, die Ritzen, in die sie sich hineinträumte. Sie steht auf, räuspert sich, geht ins Badezimmer und öffnet ihre Toilettetasche, trägt erneut *Chanel Waterproof Intense* auf ihre Wimpern auf, atmet durch und betrachtet das linke Auge, nur das linke Auge ganz für sich allein, während sie an eine Katze denkt, die an der Rinde eines Baumes kratzt. Annette dreht den Wasserhahn auf. Heißes Wasser rinnt in das Becken, der Spiegel beschlägt. Sie nimmt ihre Holzdose mit den eingeschnitzten Blüten, öffnet sie, pudert das Gesicht. Wann hat sie ihre ersten eigenen Tränen gesehen?

Warum sich damit befassen, sagt Annette und greift nach dem dunkelroten Lippenstift in ihrer Tasche. Ich werde jedenfalls nicht ersticken, flüstert sie und fährt mit der Zungenspitze die Zähne entlang, um nach Speiseresten zu suchen. Ihr tägliches Ritual, jetzt betastet sie ihr Unterkiefer mit den Händen, schiebt es hin und her, um die Muskulatur zu entspannen. Dann schiebt sie das Unterkiefer nach vor und zurück, das Kiefergelenk unterhalb der Ohren knarrt wie die Diele eines Hausflurs. Annette bewegt das Kiefer weiter und weiter, bis sie den vertrauten Schmerz spürt. Sie schließt den Mund, beißt die Zähne zusammen, nickt sich zu und geht zurück zum Schreibtisch am offenen Fenster.

Johanna Haarer ist in meinem Zimmer und mehr noch in meinem Kopf. Wenn ich sie in mir wachrufe, um sie zu fragen, ob es vorausschauende Absicht war, ihre Erziehungsmethoden in möglichst alle Mädchen und Frauen einzupflanzen und in ihnen austreiben zu lassen über Generationen, ob dieser allumfassende Plan in seiner Grausamkeit Berechnung war von Anfang an, dann weiß ich, dass die Antwort nur Ja lauten kann, Ja lauten muss.

Dennoch, wie gern möchte ich annehmen, dass es nicht so war, dass es Zufall war oder sich einfach so ergeben hatte und man dann nicht mehr von der Grausamkeit abrücken konnte, obwohl man es gewollt hätte. Denn eigentlich wollte man ja immer nur das Beste für die Kinder. Es ist nicht Johanna Haarer, an die ich denke. Es ist meine Mutter. Wie konnte sie nur, in den Siebzigerjahren gab es auch andere Meinungen. Doch sie, hat sie je?

Wie sehr habe ich mich angestrengt, während all der Jahre, nicht erleben zu müssen, was ich nicht klar erinnern konnte, diese vor mir auftauchenden, in sich verschwommenen Bilder wollte ich vollkommen in mir versinken lassen. Die Kraft, die ich aufbrachte, sie wegzuschieben, um mich meiner Arbeit zu widmen, ganz in ihr aufzugehen, in all meinem Können und meinem Wollen. Die für ein gutes Leben überflüssigen Dinge, die ich Tag für Tag verrichtet habe, um unverzichtbar zu sein für das Unternehmen. Es sollte ja meine Familie sein, meine Heimat, der Ort, an dem ich aufgehoben war von morgens bis abends und dann, zu Hause in der Wohnung, das schnelle Duschen, das Essen, vielleicht ein Blick in die Zeitung, doch in Gedanken war ich immer schon beim nächsten Projekt. Die Arbeit ruft, war mein Leitsatz. Ich war unverzichtbar und ich wollte unersetzbar sein. Ein Auflachen, gefolgt von einem leichten Hüsteln. Ja, ja, Marius, Selbstberechtigung durch Arbeit.

Im Spielalter muss Gehorsam erreicht werden und zwar der unbedingte Gehorsam, ohne Ablenkung, ohne Lohn oder Versprechen und ohne Drohung mit Strafe.
Johanna Haarer

Ein Blick auf die Uhr. Ich lege die Karte beiseite, die Pause ist bereits vorüber. Egal, sollen die Teilnehmer doch für sich bleiben. Über ihre möglichen Entwicklungsfelder sprechen, irgendwann wird einer von ihnen an die Tür klopfen, und bis dahin werde ich mich dem Wesentlichen widmen.

Die Tür des Seminarraums »Harmonie« steht offen. Noch ist niemand da. Die Wände sind weiß, die Stühle stehen im Kreis. Die Luft ist verbraucht. Sobald jemand das Zimmer betritt, wird er ein Fenster öffnen. Der Raum hat eine Größe von etwa dreißig Quadratmetern. Die Arbeitstische stehen nebeneinander an der Wand gegenüber den Fenstern. Viele Menschen waren im Laufe der Jahre hier, um ihre Familien aufzustellen, Kräuter besser erkennen zu lernen, Manager ihres Selbst oder Lach-Yoga-LehrerInnen zu werden, Grundlagen der Betriebsführung zu erlernen, gecoacht zu werden oder in der Vorweihnachtszeit fernab vom Trubel bewusst Adventkränze zu binden.

Der Raum selbst könnte viele Geschichten erzählen von den Tränen, die hier geflossen sind, von den Rufen und der in den Menschen zurückgebliebenen Wut. Natürlich sind in den Seminarräumen mit den Namen »Harmonie«, »Welt«, »Ursprung« und »Achtsamkeit« keine versteckten Mikrofone eingebaut oder sonstige Abhörgeräte jedweder Art. Für Transparenz sorgen die einzelnen Teilnehmer der Seminare ganz von selbst. Sie haben schließlich nichts zu verbergen und verfolgen ihre Ziele offen und pflichtbewusst.

Annette hat ihren Baum eingerollt und legt die Zeichnung auf den Boden. Sie geht zum Fenster. Luft, sagt sie und atmet ein und aus und ein und aus. Einen Moment lang betrachtet sie den Raum. Es ist nicht besonders anregend hier, findet sie und setzt sich auf den Stuhl hinter ihrem Baum. Sie holt ihr Telefon aus der Tasche und sieht sich auf der Plattform eines Online-Händlers Uhren an.

Horst kommt durch die Tür, er nickt Annette zu, die kurz den Kopf hebt.

Keiner da, sagt sie und widmet sich weiter den Uhren.

Stimmt, sagt Horst und geht Richtung Fenster, um es zu schließen. Die Zeichnung liegt noch in seinem Zimmer. Statt sie zu holen, mischt er sich als *Bahamas Joe* in die Diskussion des Online-Nachrichtenmagazins ein.

Bahamas Joe
Selbstausbeutung, das ist ja bitte, linkes Gutmenschengerede. Wer etwas leisten will, der kann etwas leisten, wer will, hat alle Chancen, so einfach ist das. Jeder kann es schaffen, nur die Schwachen versagen oft. Dieses Selbstausbeutungsgeheule, MissySpissy, das können Sie sich… Habe ich mich nicht klar und deutlich ausgedrückt? Der Exzess der Arbeit, was soll das sein, außer inhaltslosem Gerede, dümmlichem Geplapper. Ihrer Meinung nach verschärfen sich also Leistung und Leistungsbereitschaft zu einer Selbstausbeutung. Nein, das ist eben keine Aus-

beutung, das ist Freiheit. Niemand der Leistungsbereiten wird unterdrückt, wirklich nicht.

Horst schluckt. Diese Linken in den Onlineforen sind alles bezahlte Kampfposter von linksextremen Organisationen, oder es sind Mitarbeiter dieser sogenannten Sozialen Einrichtungen, ich könnte sie alle, wer bezahlt denn mit seinen Steuern die Schwachen, ja wir, wir Leistungsträger, und dann muss ich mir so etwas sagen lassen.

Annette sagt, Horst, ist dir übel, du siehst blass aus.

Wenigstens habe ich keine Panikattacken, flüstert Horst und sagt, lauter werdend, das Essen ist hier nicht so besonders.

Rohkost schmeckt überall gut.

Ja, ja.

Wo bleiben die anderen, wo bleibt Dr. Tankwart? Es ist bereits 13:04.

Franz und Helmut betreten zur selben Zeit den Raum. Beide haben ihre Zeichnung bei sich. Sie setzen sich nebeneinander.

Franz räuspert sich, bevor er zu sprechen beginnt. Also, Horst und ich haben gedacht, wir wollen diese erste Einheit am Nachmittag dazu verwenden, Dr. Tankwart zur Rede zu stellen. Seid ihr nicht auch der Ansicht, dass ein Auswahlseminar in dieser Form völlig inakzeptabel ist?

Zustimmendes Murmeln geht durch den Raum, Helmut nickt. Annette legt ihr Telefon zur Seite. wieder schaut sie auf die Uhr, sie räuspert sich, also gut, was gedenkt ihr zu tun, fragt sie und kratzt sich am Schienbein.

Hätte sich doch die Welt geweigert, den Ideen dieser Frau zu folgen. Sich nicht gefügt. Die Wahrheit über die Isolation der kleinen Kinder zwingt die Wahrheit über die Isolierenden hervor, und diese Wahrheit wiederum ist verkettet mit all den vielen Wahrheiten, es ist kompliziert. Habe ich die nötige Kraft in mir und ist es Kraft, die nötig ist, um dieses Zerstörende zu verstehen, und werde ich die Zusammenhänge verbinden können, indem ich weiter notiere, immer weiter, werde ich es schaffen, meine Augen nicht zu verschließen, mein Spiegelbild zu betrachten, hinzusehen, und könnte jemand bitte den Menschen endlich klarmachen, dass Säuglinge per se unschuldig sind wie Schildkröten oder Babykatzen, dass es bei ihnen nicht so ist wie bei uns, den Erwachsenen, denen Unschuld als Verdienst anzurechnen ist. Jeder von uns ist da ja hineingeboren in ein bereits vorhandenes Geflecht aus Bedürfnissen, aus Interessen und Wünschen, in ein schier unentwirrbares Knäuel, und der Versuch, es zu entwirren, kann ein Weg schwerer sein?

Helmut sagt, lasst uns um die Ecke denken. Dr. Tankwart verspätet sich. Das muss Absicht sein. Was will er erreichen?

Horst gähnt.

Annette sagt, vielleicht ist er einfach unzuverlässig.

Franz entgegnet, niemals. Er hätte nicht diese Karriere gemacht, ich glaube, er ist auf Platz 64 der 100 besten Consulter, das ist nicht nichts.

Horst sagt, ich glaube trotzdem, dass er eine schwache Persönlichkeit ist. Wir sind seit gestern Abend hier und in vielen Punkten befinden wir uns noch am Anfang, hier ist kein Spirit des Aufbruchs. Ich bin direkt im Thema jetzt, warum sind wir hier, das ist jedem klar, wir wollen den Besten von uns finden, das ist uns allen bewusst. Jetzt haben wir diesen unfähigen, ja, ich bedaure, dies so aussprechen zu müssen, diesen unfähigen Consulter, aber die Aufgabe, der wir uns zu stellen haben, ist und bleibt, herauszufinden, wer von uns der Leader der Agentur werden wird. Lasst uns beginnen.

Annette schluckt. Sie schluckt ein zweites Mal. Bevor sie aufsteht, sagt sie, Horst, du benimmst dich, als wärst du ein Fürst. Das ist in hohem Ausmaß lächerlich. Ich werde jetzt gehen.

Horst sagt, geh doch. Du nimmst dich selbst aus dem Spiel. Nur zu, ich sage das jetzt im Vertrauen, dir mangelt es an allem, was eine Führungsperson benötigt. Du könntest nie Geschäftsführerin werden. Wir fragen uns, weshalb du hier bist. Es muss der Quote wegen sein.

Annette blickt aus dem Fenster. Sie zieht ihren Bauch ein und atmet durch. Kopfschüttelnd verlässt sie den Raum »Harmonie«.

Franz sagt, der hast du es gezeigt, Horst.

Horst nickt. Ich bin eben ein Leadertyp.

Um jeden Preis, fragt Helmut.

Wenn es nötig ist, ja.

Wir sind nunmehr zu dritt.

Annette öffnet die Tür und kommt zurück in das Zimmer, Irrtum, sagt sie. Horst, du wirst mich nicht los. Nicht mit diesen billigen Tricks. Glaubst du ernsthaft, dein illoyales Verhalten beschränkt sich auf die Zeit hier und nur auf mich allein? Du bist kein Teamplayer, du bist ein Pseudofürst. Unsere Agentur ist nicht deine Monarchie. Wir müssen an einem Strang ziehen. Wir wollen gemeinsam etwas erreichen, als Team, jeder von uns ist Teil der Agentur. Nicht du bist die Agentur, nicht einer soll der Kopf sein, wir alle sind die handelnden Köpfe.

Dr. Tankwart ist abwesend, und wir, wir hier könnten auch ein gemeinsames Modell entwickeln. Eine Utopie, eine Vision für die Agentur.

Helmut lacht auf, dann klatscht er zweimal in die Hände. Gut gebrüllt, Löwe, sagt er, nur völlig deplatziert, deine Rede wäre wohl ein gelungenes Plädoyer für einen Stickkurs oder eine Origamibastelgruppe. Lass es sein, Annette, du wirst, da bin ich mit Horst einer Meinung, nie einen Deut mehr als eine Quotenfrau sein. Fahr nach Hause oder gönn dir ein Peeling.

Deine sexistischen Sprüche können mir nichts anhaben.

Nein? Bist du sicher, fragt Franz.

Natürlich, antwortet Annette mit lauter Stimme, während sie denkt, einer von euch hätte der Vater meines Kindes werden können. Ich kann nicht glauben, was ich alles für möglich gehalten habe. Hört mir jetzt zu, sagt sie, ich werde zu Dr. Tankwart gehen und nach ihm sehen. Dann werden wir weitermachen.

Ein zweites Mal verlässt Annette den Seminarraum. Sie geht mit langsamen Schritten. Niemand soll ihre Unsicherheit erkennen. Doch völlig umsonst denkt sie darüber nach. Horst, Franz und Helmut sind mit sich selbst beschäftigt. Weder nehmen sie die Art und Weise des Abgangs von Annette wahr, noch einander. Jeder ist mit dem Finden einer Strategie beschäftigt. Wie kann ich den anderen überholen, welche Vorteile habe ich dem anderen gegenüber, was sind meine nächsten Schritte.

Annette geht den Gang entlang Richtung Lift. Die Instrumentalmusik stört sie, obwohl kaum hörbar, schleicht sie durch ihre Ohren und scheint sich in ihrem Kopf einzunisten. Vor Dr. Tankwarts Tür bleibt sie stehen. Kurz überlegt sie, ob sie in ihr Zimmer gehen, sich ausruhen soll. Ich bin doch nicht müde, sagt sie dann zu sich selbst. Sie klopft. Dr. Tankwart reagiert nicht. War mein Klopfen zu zaghaft? Sie klopft lauter, erst einmal, dann ein weiteres Mal. Ihre Finger zittern, ihr Herz schlägt schnell.

Wer ist da, einen Moment bitte.

Annette sagt, geht es Ihnen gut?

Ich antworte nicht, öffne stattdessen die Zimmertür einen Spaltbreit und schaue heraus.

Sind Sie krank?

Nein, ich bin beschäftigt.

Aha, wir warten auf Sie im Seminarraum.

Ich weiß.

Ja?

Gedulden Sie sich.

Bitte?

Sie haben schon verstanden.

Es ist bereits, Annette schaut auf die Uhr, es ist bereits 13:30. Vor einer halben Stunde hat die Nachmittagseinheit begonnen.

Machen Sie ohne mich weiter.

Wie bitte?

Sie haben schon verstanden.

Herr Dr. Tankwart, was wollen Sie von uns?

Das werden Sie früh genug erfahren.

Geht es Ihnen wirklich gut? Soll ich einen Arzt rufen?

Es geht mir gut. Und nein, ich benötige keinen Arzt.

Sie wirken blass.

Annette, ich habe jetzt wirklich keine Zeit. Übernehmen Sie statt mir die nächste Einheit, auf Wiedersehen.

Annette steht vor der verschlossenen Tür. Wäre nicht das Rufen des Psychiatrischen Notdienstes angebracht, fragt sie sich, während sie zurück zum Seminarraum geht. Sie denkt an alles Mögliche und schaut nicht aus dem Fenster. So sieht sie die zwei Amseln nicht, die auf dem Balkongeländer sitzen und sie beobachten. Ein Rest Ärger ist in ihr und auch Wut, die wahrzunehmen sie sich sträubt. Immer muss ich alles alleine machen, sagt sie, und jetzt begebe ich mich wieder in diese feindliche Umgebung. Ein Kitzeln im Kehlkopf. Nicht jetzt, nicht hier, kein Erstickungsanfall, bitte nicht. Ich würde alles dafür geben, wirklich alles, nur kein Anfall, ich werde mich nicht runterziehen lassen. Dem Hustenreiz nicht nachgeben. Statt in den Seminarraum einzutreten, geht sie zum Lift, drückt den Knopf, wartet, steigt ein und fährt in den nächsten Stock. Sie geht schnell in ihr Zimmer, trinkt ein Glas Wasser, ein zweites, blickt in den Spiegel.

Mich kriegt ihr nicht, ihr Schurken, sagt sie, dann lacht sie ein lautloses Lachen, trägt neuen Lippenstift auf und streicht sich über das Haar.

Als wäre nicht ich selbst es, die hier steht, denkt sie kurz, blickt über die Schulter und es scheint, als würde Mutti hinter ihr stehen, sie zurechtweisen mit vorwurfsvollem Blick.

Sie streicht die Bluse glatt, mühelos und wie von selbst stellt sie sich währenddessen Horst, den Griegler, Franz, ja, alle in diesem Hotel Anwesenden um einen Scheiterhaufen stehend vor, auf dem sich ein menschliches Geschöpf krümmt und windet. Sie stellt sich Horsts Hohngeschrei und das von Franz und dem Griegler vor, sie hört die Grobheit, die Gemeinheit ihrer Stimmen und ihres Lachens, hört die völlig unversehrt übermittelte Grausamkeit und verspürt plötzlich diesen Hass.

Ihr Spiegelbild blickt sie an.

Leuchtende Augen? Nicht der kontrollierende Blick? Sie rümpft die Nase. Es scheint, als wäre mit dem Naserümpfen auch die Mutti in den Raum zurückgekehrt. Mach dich zurecht, nicht diese roten Lippen, hört sie die Mutterstimme sagen, benimm dich nicht kindisch,

Annette, lass dich nicht hinreißen, steh gerade, Bauch rein, Brust raus.

Und mit den letzten Worten, die sie in ihrem Inneren hört, reiht sie die Mutti ein in die Hohnschreienden.

Ein kalter Schauer überläuft Annette.

Es wäre ein Leichtes, jetzt aufzustehen, in den Seminarraum zu gehen, irgendetwas scheinbar Erklärendes mitzuteilen und weiterzumachen. Ebenso wäre es möglich, die Tasche zu packen, das Zimmer und das Hotel zu verlassen, ohne mich noch einmal umzudrehen, aufzubrechen, Richtung Mexiko, heute schon, zumindest in Gedanken.

Hannelore Mundgold, ich freue mich drauf, ihre Wohnung zu betreten, mit ihr an einem Tisch zu sitzen, all die neuen Eindrücke auf mich wirken zu lassen, die Geräusche, fremde Gerüche, vielleicht werden wir Musik hören, während wir miteinander sprechen. Und ich werde eine Luft atmen, wie noch keine zuvor.

Doch noch bin ich hier. Das Gespräch mit Annette war irritierend. Natürlich ist sie, wie auch die anderen Teilnehmer, der Meinung, dass etwas mit mir nicht stimmen kann, doch die Unverfrorenheit, mit der sie mich darauf hingewiesen hat, ist doch, Mensch Marius, komm wieder runter, das war vorhersehbar. Frau Mundgold würde sagen, du wünschst dir Verständnis, du möchtest Anerkennung für deine Mühen, hier wirst du nichts davon bekommen, schließlich willst du deinen Seminarteilnehmern Dinge sagen, die sie nicht hören wollen, du verhältst dich nicht ihren Erwartungen entsprechend. Zieh dir deine dicke Haut über und geh auf sie zu.

Das verweigerte Antlitz. Meine Mutter, ich vergegenwärtige mir ihr Gesicht, ihr Ausdruck ist ein Immergleich, als wäre sie ein Scheinbar, ihre Gesichtszüge konturlos, glattgestrichen, ohne Eigenheit, beliebig, ein Massengesicht, gespenstergleich, als wäre es ihr unmöglich, in sich selbst hineinzuschauen und dann herauszuschauen, um die Welt zu sehen, und sich selbst in der Welt oder mich, ihren Sohn, wirklich zu sehen. Nicht den Sohn und sein Wie-er-zu-sein-hat. Nicht den Funktionssohn Dr. Marius Tankwart.

Ich stehe vor dem Spiegel, betrachte mich, es ist die Leblosigkeit ihrer Augen, ich erkenne sie wieder in den meinen.

Ich bin neun Jahre alt, sie steht vor mir, ich höre sie sprechen, höre sie irgendetwas sagen. Ich kann sie nicht verstehen, kann nicht nachvollziehen, was sie meint, es hat ja nichts zu tun mit dem gerade zwischen uns Geschehenen.

Wir haben doch eben zusammen gelacht, wir gingen doch eben zusammen den Waldweg entlang, ich hüpfte neben ihr und sie hielt meine Hand, wir blieben stehen unter der alten Eiche, sammelten Eicheln, zwei Bäume daneben war der Kastanienbaum. Tiere wollten wir basteln, mit den Zahnstochern die Eichelkörper zusammenfügen und der Kopf sollte eine Kastanie sein. Mutter lacht, ich lache mit ihr, wir gehen zurück, erst den Hohlweg, dann die asphaltierte Straße entlang. Ich gehe neben ihr, erzähle von der Schule, meinen Freunden, erzähle ihr meine Wünsche.

Sie hört zu, dann sagt sie, ich solle mich schämen. Wer spricht da aus ihr? Abfälliges sagt sie, wie hässlich und wie grässlich es sei, was ich mir wünschte, und ich weiß nicht, was sie damit meint, ich will doch nur, aber nein, sie will das nicht hören, denn wenn ich täte, wie es sich gehörte, endlich täte, sie sich nicht so für mich schämen müsste, dann könnte alles gut werden, dann wäre sie glücklich und müsste nicht mehr traurig sein. Wegen meiner Fehlerhaftigkeit.

Und ich wollte nicht der Fehler sein, wollte richtig sein, fügte mich den Geboten ihrer äußeren Welt, die sie unerreichbar machten für mich, ihren Sohn. Jetzt möchte ich mich fortschreiben, wohin denn, wohin denn nur?

Immer war es die Härte und Unnachgiebigkeit meiner Mutter ihren eigenen Schwächen gegenüber, sie darf sich ja nicht einmal heute eingestehen, Schwächen zu haben. Die Welt in ihr ist Schwarz und Weiß, ist Entweder-Oder.

Die Karteikarten liegen auf dem Tisch. Mutter ist ein paar Jahre nach dem Krieg geboren. Oma war erst Kriegskind, dann Kriegsjugendliche, dann eine junge Erwachsene, zwölf Jahre lang, während der Dauer des Naziregimes war sie als lernender Mensch in den nationalsozialistischen Institutionen der Ideologie ausgesetzt. Hätte sie sich wehren können? Wie? Ich weiß es nicht.

Ihr Vater hat den Hitlerbart nach dem Krieg abrasiert. Ihr Bruder war erst bei der SS und ist nach dem Krieg bei einem Motorradunfall ums Leben gekommen, darüber wurde nicht gesprochen. Ich schließe die Augen, spüre eine Träne, doch richtig weinen kann ich nicht. Man weint nicht um sich selbst, höre ich Oma sagen. Das stimmt nicht, sage ich laut und schreibe ohne innezuhalten:

Eine Zwiebel ist sie, eine Zwiebel ist die Sonne, Tränen, mein Herz ist still, ein Hase könne sein Motor sein, aus der Sonne wird nie ein Pfirsich werden, eine Mauer ist in meiner Schulter, sie erwarten mich im Überzeugungszimmer, sprechen wiederkehrend ihre Glaubenssätze ohne Erinnerung, ich

Der Nacken schmerzt, Überzeugungszimmer, wie graut es mir. In meiner Toilettetasche befindet sich ein Schmerzmittel, der angespannte Nacken, die Muskulatur beinahe unbeweglich, ein einziger Klumpen.

Ich werde nicht dieses verschwindende Nichts gewesen sein, irgendwann einmal gestorben, ohne vorher gelebt zu haben.

Es ist still im Zimmer.

Die Frau hinter der Hotelbar poliert Gläser. Horst bestellt einen doppelten Espresso.

Ich mag den Nebel nicht, sagt sie.

Horst nickt. Aus den Augenwinkeln schaut er Richtung Rezeption.

Wo ist Frau Janine, fragt er die Frau hinter der Bar.

Wahrscheinlich Pause, sie nickt.

Horst lächelt ein müdes Lächeln, haben Sie Grapefruitsaft, fragt er.

Frisch gepressten leider nicht.

Ich nehme ein Glas oder nein, lieber ein anderes Bittergetränk, ein Tonic, warten Sie, ich möchte doch gern ein Glas Apfelsaft, oder nein, bitte geben Sie mir das Glas Grapefruitsaft, danke sehr.

Veronika, Grapefruit ist dein Lieblingsobst, Gelb deine liebste Farbe, Löwenzahngelb.

Sind Sie zum Wandern hier, fragt die Frau hinter der Bar.

Nein, Seminarteilnehmer, Gott sei Dank möchte man sagen bei diesem Wetter, er blickt zur Terrassentür, trinkt einen Schluck Espresso.

Unser Seminarleiter ist uns abhanden gekommen, sagt er nach einer kurzen Pause, mehr zu sich selbst als zur Frau hinter der Bar.

Wirklich, fragt sie. Nehmen Sie am Seminar »Zaubern lernen wie die Profis« teil?

Nein, nein, Horst lacht auf, sein Lachen klingt herablassend.

Dann besuchen Sie die Yoga-Lehrer-Aufbaustufe?

Nicht doch, entgegnet Horst. Yoga, ich bitte Sie.

Es formt den Körper.

Ja, eh.

Gesundheit ist wichtig, die richtige Ernährung, regelmäßige Bewegung.

Horst trinkt den letzten Schluck seines Espressos und sagt, ich nehme am Assessmentseminar teil. Er geht zur Terrassentür, schiebt den Vorhang zur Seite und sieht zwischen Vordach und Regenrinne ein weit gespanntes Spinnennetz, wie ein Regenschirm sieht es aus, denkt er und hat mit einem Mal das Bedürfnis, sich darunterzustellen. Veronika, Horst blickt auf, sobald ich an dich denke, habe ich diese verrückten Einfälle, das Spinnennetz soll ein Regenschirm sein?

Er rollt mit den Augen. Ich erinnere mich genau an den Nachmittag, an dem du mir von der Löwenzahnwiese erzählt hast und der Sex danach, da ist nichts offen geblieben. Da warst du, jetzt Veronika, zier dich nicht so, ruf schon an, sei nicht kindisch. Horst legt seine Stirn in Falten. Er öffnet die Terrassentür, stellt sich in die Nähe des Spinnennetzes und zündet sich eine Zigarette an. Er raucht und stellt sich vor, wie Veronika nackt auf dem Rücken in einer Wiese liegt und in den Himmel schaut.

Du fehlst mir, sagt er leise, als würde er seine Worte nicht einmal selbst hören wollen. Auf seiner Armbanduhr sieht er, dass es 13:58 ist. Jetzt wird er sich ja eingefunden haben, der Herrdoktortankwart. Horst seufzt. Ab nun gilt: nicht mehr mit mir. Veronika ist beleidigt, ja, ich habe unseren Jahrestag versäumt und wer ist daran schuld, wohl nicht ich. Bitte sehr, es reicht mir mit diesem Pseudoseminar. Was ist nur los mit diesem Tankwart? Den werde ich schlecht beurteilen, der wird noch etwas erleben, Herrn Tankwarts Karriere steht eine Wendung bevor, dafür werde ich sorgen. Hier ein Anruf, dort ein Anruf, ein Kommentar zur rechten Zeit, der wird mich kennenlernen. Und die beleidigte Veronika noch dazu. Nicht mit mir.

Im Seminarraum sagt Franz, damit wir das auch wirklich richtig verstehen, du Annette, sollst statt Herrn Dr. Tankwart die nächste Einheit leiten und wir sollen uns das bieten lassen, du wirst verstehen, damit habe ich durchaus Schwierigkeiten. Ist hier im Raum ein Aufzeichnungsgerät, soll das ein Test werden? Ich verstehe nicht. Franz schaut sich um.

Ich ja auch nicht, sagt Annette und denkt an den Scheiterhaufen.

Irgendetwas stimmt hier nicht, ganz und gar nicht, denkt Helmut und nickt.

Horst betritt den Raum, er sagt, das ist nicht wahr, oder? Herrdoktortankwart ist noch immer nicht da, es ist kein medizinischer Notfall, dieser Mann verweigert seine Arbeit, das werden wir uns nicht bieten lassen. Schreiben wir eine Beurteilung, er schnappt nach Luft.

Helmut sagt, dieser Tankwart hat Annette beauftragt, das Seminar an seiner statt weiterzuführen.

Wie bitte? Horst bricht in Gelächter aus.

Annette schaut geradeaus. Ihr spinnt echt, sagt sie, was ist so schlimm daran, wenn ich eine Einheit leite. Besser als ihr kann ich es allemal. Von euch lasse ich mir nichts mehr gefallen

Die Tür geht auf, kommt dieser Tankwart doch noch, er nickt uns zu, als wäre alles völlig normal und sagt, Annette, wie war die Kooperation mit ihren Kollegen? Der tickt nicht richtig, denkt Franz und möchte etwas sagen, doch er schweigt.

Helmut versucht, ein freundliches Gesicht zu machen, man weiß ja nie, irgendeine Pointe wird es geben, auch wenn sie weit entfernt scheint, will er sich keine Fehler erlauben.

Horst sagt, Herr Doktortankwart, Sie schulden uns eine Erklärung.

Nein.

Helmut denkt aus irgendeinem Grund gerade jetzt an einen Flughafen und malt sich die Details des Flughafengeländes aus, ohne dass er sich darum bemühen müsste, wie von selbst tauchen die Bilder auf, er sieht sich vor dem Check-in-Schalter stehen, er hat ein Ticket in der Hand, es ist, als gäbe er sich in seinem Kopf selbst Regieanweisungen: Steig in ein Flugzeug, flieg fort! Helmut sagt, wie geht es Ihnen, Herr Dr. Tankwart? Nach wie vor steht er in Gedanken vor dem Check-in-Schalter, wohin würde ich denn fliegen wollen, fragt er sich und hat keine spontane Antwort. Kopfschüttelnd sagt er, wir haben uns um Sie gesorgt. Er denkt, das habe ich jetzt tatsächlich gesagt.

Franz sieht ihn von der Seite an, der Griegler sieht aus wie ein Schauspieler in einem schlechten Stück, und das Stück könnte heißen: »Wie werde ich möglichst geschmeidig zum Geschäftsführer der Agentur, ohne anzuecken«.

Meine Augen treffen Annettes. Annette, hat sie Kummer oder träumt sie vor sich hin, ich bin nicht sicher, atme einmal durch und sage, wie ich gestern bereits angekündigt habe, werden wir uns nun mit Ihren Bäumen befassen.

Ach gestern, denkt Franz, das habe ich beinahe schon vergessen, er schaut auf die Wand gegenüber, dann denkt er, das ist doch nicht möglich, oder, und, dieser Baum, ich lasse mich hier nicht für dumm verkaufen.

Horst räkelt sich, bevor er sagt, wollen Sie mich aus der Reserve locken, meine Frustrationstoleranz testen. Das Aggressionspotenzial. Ich sage Ihnen, bei mir ist es in schwindelerregender Höhe. Und bei dem Wort schwindelerregend ist kurz Veronika in seinem Kopf, er sehnt sich nach ihr, sie hat sich nicht gemeldet, sie haben auch heute noch nicht telefoniert. Er sieht sie ihre Koffer packen, sie wird ausziehen, er sieht in Gedanken, wie sie ihre Sachen von seinen trennt. Die weiße Porzellankatze, den bunt bemalten Kolibri aus Ton, den braunen Holzelefanten, nicht doch, Veronika, bleib. Er möchte jetzt aufstehen, aus dem Raum laufen, Veronika anrufen, zu ihr fahren, sofort. Seine Fußsohlen beginnen sich zu bewegen. Horst nimmt seine Hände, legt sie auf die Knie, als wollte er, dass die Füße sich einwurzeln in diesen Boden, in diesem Raum. Wichtig ist die Geschäftsführung der Agentur, das ist es, was zählt, Erfolg, Prestige, etwas Herzeigbares, Horst hebt sein Kinn.

Herr-dok-tor-tank-wart, sagt er, jede einzelne Silbe betonend, es mag ja sein, dass Sie mit uns Bäume besprechen möchten, wir jedoch wollen uns den realen Dingen widmen. Der Agentur, schließlich sind wir ihretwegen hier.

Den realen Dingen widmen, so-so, erinnern Sie sich an das Wort *tschulpi*, an den ersten Buchstaben, sagen wir nun, T wie Transparenz.

Franz schaut auf die Uhr, er räuspert sich, ich, würdet ihr mich kurz entschuldigen, ich habe gleich einen Telefontermin mit meiner Frau.

Hat sie Geburtstag?

So ähnlich.

Sicher, sage ich und nicke Franz zu, der aufsteht und den Raum verlässt. Im Gehen streicht er sein Hemd glatt.

Ich glaube, der Tankwart findet das richtig gut, dass ich jetzt telefonieren gehe, also Prioritäten setze. Das ist ein Pluspunkt für mich, ich bin sicher. Wie er mich angesehen hat, ich glaube, der hat sich gedacht, endlich zeigt einer mal eine zwischenmenschliche Regung, der findet das gut.

Statt mit dem Lift zu fahren, geht Franz die Stufen hinunter. Vor dem Hoteleingang bleibt er stehen, nimmt sein Telefon aus der Tasche, wie lange dauert so ein Telefonat, fragt er sich, wann kann ich zurückgehen, in zwei, drei Minuten. Hinterlässt das einen guten Eindruck, oder sollte ich nicht doch länger telefonieren? Fünf Minuten, meine Frau ist mir wichtig, auch mit den Kindern könnte ich sprechen. Franz betätigt die Anruftaste.

Hallo Sonja, geht es euch gut? Wie jetzt, was soll das heißen, natürlich geht es uns gut, weil ich ja nicht da bin, meinst du das zynisch? Du, so muss es nicht weitergehen, gib mir jetzt bitte mal Konstantin. Was meinst du damit, immer Konstantin-Konstantin, natürlich möchte ich auch mit Marlene sprechen, aha, Konstantin schläft.

Am Nachmittag, du findest das wohl witzig. Ja, deine Freundinnen, ich verstehe, ja, mach das so, ciao.

Franz zieht seine Oberlippe nach innen und beißt mit den Vorderzähnen darauf. Oh Mann, er geht zurück ins Hotel, wieder geht er die Stufen hinauf, statt mit dem Lift zu fahren, warum habe ich mich damals auf sie eingelassen? Sie hat ja nicht einmal diese Ausstrahlung, die Rita hatte, nein, ich weiß nicht, was es war, dass ich mir Sonja eingebildet habe. Nur Sonja, sonst keine. Er öffnet die Tür zum Raum »Harmonie«. Wie sie alle dasitzen und sich präsentieren, hier ist es aber stickig. Dürfte ich das Fenster öffnen, fragt er, wenn man von draußen kommt, merkt man erst, wie verbraucht die Luft ist.

Annette, sag, bist du so lieb und gehst einen Kaffee für uns holen, fragt Horst.

Nein, du, Kaffee holen ist nicht meine Stärke.

Franz sagt, ich habe zwei Kinder, ich kenne die Bedeutung von Zeit, kinderlose Menschen verstehen das nicht, und man kann es ihnen auch nicht erklären. Jetzt habe ich mit meiner wunderbaren Frau telefoniert und ein klein wenig den Anschluss verloren. Herr Dr. Tankwart, was sind die Themen, über die Sie mit uns sprechen wollen? Beschleunigung, ein Mehr an Leistung, das Erreichen aller Ziele, Umsatzsteigerung, natürlich sind wir dazu bereit, wir wären nicht in dieser Position, würden wir uns nicht zu diesen Werten bekennen. Er schließt das Fenster.

T wie Transparenz, antworte ich, darüber wollen wir sprechen. Alles, was Sie tun, wird für die anderen sichtbar, fühlen Sie sich wohl in diesem Gedanken? Hier, sehen Sie, ich zeige auf einen leerstehenden Sessel, das wird der transparente Sessel. Ich stehe auf, gehe zum Sessel, stelle ihn in die Mitte und frage: Wer will sich setzen?

Das ist ja verrückt, entfährt es Franz. In die Mitte setzen und dann?

Finden Sie es heraus.

Nein, danke, sagt Franz, das ist mir zu, wie soll ich dazu sagen, das Wort ist mir entfallen, naja, so ein Sessel, das ist mir zu aufgeladen.

Aufgeladen, inwiefern?

Darüber möchte ich nicht sprechen, entgegnet Franz schnell.

Wer will Platz nehmen auf dem transparenten Sessel, frage ich in die Runde.

Niemand blickt mich an, sie weichen aus.

Annette konzentriert sich auf ihre Atmung und lässt ein Bild in sich entstehen. Sie liegt auf einer Blumenwiese unter einem Apfelbaum, ein Rotkehlchen singt, vor ihrem Kopf fliegt ein Schmetterling, sie möchte mit ihm sein und bewegt ihre Arme sanft hin und her, während ihre Augen aus dem Fenster schauen.

Annettes Arme bewegen sich wie die Flügel eines Vogels, kann das sein, denke ich, schaue weg und dann schnell wieder hin zu ihr, entdecke aber nichts weiter, das den Anschein des Vogelhaften an ihr bestätigen würde. Der Sessel, ich blicke ein weiteres Mal in die Runde. Horst wirkt wie abwesend und Helmut sieht an mir vorbei.

Nun gut, sage ich, der transparente Sessel zieht niemanden von Ihnen an, Sie fühlen sich nicht eingeladen, auf ihm Platz zu nehmen, ist es so oder irre ich mich?

Kommen Sie bitte zum Punkt, Herrdoktortankwart, sagt Horst.

Der Punkt ist, entgegne ich, dass es keinen Punkt gibt.

Dann setze ich mich eben auf den transparenten Sessel, es reicht mir jetzt, sagt er, und dann hat dieser Unsinn hoffentlich bald ein Ende.

Unsinn sagen Sie, Horst.

Habe ich das ausgesprochen, fragt sich Horst, ich dachte, ich hätte das für mich behalten, sein Herz beginnt schneller zu schlagen, ist das möglich, fragt er sich.

Die anderen sehen ihn an.

Horst steht auf, er geht ein paar Schritte, alles ist gut, sagt er sich, nichts ist eigenartig, er setzt sich.

Sie sitzen jetzt auf dem transparenten Sessel, sage ich, Sie tun aus Ihrer Sicht Unsinniges, wie geht es Ihnen dabei?

Gut geht es mir, sagt Horst, ich habe ja nichts zu verbergen.

Wenn keiner dem anderen vertraut, brauchen wir die von Ihnen geschätzte Transparenz, ist es nicht so, frage ich in die Runde.

Niemand sieht mich an.

Vertrauen, fragt Annette, was meinen Sie mit Vertrauen?

Es ist nicht mehr nötig, einander zu vertrauen, wenn jederzeit in den Arbeitsablauf des Anderen eingesehen werden kann.

Horst rümpft die Nase, Vertrauen ist überbewertet, das sage ich schon seit Langem. Zielstrebigkeit ist das Motto der Zeit und kein Aufhalten in all den Unnötigkeiten.

Vertrauen ist also Ihrer Meinung nach eine Unnötigkeit, frage ich nach.

Nein, natürlich nicht, Sie wollen mich bewusst falsch verstehen, Herrdoktortankwart, ich meine Small-Talk, und.

Annette unterbricht, Small-Talk eben gerade nicht. Horst, du hast ein Teamverhalten, wie es damals, in den 80er Jahren des vergangenen Jahrhunderts, üblich war.

Ich war am Wort, Annette, und ich war noch nicht fertig. Ich meine unnötig, ja, vieles ist unnötig, dieser persönliche Bezug etwa, warum brauchen wir Familienfotos auf unseren Schreibtischen, das Büro ist ein Ort der Arbeit, nicht der Ablenkung. Wir brauchen flexible Plätze, keinen eigenen Schreibtisch für jeden Mitarbeiter, niemand benötigt einen eigenen Computer mit Platz für private Dateien. Das Beste wäre, wir würden täglich den Schreibtisch wechseln, so hätten wir automatisch Einblick in die Abläufe der Anderen. Die Arbeit des Einzelnen würde so zur Arbeit der Vielen. Wir hätten jederzeit Zugang zu Allem. Das wäre mein Ziel. Dieser transparente Sessel hier, Horst hält inne und schaut in die Runde, bevor er sagt, schafft Transparenz im Denken. Alle Abläufe sollen jederzeit offengelegt werden. Wir könnten so zur Nummer-eins-Agentur in unserem Land, ja, in ganz Europa werden.

Horsts Stimme beginnt sich zu überschlagen, er richtet seine Oberkörper auf, setzt sich gerade, stellt beide Fußsohlen auf den Boden und verlagert sein Gewicht von der einen Seite zur anderen. Sie, Herrdoktortankwart, sagt er und erhebt den Zeigefinger seiner rechten Hand, Sie sind mir einer, spricht er weiter, schmunzelnd zieht er eine Augenbraue hoch, während er mir zunickt. Tja, Transparenz, sie ist das wahre Wundermittel unserer Zeit, ich habe vor, Horst unterbricht seine Rede, während er einen Moment lang still ist, unterstützt seine Mimik das nicht zu Ende Gesagte. Horsts Blick zielt auf Einverständnis, dann sagt er, meine Idee lautet: Wir werden die Funktion des transparenten Sessels in das Leitbild der Agentur integrieren. Dünne Speichelfäden rinnen aus seinem Mund, er spricht ein klein wenig schneller als sonst, wisst ihr, sagt er, das ist vielleicht der Turning Point, wir entwickeln eine transparente Sprache, die wir konsequent in unseren Abläufen umsetzen. So gibt es keine Unstimmigkeiten mehr und wir arbeiten alle auf dasselbe Ziel hin.

Helmut unterbricht, genial, Horst, ein Sprachkodex, ich bin begeistert.

Franz sagt, ich bin dabei.

Annette zögert, aber, sagt sie leise, es gibt ein Aber in deiner Rede, Horst. Transparenz, ja gut, aber, Annette schüttelt den Kopf, ich weiß nicht, etwas stört mich, ich kann es nur nicht sagen.

Da ist ein Aufschrei in ihr, der sich nicht orten lässt. Sie schweigt, presst die Lippen aufeinander, beißt mit den beiden Vorderzähnen auf die Lippe, nimmt ihren Herzschlag wahr. Es ist kein klarer Gedanke in ihrem Kopf, der sich aussprechen ließe. Annette kratzt sich am Hals. Speichel sammelt sich in ihrem Mund, der ihr mit einem Mal winzig erscheint, so klein, als wäre der Mund drauf und dran, in ihrem Gesicht zu verschwinden. Sie betastet ihre Lippen, die sich trocken anfühlen, und plötzlich ist in ihr das Bedürfnis, diesem Mund ein Gerüst zu geben, einen Halt. Vielleicht sollte ich neuen Lippenstift auftragen, sagt sie sich.

Ich schaue in die Gesichter der anderen, ziehe meine Augenbrauen zusammen, konzentriere mich und sage, ich werde zusammenfassen, was ich gehört habe.

Wenn das Plötzliche zum Einzigen wird, das zählt, fragt Annette in sich hinein und verwirft die Frage im nächsten Augenblick.

Ich sage, Sie fordern Transparenz in sämtlichen Bereichen, Horst, und Sie fordern auch eine transparente Sprache, ich frage mich, ist das tatsächlich wünschenswert?

Natürlich, antwortet Horst ohne zu zögern, eine Kommunikation, die jederzeit verstehbar ist, ohne zusätzlich Fragen aufzuwerfen, muss unser aller Ziel sein.

Zu hundert Prozent, stimmt Franz zu, und zwar in jedem Bereich. Wir brauchen absolute Informationsfreiheit, die wir auch voneinander einfordern müssen. Was heißt müssen, wir wollen. Wir wollen einander unterstützen können, indem wir offen sind, umfassenden Einblick gewähren in unser Tun, letztlich trägt diese Offenheit dazu bei, unsere Arbeit zu optimieren, ja, zu beschleunigen. Franz' Ausdruck verrät Begeisterung, und um sein Einverständnis zu verstärken, sagt er, ich bin jedenfalls dabei. Dann nickt er.

Aber, sagt Annette.

Kein Aber, entgegnet Horst und sagt nach einer kurzen Pause, Annette, ich denke, ich spreche für uns alle, wenn ich sage, wir sind jetzt an einem Punkt angelangt, an dem du uns deinen Willen zur Kooperation zeigen solltest, du lässt uns im Unklaren, wir jedoch, wir, er blickt auf die anderen, wollen weiterkommen, so schlage ich vor, gib deinem Wollen einen unmissverständlichen Ausdruck.

Horst pausiert, dann sagt er, würdest du bitte als Nächste auf dem transparenten Sessel Platz nehmen? Gespielte Freundlichkeit ist in seiner Stimme.

Wie bitte, fragt Annette.

Ja, sagt Franz, los, setz dich auf den transparenten Sessel, Annette.

War ich das Wesen auf dem Scheiterhaufen, fragt sie sich plötzlich und sogleich, wie war das mit dem Plötzlichen, es soll das Einzige sein, das zählt?

Setz dich doch, sagt Helmut, wir erwarten auch von dir Offenheit.

Das ist ja unglaublich, sagt Annette, sie spürt, wie ihr Hals errötet und die Röte sich weiter in ihrem Gesicht ausbreitet. Rot wie Feuer, wie brennen, Annette windet sich in sich selbst.

Ich sage, beruhigen Sie sich bitte, meine Herren, was ist in Sie gefahren. Im Namen der Transparenz soll auf Freiwilligkeit verzichtet werden, das ist ein totalitärer Anspruch, den Sie hier formulieren.

Aha, entfährt es Helmut. Totalitär, Sie wissen aber schon, was dieses Wort bedeutet, und ich muss sagen, in welchen Zusammenhang sie hier das Totalitäre stellen, das ist reine Meinungsmache.

Eine Verharmlosung ist das, sagt Franz und nickt entschieden.

Das verbitte ich mir, diese Form der Unterstellung, Herrdoktortankwart, sagt Horst, hier ist ein Mehrheitswunsch, der lautet, Annette sollte sich auf den transparenten Sessel setzen, totalitär soll das sein, ich meine, das glauben Sie ja wohl selbst nicht.

Ich atme ruhig, in Erwartung einer Antwort. Ich weiß, das, was ich sagen will, ist in mir, es scheint, als würde es sich jetzt sogar zu mir hindrehen, um zu sehen, ob ich folgen werde. Es kreiert sich, es formt sich, und jetzt, was geschieht gerade, amüsiert es sich etwa über mich und liegt darin sein Geheimnis? Ich lache auf.

Sie lachen, fragt Annette, und ihre Stimme klingt brüchig.

Ja, ich, es ist, wissen Sie, ich.

Was soll das alles, fragt Helmut mit Ungeduld in seiner Stimme.

Ich sage, da ist die Sache mit dem Geheimnis, daran habe ich eben gedacht.

Ein Geheimnis, aha, was ist das jetzt wieder? Wir brauchen keine Geheimnisse, wir haben Transparenz, entgegnet Franz und spricht dabei sehr deutlich.

Die totale Informationsfreiheit und Geheimnisse schließen sich aus. Stimmen Sie mir zu, jeder Mensch hat das eine oder andere Geheimnis, Franz, ist es nicht so?

Sicher, im Privaten.

In der Arbeit nicht?

Das wollen wir ja genau verhindern, dass jemand geheimnisvoll herumtut, indem wir sicherstellen, dass jederzeit Einblick gewährt werden kann in das Tun jedes Einzelnen, langsam habe ich den Eindruck, Herrdoktortankwart, Sie wollen das negieren, sagt Horst.

Die von Ihnen so geschätzte »transparente Kommunikation« ist nichts weiter als eine Bedienungsanleitung für Maschinen, ihr fehlen sämtliche Zwischenräume für Widersprüche. Das nicht zu Operationalisierung Geeignete wird dabei als Hindernis gesehen, mit dem Ziel, es schrittweise abzubauen. Was bleibt dann? Nur diese Maschinensprache, sonst nichts, und wozu dient sie? Dem Geschwindigkeitsstreben und dem Optimierungsstreben. Das Gleiche soll mit dem Gleichen antworten und die Unterschiede werden nicht mehr zugelassen.

Horst schüttelt den Kopf, was reden Sie da, Herrdoktortankwart, hören Sie sich selbst auch einmal zu?

Ich würde sogar sagen, alles fremd Erscheinende, alles Andere sollte in dieser Denkart eliminiert werden, natürlich im Sinne der Transparenz, ich höre den Zynismus aus meiner Stimme.

Horst blickt aus dem Fenster, er sagt, Gleichschaltung, Herrdoktortankwart, ich weiß zwar nicht, weshalb ich hier darauf eingehe, aber ich tue es und sage Ihnen, Gleichschaltung heißt Sozialismus, und wir, er lacht laut auf, wir sind doch alle Demokraten. Wir wollen schlicht und ergreifend unsere Abläufe operationalisieren, nichts anderes, von Gleichschaltung ist also keine Rede, im Gegenteil, wir zeigen unsere Leistungsbereitschaft, unser Einstehen für die Agentur, unsere Identifikation.

Ich glaube an ungebremstes Wachstum, sagt Helmut.

Sie wollen tatsächlich menschliche Effizienzmaschinen werden, und alles, was Sie sehen, dem Kriterium der Verwertbarkeit unterordnen. Das ist leer, das ist wie tot, sehen Sie das denn nicht?

Bitte, Herrdoktortankwart, was reden Sie. Eine Leere in unserer Welt? Wir leben im Überfluss. Alles, was wir brauchen, ist vorhanden. Es gibt keine Leere, im Gegenteil, wir leben Gott sei Dank in der Fülle. Und damit wir sicherstellen können, dass dem so bleibt, brauchen wir Transparenz. Im Namen unserer Freiheit. Jedem soll jederzeit Zugang zu allen Informationen gewährt werden.

Franz sagt, da wir sind uns einig.

Ich denke *tschulpi* und an S wie Soldat. Sie sind ganz neben sich.

Annette ist still. Ich bin nicht einverstanden, denkt sie, und ich weiß nicht weswegen. Ihr Herz schlägt in unruhigem Rhythmus. In ihrem Kopf formt sich ein Wort, und das Wort lautet Nein. Was dieser Tankwart sagt, ist nicht unsinnig.

Sie sagt, ihr wollt also, dass ich mich auf den transparenten Sessel setze, im Sinne der Informationsfreiheit, des Preisgebens, wisst ihr, ich stelle mir gerade vor, eine Kamera wäre vor diesem Sessel installiert und ich müsste zwei oder drei Stunden, egal wie lange, darauf sitzen und alles, was ich machte, würde gefilmt, zu welchem Zweck, frage ich mich. Zu welchem Zweck.

Analyse, sagt Helmut, du könntest dein Profil schärfen, bekämst Einblick in deine Schwächen, es würde dir ein klarer Blick auf deine möglichen Entwicklungsfelder erlaubt, das wäre eine Bereicherung für dich.

Mir wäre es unbequem auf diesem Sessel, sagt Annette. Ich hätte keine Privatsphäre mehr.

Du bekämst stattdessen Information über dich, das ist ein Mehrwert, bekräftigt Franz, aber wir sehen schon, dir fehlt der Weitblick, du bist hier wohl fehl am Platz.

Vielleicht bin ich das, sagt Annette leise und sie denkt, vielleicht will ich das sein. Obwohl das nur ein Gedanke war, ein zaghafter, ein leiser, greift eine ihrer Handflächen wie von selbst auf ihre Lippen, um sicherzugehen, dass der Mund geschlossen bleibt, dass der Gedanke sich nicht erlauben darf, Worte zu formen, um sich in ihr weiterzuentwickeln. Annette legt die Stirn in Falten. Was denke ich nur, fragt sie sich und schaut auf die Uhr. Sie streicht sich eine Haarsträhne aus der Stirn und zupft am Ärmel ihrer Bluse.

Horst beobachtet sie. Er grinst, nickt ihr zu und weist ihr mit den Augen einen Weg Richtung Sessel.

Annettes Kopfbewegung verneint seine Aufforderung. Sie lehnt den Oberkörper zurück, dann schaut sie seitlich zu Boden, hebt ihre Tasche auf, legt sie auf den Schoß und verhält sich wie jemand, der nach etwas sucht. Nach einigen Augenblicken hält sie ein Taschentuch in der Hand. Sie putzt sich die Nase. Ihre Gedanken finden immer wieder zurück zu der Frage, ob sie hier fehl sein will, nicht dazupassen will, und wohin sie gehören möchte. Ihre Karriere, ihr Leben. Sie stellt die Tasche zurück auf den Boden, *Neverfull*, denkt sie und schaut aus dem Fenster. Ich kann das nicht, sagt sie zu sich selbst, ohne genau zu wissen, was es ist, das sie nicht kann oder nicht können will.

Franz bricht das Schweigen, wir sollen, sagt er, und während er mich ansieht, meint er, Sonja vor sich zu haben, wir wollen, sagt er unbeirrt, und das ist das Wichtigste von allem, wir wollen und wir können es schaffen, die Agentur unter die Top 10 zu bringen, unser Output hochzufahren, wir können Grenzen überwinden, ja, wir werden über uns hinauswachsen. Wir brauchen nur den

Richtigen von uns in der richtigen Position, dann steht uns nichts im Wege.

Aha, und der Richtige bist du, Franz, fragt Annette.

Ich ziehe das in Erwägung, ich bringe eben nicht nur Führungsqualitäten im Beruflichen mit, was bei euch ja ebenso der Fall ist, also, das möchte ich wirklich niemandem hier absprechen, nur, was die Krisenstandhaftigkeit anbelangt, da bin ich wohl geprüfter als ihr, schließlich habe ich zwei Kinder, wunderbare Kinder, ähem, die einen doch aber auch an den Rand der Belastbarkeit bringen, das eine oder andere Mal, und diese Prüfungen lassen einen dann an der Aufgabe wachsen. Da habt ihr anderen, verzeiht, wenn ich das so geradeheraus sage, wahrlich noch ein Entwicklungsfeld.

Ja, ja, die Wochenendväter, sagt Helmut leise, so einen hatte ich auch.

Wie bitte, fragt Franz nach, was hast du gesagt, Griegler, sag das nochmal.

Ach nichts, sagt Helmut.

Franz, du drohst, fragt Annette mit gespielter Überraschung in der Stimme und überfreundlichem Lächeln, aber im Ernst. Was wollen wir eigentlich? Wir wollen unsere Kunden überraschen. Sie sollen sagen, ihr seid die Superagentur, ihr habt immer die richtige Geheimwaffe gegen die verflixte Konkurrenz. Wenn wir euch beauftragen, können wir all den anderen kräftig einschenken, mit euch gelingt uns das. Und genau diese eine, durch nichts zu ersetzende Geheimwaffe wollen wir sein, ich sage euch, wir sind da auf einem guten Weg. Sie nickt und schaut zu Helmut. Doch statt ihn direkt anzusehen, blickt sie an ihm vorbei. Was ist jetzt los mit mir, das ist nur der Griegler, und ich kann ihn nicht mal ansehen, ihr Blick verlagert sich zu seinen Wangen. Ich will ihn jetzt sofort herausfordernd ansehen, und dann will ich mich zurücklehnen, aber wozu das Ganze, fragt sie sich, was soll mir das bringen, wohin soll das führen, Moment mal, was denke ich da?

Horst sagt, wir wissen alle, wir können nur langfristig bestehen, wenn wir eine hohe Kooperationsfähigkeit herstellen können. Das heißt Informationsflow, nur wenn wir in der Agentur miteinander connected sind, nur dann können wir sicherstellen, dass die Leistung und die Qualität auch zum Tragen kommen und das Ganze One Flow wird und wir auch wirklich zu dieser Geheimwaffe werden, die wir sein wollen. Ihr werdet euch noch wundern, was da noch alles möglich werden wird, diesen Gedanken spricht er nicht aus. Schweigen ist Gold, das hat ihm seine Mutter beigebracht, und sie würde sich von Veronika nicht so mies behandeln lassen, sie würde es ihr heimzahlen. Kein Antrag, sondern, Horst streicht sich über den Handrücken, die Haut ist trocken, ich darf nicht vergessen, mich später einzucremen.

Helmuts Magen knurrt, er räuspert sich, sein Magen knurrt lauter.

Annette grinst ihn an, Griegler, Zeit fürs Abendessen, was?

Diese grinsende Furie, denkt Helmut.

Annette nickt ihm zu.

Ich schaue auf die Uhr, sage, ich denke, wir sind für heute fertig. Einen schönen Abend und eine gute Nacht. Morgen sehen wir uns um 09:00.

Ich atme durch, stehe auf und gehe zum Fenster, öffne einen Flügel, strecke den Kopf hinaus ins Freie. Mein Blick wandert Richtung Himmel, ein Flugzeug, ein zweites, ich drehe den Kopf, wieder Flugzeuge. Der Himmel ist voll von ihnen. Eins, zwei, drei, weiterzählen macht keine Laune, ich frage mich, wie es wäre, wenn sie alle für einen Tag am Boden blieben. Wie anders würde das Himmelsgeschehen sich dann ausbreiten über der Welt, wenn die Wolken diejenigen wären, die sich zusammenfänden, um dem Himmel sein Gesicht zu geben, nicht die Kondensstreifen, die einander kreuzen. Einmal ein flugzeugfreier Tag, der nur den Himmel zeigte, was wäre dem vorangegangen? Ein Tag ohne Flugverkehr ist undenkbar in unserer Welt, seit Jahrzehnten schon.

Ich gehe ein paar Schritte zurück in den Raum, den Blick überlasse ich noch ein klein wenig dem Himmel, wieder ein Flugzeug. Ich drehe mich um.

Die Tür ist offen, Annette sitzt nach wie vor auf ihrem Sessel. Äußerlich wirkt sie ruhig, doch ihr Gesicht kann nicht alles verheimlichen, ist sie in Aufruhr?

Ich sage, ist noch etwas?

Annette lächelt, ich glaube, ich werde mir ein bisschen die Beine vertreten, sagt sie, gehen Sie hinaus an die frische Luft, Herr Doktor Tankwart?

Ich denke schon.

Sie nickt.

Im Seminarraum »Harmonie« ist es still.

Tja, wollen Sie mich vielleicht begleiten?

Annette öffnet den Mund, um etwas zu sagen, dann zögert sie, bevor sie antwortet, ich werde mich wohl eher frisch machen, dieser Nachmittag hat mich doch mitgenommen.

Möchten Sie darüber sprechen?

Nein, sagt sie, ohne vorher Zeit gehabt zu haben, über die Frage nachzudenken, ich weiß nicht, ich meine, naja, wir sehen uns dann morgen. Gehen Sie später auch noch an die Bar? Annette lächelt.

Eher nicht.

Bis morgen dann, sagt sie schneller als nötig und verlässt den Raum.

Ich blicke ihr hinterher, Annettes Schritte werden leiser. Wie selbstverständlich greife ich nach einem Apfel in dem Obstkorb auf dem Tisch neben der Tür, wische ihn an einem Hemdärmel sauber, beiße hinein. Bitter schmeckt er, beinahe nach Holz.

Franz steht auf der Terrasse des Hotels und blickt in die Weite. Er spürt den Wind in seinem Gesicht. Sein Telefon liegt in der rechten Hand, er schaut auf das Display. Ich muss Sonja anrufen, er zögert, berührt die Anruftaste, hält inne. Verstohlen schaut er um sich. Niemand ist da, er drückt die Taste. Es klingelt, er legt auf. Ich will ihre Stimme nicht hören, ich will die Kinder. Franz streicht sich eine Strähne aus der Stirn, ja, ich will die Kinder lieber sehen, als mit ihnen zu sprechen, er klickt sich in die Ordner des Fotoalbums. Urlaub 2018 auf Kreta, er ruft die Bilder auf. Konstantin springt ins Wasser, Marlene sitzt am Beckenrand des Pools, auf dem nächsten Foto sitzt Marlene im Café. Sie hat ein Strandtuch um die Hüften gebunden. Erste Brustansätze zeichnen sich ab. Franz zoomt sich ins Bild. Das Gesicht hat wenig Kontur, die Handykamera hat wohl nicht korrekt scharf gestellt, ihre Augen strahlen nicht, das Handy war teuer, viel zu teuer für diese Bildqualität. Er schaut ein weiteres Foto an. Konstantin steht auf dem Fünf-Meter-Turm. Ist er gesprungen, ich glaube schon, Sonja hat gesagt, dass er gesprungen ist. Ich muss das übersehen haben. Die Fische, das Aquarium, Konstantin, das wird unser Projekt. Wir beide werden uns eine feine Zeit machen, ich freue mich darauf. Er sucht einen anderen Ordner. Geburtstag Marlene 2018. Wie schön, der Konditor hat keinen Wunsch offengelassen, die Cremetorte sieht fantastisch aus. Zweistöckig, wie eine kleine Hochzeitstorte, Franz kichert in sich hinein, mein Marlenchen, wie sehr sie sich gefreut hat, und die Hüpfburg im Garten, da, die Kinder tragen diese Papierhütchen, die Frau mit dem Pony, alle Kinder stehen in einer Reihe und warten, bis sie auf dem Rücken des Ponys eine Runde drehen dürfen, Marlenes Freundinnen und da, ganz hinten, steht Konstantin. Der Zauberer mit diesem unmöglichen Hut, es war aber keine schlechte Show, das muss ich ihm lassen. Wie schön haben es doch die Kinder, hätte ich es nur einmal, ein einziges Mal so gut gehabt wie die beiden. Franz schaut auf, dann auf die Uhr des Displays, es ist noch Zeit.

Helmut schließt die Tür seines Zimmers auf. Er geht zum Wasserhahn im Bad und trinkt. Er trinkt, als hätte er tagelang nichts getrunken. So durstig bin ich doch nicht, sagt er sich, oder doch? Seine Laufkleidung liegt auf dem Bett. Wie gern würde ich jetzt, aber nein, die Erlösung muss noch warten. Erlösung, echt jetzt? Er atmet in seine Handfläche. Mundgeruch, es ist der Hunger. Ich werde heute natürlich mit den anderen zu Abend essen. Im Koffer muss irgendwo eine Packung Kaugummi liegen. Da ist er ja, mit Extraminzgeschmack. Helmut rümpft die Nase, öffnet die Verpackung, ich mag eigentlich keine Kaugummis, sagt er und nimmt einen in den Mund. Minzgeschmack breitet sich aus, ich bin ja kein Engländer, die Essen dauernd dieses fettige Zeug, *Fish and Chips* und Minzsauce zu allem. Ich könnte nächstes Wochenende nach London fliegen, neue Laufsachen einkaufen, wieder mal eine andere Strecke ausprobieren, die Einkaufsstraßen Londons bei Nacht erlaufen.

London calling in the faraway towns
Now war is declared and battle come down

The Clash, der Krieg, ich werde mich nicht in die Zange

nehmen lassen von den anderen in diesem Seminar und von diesem Tankwart schon gar nicht. Die sollen ihren Krieg alleine ausfechten. Ich werde mir keine Schuld zuweisen lassen. Das hier hat nichts mit mir zu tun. Jetzt ist wieder dieser Psychiater in meinem Kopf, ich höre schon seine Frage, warum fühlen Sie sich schuldig, Helmut? Ernsthaft. Ich habe kein schlechtes Gewissen, ich habe nichts getan. Ich will nur laufen, ich will niemandem den Kopf einschlagen, ich habe keinesfalls dieses Bedürfnis in mir. Ich will sicher nur vorwärtskommen, und ich habe auch keinen Hunger. Ich werde essen, später. Nein, keine in Wasser getunkte Watte, natürlich nicht so etwas. Ich werde eine Mahlzeit essen, jetzt lassen Sie mich in Ruhe, Herr Psychiater. Ich will nicht mit Ihnen sprechen, ich hasse Sie. Ich hasse diesen Psychiater. Helmut geht aus dem Zimmer. Neben dem Lift sind die Treppen. Also gut, dann laufe ich die Treppe hinauf bis zum obersten Stock und dann laufe ich nach unten, das werde ich wiederholen bis, dieser Tankwart ist auch nicht anders als mein Psychiater. Was ist, wenn die beiden sich kennen? Nein, der Psychiater hat eine Schweigepflicht. Die werden sicher über mich sprechen. Dann werde ich nie Geschäftsführer werden. Der Psychiater kennt meine Fehler. Ich habe mich doch all die Jahre darum bemüht, meine Schlechtigkeit ungeschehen zu machen. Reicht das noch immer nicht? Helmut läuft Stufe für Stufe, im obersten Stockwerk sieht er sich kurz um, ein Fenster, ein Gang, er läuft den Gang entlang, vor der Treppe hält er und beginnt, Kniebeugen zu machen. Leise zählt er in sich hinein, eins, zwei, drei, bis er bei zwanzig angelangt ist, sogleich läuft er die Stufen nach unten, und im Erdgeschoß angekommen beginnt er von Neuem. Noch zwei weitere Male wiederholt er den Ablauf, bevor er mit schnellen Schritten in den Speiseraum geht. Er spürt den Schweiß auf seiner Stirn. Ich werde mich durchnavigieren, das ist eine vertraute Situation. Sie werden nicht bemerken, dass ich esse wie ein Vögelchen, ein Erbsenkörnchen, ein Maiskörnchen, zwei Karotten, Trennkost, ja, ich schwöre auf Trennkost, werde ich sagen, ja, das ist Retro, natürlich. Aber nicht alles aus dem vergangenen Jahrhundert muss schlecht sein, dann werde ich lachen, laut auflachen, ein Prozedere aus dem Befüllen des Tellers machen. Sie werden mich beobachten, ich werde mir Zeit lassen. Sie werden mich essen sehen. Ich werde essen. Natürlich werde ich essen.

Helmuts Augen suchen den Raum nach seinen Kollegen ab. Eigenartig, es ist niemand hier. Er setzt sich an einen kleinen Tisch nah am Fenster, noch einmal vergewissert er sich, dass niemand sonst da ist. Er hängt seine Jacke über den Sessel, steht auf und geht zum Buffet. Zwei Scheiben Brot legt er in den Brotkorb, auf den Teller legt er ein Stück Butter, die Pfanne mit Geschnetzeltem lockt ihn. Er nimmt sich einen kleinen Löffel Geschnetzeltes und einen Extralöffel Sauce. Die braucht er nur mehr zur verrühren, und bald schon weist der Teller Speisespuren auf. Sie werden meinen, ich hätte bereits gegessen. Helmut kichert in sich hinein. Wo ist noch ein passendes Gericht? Lasagne ist nicht gut, sie lässt sich schlecht verteilen, ah hier, ein Liptauer. Sehr gut, eine kleine Menge auf den Teller. Sein Blick schweift weiter über das Buffet, ach hier, Fisch mit Sauce. Diese Sauce mische ich auch noch dazu und jetzt den Teller an den Tisch bringen. Möglichst arrogant schauen, dann beachtet niemand den belegten Teller. Wieso sieht der Mann da drüben dauernd zu mir her? Hat der nichts anderes zu tun? Ich freue mich auf den blühenden Flieder. Helmut setzt sich. Gekonnt mischt er die Saucen auf seinem Teller, alles ist in wenigen Sekunden verteilt, er beißt in das Stück Vollkornbrot, öffnet die Butter, versteckt die Hälfte der Butter unter der Packung, beißt ein zweites

Mal vom Brot ab, zählt bis zweiundzwanzig, bevor er das Brot schluckt. Ich muss etwas essen, sonst werde ich Stress mit dem Laufen bekommen. Der Internist hat gesagt, dass eine Herzmuskelentzündung wahrscheinlich ist, wenn man Sport betreibt und gleichzeitig fastet. Dass das eine schlechte Idee wäre. Aber mich wird das nicht betreffen. Ich esse ja, ich achte auf meine Gesundheit. Einen, ach was, noch zwei Bissen von dem Brot und drei Gläser Wasser, dann kann ich ohne Bedenken aufstehen und gehen. Dann werde ich später sagen, ich habe euch während des Abendessens vermisst, das Geschnetzelte war köstlich.

Horst geht durch den Garten des Hotels, er geht schnell. Veronika, warum distanzierst du dich so? Ich will dir in Zukunft wirklich alles, ja, damit meine ich auch alles, sagen. Keine Geheimnisse mehr, ich bin es leid, von dir so an der Nase herumgeführt zu werden. Wieder schaut er auf die Anrufliste. Kein Anruf von Veronika in Abwesenheit. Kein Küsschensmiley und kein rotes Herz. Ich kann das nicht gut aushalten, diese Strenge. Wie komme ich überhaupt dazu? Das ist eine absolute Rollenverkehrung. Spinnst du, Veronika, ich meine, wer ermöglicht dir dein Musikschullehrerdasein, hm, denk mal nach. Ich bin das, wir leben in der großen Wohnung, du könntest dir das nicht leisten, deine Bücher, deine Teilzeitanstellung. Die Urlaube. Ich glaube dir nicht, dass du das nicht brauchst, schöne Strände, Resorts, du willst doch nicht ernsthaft behaupten, dass dir eine Fahrt nach Grado genügen würde oder ein Ausflug ins Waldviertel. Fahrradurlaub, draußen schlafen, mit möglichst wenig Gepäck, das glaubt dir kein Mensch, dass du das wirklich willst. Wenn schon keine Geheimnisse mehr, dann sag auch du die Wahrheit. Und dein Spleen, einmal einen Sommer lang als Sennerin auf der Alm zu verbringen, das ist doch eine Kinderei. Ja, gib es zu, deine Naivität ist zum Aus-der-Haut-Fahren. Horst geht weiter, er entfernt sich stückweise vom Hotel Richtung Wald, entlang der im Park angelegten Wege. Kleine Schilder mit der Aufschrift *Betreten verboten* stecken im Rasen.

Horst schaut auf die Uhr. So spät schon, denkt er, dreht sich um und sieht von Weitem die geöffnete Terrassentür des Hotels, daneben steht Franz und schaut auf sein Telefon.

Der fehlt mir gerade noch, denkt Horst und geht Richtung Hotel auf Franz zu, der nicht zur Seite tritt, um ihm Platz zu machen.

Na, Horst, sagt Franz, und seine Stimme klingt herausfordernd.

Lass mal, sagt Horst im Vorbeigehen, an der Bar bleibt er stehen, bestellt einen Caffè Corretto. Während des Wartens hört er Stimmengemurmel, Zeitungsrascheln und von draußen das Gezwitscher einer Amsel. Nicht nur eine, es müssen mehrere Amseln sein. Im Speisesaal ist das Abendbuffet aufgebaut. Es riecht nach gebratenem Fleisch, nach Lasagne und Geschnetzeltem. Die Barfrau stellt den Caffè Corretto auf den Tresen. In einem Schluck trinkt er die Tasse leer. Seine Zunge brennt. Er bestellt einen zweiten, haben Sie auch Sandwiches, fragt er die Barfrau.

Tut mir leid, sagt sie, hier bekommen Sie ausschließlich Getränke, das Buffet ist offen.

Danke, ich werde mir was holen, und machen Sie mir bitte auch ein Bitterlemon mit extra viel Eiswürfeln und einer Zitronenscheibe.

Horst steht auf, in seinem Kopf beginnt es zu taumeln, als würde ein Fisch in ihm herumschwimmen, um entlegene Gegenden zu suchen, er weiß, was jetzt kommen wird. Dieses Gefühl, das wie von selbst aus dem Vertrauten heraus eine Ankunft im weniger Bekannten ermöglichen könnte, dieses Gefühl will er mit aller Kraft vermeiden, ein leichter Schwindel, der Körper hilft, er schließt kurz die Augen, der Fisch verschwimmt sich, Horst denkt an Schamlippen, der Fisch ist fort, in seinem Kopf ist es, wie es sein sollte, sich nur nicht hineinbegeben in dieses Unbekannte. Vor dem aufgebauten Buffet bleibt er stehen, na Gott sei Dank ist dieser Fischspuk vorüber. Räucherlachs ist auf einer Platte angerichtet, eine Schüssel mit Oberskren steht daneben, geschnittene Paradeiser, Thunfischaufstrich. Vielleicht sollte er doch etwas Deftigeres zu sich nehmen? Der Caffè Corretto ist sicher schon serviert. Horst nimmt zwei Semmeln, legt Schinken, Käse und geräucherte Salami auf einen Teller und geht zurück zur Bar. Während er sich setzt, fühlt er Erleichterung, er weiß nicht weswegen.

Franz liegt in seinem Zimmer auf dem Bett. Er denkt erst an Sonja, dann an seine Mutter, er sieht die von ihr an die Hauswand gemalten Lilien vor sich, die Star-Wars-Plakate in seinem alten Kinderzimmer, hat es so kommen müssen, fragt er sich. Mama hätte uns nicht verlassen müssen, sie hätte nicht den Kontakt abbrechen müssen. Sie war ja nicht einmal ein Blumenkind, oder? Sie war doch nur Trude, die Tochter ihrer Eltern und die Frau von Hannes. Nur weil sie als junge Frau einmal die Wand bemalt hat, aber eine Wand bemalen, das ist ja kein Verbrechen, oder? Sie hat mir nie geschrieben, vielleicht hat sie ja doch, ich habe mir diese Frage oft gestellt. Für Oma hat sie nicht mehr existiert und für Papa auch nicht. Für ihn hat niemand existiert. Ihn habe ich ja auch nie richtig kennengelernt, und dann der Infarkt, sein früher Tod. Manchmal kommt mir das wie ein Drehbuch vor, irgendeine erfundene Geschichte über irgendjemanden. Einen, der Pech gehabt hat, wie in diesen Grimm-Märchen. Die konnte ich nie leiden. Die verschwundene Mutter, der tote Vater. Sie ist aber nicht tot, das weiß ich. Sie ist feig, sie ist faul, sie hat nicht nur mich verlassen, auch ihre Mutter, so eine Schande war das für Oma, Mama hat überhaupt kein Gewissen, sie hat immer nur an sich gedacht, sie ist eine Egoistin, eine schreckliche Mutter, ich brauche sie nicht, ich habe sie auch nie gebraucht, so eine braucht doch niemand. Oma hat schon recht und der Papa, der hat sie auch nicht gebraucht, der ist dann bei den Schwiegereltern geblieben mit mir, der war immer in der Arbeit, der hat sich in den Tod gearbeitet, der war anständig. Wie fleißig er war, da ist keine Zeit geblieben für mich. Die Oma hat das gemacht, die Oma hat sich meiner angenommen, die Oma ist die Mama und jetzt habe ich Sonja, das ist doch gut. Das ist, wie spät ist es? Ich muss etwas essen. Ich mag mein Leben, das alles, die Kinder, meine Frau, die Familie, das sind Werte von Bestand, das kann einem dann auch keiner mehr nehmen. Das ist es, worum es geht. Arbeit, Familie, was brauche ich mehr? Ein gutes Essen, ich habe wirklich kaum Appetit, aber wenn ich nichts esse, dann bin ich im Nachteil. Ein Mensch muss gestärkt in den Kampf ziehen. Mehr Sein als Schein, das hat Oma immer gesagt, dass es darum geht, etwas darzustellen.

Franz dreht sich zur Seite, jemand sein, denkt er, und stellt ein Bein auf den Boden, ich mag nicht aufstehen, sagt er, stellt das zweite Bein auf den Boden, setzt sich auf und hält kurz inne, als würde er sich sammeln. Er steht auf, sein Mund ist trocken, er streckt sich, die Schulter schmerzt. Immer dieser Schmerz in der Schulter, immer an derselben Stelle. Franz ignoriert das Pochen, er zieht erst seine Socken, dann die Schuhe an. Alles ist gut, sagt er sich vor, ich gehöre zu den Fleißigen und Anständigen, ich erlaube mir keine Fehler, keinen einzigen Fehler werde ich mir durchgehen lassen. Er nickt und klopft mit den Handflächen beider Hände leicht auf seine Wangen, sein Klopfen wird stärker, die Haut beginnt zu brennen, er sieht die Frau aus dem Video auf die Wand zulaufen, er sieht ihren Aufprall, sieht sie fallen, aufstehen, ist das Hingabe, fragt er sich und schlägt sich erst mit der linken, dann mit der rechten Hand ins Gesicht. Jetzt wird gegessen, dann sehen wir weiter, Franz öffnet die Tür und verlässt sein Zimmer. Im Speisesaal nimmt er einen Teller, neben dem Salatbuffet ist das Kuchenbuffet aufgebaut. Die Hauptspeisen sind auf der anderen Seite, zielstrebig geht er zur Lasagne und nimmt sich ein Stück. *Fett, faul, philosophisch* ist *Garfield*, denkt Franz und lächelt. Auch ich mag Lasagne. Er setzt sich, aus den Augenwinkeln sieht er, wie Helmut bereits wieder aufsteht und beginnt zu essen.

In Annettes Magen rumort es. Der Kartoffelsalat war sicher aus der Dose und die Roten Rüben waren nicht selbst gekocht, wahrscheinlich wird hier überhaupt nichts frisch zubereitet, ich bin mit dem Service dieses Hotels nicht zufrieden. Annette steht am Fenster ihres Zimmers und schaut hinaus. Ich will zurück zu den anderen, ich will wieder unter ihnen sein, mich nicht ohne Grund und ohne Gewinnaussichten in diese defizitäre Lage begeben, ich meine, sie müssen mich endlich akzeptieren.

Sie blickt auf den Hotelpark, niemand geht spazieren. Hätte ich mich doch auf diesen Sessel gesetzt, hätten sie mich doch angestarrt und sich mit ihren Blicken in mich gebohrt, aber ich wäre mir so nackt vorgekommen, so verletzlich. Verletzlich, du, nicht doch. Annette, du wärst nie so weit gekommen in deinem Leben, hättest du diese Unannehmlichkeiten nicht so gut im Griff. Aber in der Mitte sitzend, umgeben von den Blicken meiner Kollegen, ich wäre mir entblößt vorgekommen, schrecklich, da hätte ich mir gleich die Kleider vom Leib reißen können. Annette riecht an ihrer Achselhöhle, Schweißgeruch, sie entfernt sich vom Fenster, legt sich auf das Bett. Ihr Körper sinkt ein, ob ich heute besser schlafen werde, ich mag keine weichen Matratzen, sie schließt die Augen, ein flüchtiger Gedanke an die Spitzenunterwäsche in ihrem Koffer erregt sie. Sie steht auf, geht ins Bad, bin ich bereit, mich zu fügen, fragt sie ihr Spiegelbild, bin ich bereit, jegliche Kritik, jede Art von Kompromiss, jegliche Form von Übereinkunft weiterhin als passabel zu erachten? Sie presst ihre Lippen aufeinander. Wie hat Mutti immer gesagt, Annette, deine Fotos kann man niemandem zeigen, wieso denke ich jetzt gerade an sie? Ich will nicht, dass andere direkt in mein Gesicht sehen, ich will auch nicht, dass sie meinen Körper betrachten, ich will mich nicht zur Schau stellen. Mich soll niemand ansehen und ich will auch die anderen nicht ansehen, wenn sie sich präsentieren auf dem transparenten Sessel, das ist doch eine natürliche Schranke, das nicht zu wollen, das ist doch normal. Annette neigt ihren Kopf näher zum Spiegel und konzentriert ihren Blick auf die Iris, sie sieht Grau und Grün und ein bisschen Ocker und dahinter, dahinter meint sie eine Wand zu sehen, schleierhaft in giftgestärktem Grau. Wieso Gift? Heißt das Gefahr? Schnell wendet sie den Blick auf die Haut unter den Augen, entdeckt jede Unebenheit, greift zur getönten Tagescreme und überdeckt die unreinen Poren. Sie atmet durch, nimmt den Lippenstift und gibt ihrem Mund ein Gerüst.

Sie setzt sich auf den Bettrand, sortiert in Gedanken ihre mitgebrachten Kleider, steht auf, zieht ihre weiße Bluse aus, überlegt kurz, ob sie das weiße Spitzenbustier statt des Push-ups anziehen soll, entscheidet sich dagegen und nimmt eine idente frische weiße Bluse aus dem Schrank. Jetzt wird es gut werden, sagt sie sich, und diesem Tankwart werde ich den Rest des Seminars wohl besser aus dem Weg gehen. Aber warum denn, Annette, hört sie eine Stimme in sich, und den Hohn darin nimmt sie mit Bedauern zur Kenntnis.

Sie schließt die Augen, nicht schon wieder, sie setzt sich ein weiteres Mal an den Bettrand, lässt sich zurückfallen und bleibt einen Augenblick länger, als sie vorhatte, auf dem Bett liegen. Irgendwo weit hinten in den Windungen ihres Gehirns beginnt sich etwas zu regen, Annette öffnet die Augen, sie weiß nicht, wie spät es ist, auch hell und dunkel erscheinen ihr im Moment nicht mehr eindeutig voneinander unterscheidbar. Sie denkt an einen Einbrecher, der erst in ihr Zimmer eindringt und dann in sie. Wieder schließt sie die Augen. Sie lässt die in ihr entstehenden Bilder gewähren. Für all das Gesehene schämt sie sich. Sie schaut an die Decke, räuspert sich, steht auf, schlüpft in die Schuhe, blickt kurz in den Spiegel, ihr Erscheinungsbild begutachtend, einigermaßen passabel, sagt sie und verlässt hastig das Zimmer, als wollte sie vor sich selbst davonlaufen.

Das hier führt doch zu nichts, denke ich und gehe schneller auf mein Zimmer zu, als ich es vorhatte. Wieder ist es, als wäre ich mir selbst irgendwo abhanden gekommen, als wüsste ich nicht mehr, weshalb ich hier bin. Die Teilnehmer, sie sind wie dieses altbekannte Außen, dieses Mutteraußen, sie sehen nur, was sie sehen wollen, nichts weiter, sie hören nur, was sie hören wollen, sie missachten ein Gegenüber. Ich weiß nicht. Es muss doch auch hier einen Unterschied geben. Den kann ich suchen. Sonst bleibe ich weiter mein eigener Gefangener und ich möchte doch dieses Gefängnis verlassen, als möglichst freier Mensch.

Helmut und Annette stehen vor dem Lift. Und, fragt Annette, jetzt geht's zum Training?

Ja, Helmut sieht sie nicht an, während er antwortet, die Laufjacke liegt schon parat.

Meine Generation, sagt Annette und zeigt auf sich, kann jetzt in der Agentur endlich was verändern.

Deine Generation, was soll das heißen, wir sind doch ungefähr gleich alt?

Nein, nein, Griegler, du, so war das nicht, du siehst doch noch gut aus, ganz schön fit, wirklich. Sag, sie beugt sich näher zu Helmut, gestikuliert mit ihren Händen vor seinem Gesicht, er weicht zurück, sie fragt, hast du dir mal was korrigieren lassen, und lächelt ihn an.

Diese Hexe, denkt Helmut, dieses Weib, ich, er ballt die Hände zu Fäusten, seine Fingernägel drücken sich in die Handflächen, dann grinst auch er und steigt in den Lift, ohne ihr zu antworten.

Annette lächelt vor sich hin, bis später dann, sagt sie und lässt ihm beim Aussteigen den Vortritt.

An der Bar bestellt sie ein Ginger-Ale. Es ist so ruhig hier, sagt sie zur Barfrau.

Das wird noch, sagt die Barfrau, während sie Annette eine kleine Schüssel Erdnüsse auf den Tresen stellt.

Danke, Annette nimmt eine Handvoll, steht auf und lässt ihre *Neverfull* auf dem Barhocker liegen.

Die Barfrau betrachtet die Tasche und seufzt.

Annette öffnet die Terrassentür, geht nach draußen und schaut sich um. Hier ist nur die Pampa, sagt sie, bin ich froh, wenn ich morgen weg bin. Das alles ist, ach, was soll ich sagen, das ist total entbehrlich. Ich bin erfolgreich, das muss ich doch niemandem beweisen, ich hab was drauf. Ich bin gut, ich, Annette schaut Richtung Park, früher habe ich mich gefreut, wenn ich ein Eichhörnchen gesehen habe, im Wald habe ich öfter Haselnüsse ausgelegt, ich wollte ihnen die Vorratssuche erleichtern. Und wer macht es mir leichter, wer ist für mich da? Ein Kind, wieder dieser Gedanke, ein Kind könnte das sein, nein, ich muss das jetzt abhaken. Annette holt ihr Telefon aus der Jackentasche und öffnet ihren Mailaccount. Sie öffnet eine Werbeinformation und schaut die *Must Haves* der bevorstehenden Sommersaison durch, das ist alles, sagt sie und dann, das kann es doch nicht gewesen sein.

Du Sonja, ich muss jetzt Schluss machen, sagt Franz und geht in seinem Zimmer hin und her. Also ja, wenn du meinst, du, jetzt muss ich aber, nein, ich werde das nicht vergessen, Sonja, du, ich muss wirklich, wir sind noch am Arbeiten, du, ciao, Franz legt auf.

Bitte nur Liebesbriefe, diese drei Worte hat sie an den Postkasten geklebt, als sie eingezogen ist und wie sie dabei gelacht hat, wie ich sie umarmt habe, wir miteinander geschlafen haben, das war doch eine gute Zeit, wir waren ja ineinander verliebt, wir lieben uns, wir, ich muss sie doch lieben, das, was sage ich da, das darf ich gar nicht denken, nicht einmal andenken, aber ich habe das jetzt angedacht. Dieser Gedanke ist schlicht falsch, dieser Gedanke darf nicht gedacht werden. Die Welt ist, wie sie ist, daran gibt es nichts zu rütteln. Franz schließt die Augen, ich liebe mein Leben, ich habe ein gutes Leben, ich hab wirklich Glück gehabt, großes Glück. Er lacht auf.

Bahamas Joe
Kommunistische Gleichheits-Romantiker!
Natürlich hätte jeder gerne Gratis-Geld »vom Staat«. »Der Staat« aber sind wir. Wer in einer Gesellschaft nichts beiträgt, nach seinen Möglichkeiten wohlgemerkt, der sollte auch nichts erhalten. Alles andere korrumpiert und zerstört die Leistungsbereitschaft.
Noch einmal 500 Gramm Sozialleistungen bitte, ja, zahlen tut der Herr da vorn aus der Mittelschicht, sehen Sie ihn, schütteres Haar, aber sonst ganz passabel.

Bitte, bitte, bitte nicht wieder diesen Unsinn vom bedingungslosen Grundeinkommen, wer soll das bezahlen? Darauf konnte man bis dato absolut keine Antwort geben, weil die Kosten alles bei Weitem übersteigen, was den unternehmerisch tätigen Steuerzahlern, diese müssten den Zauber ja finanzieren, oder anderen Gutverdienern zuzumuten ist. Nur naive Theoretiker glauben, dass diese Kuh unendlich gemolken werden kann.

Genau, mit einer Erbschaftssteuer oder einer Reichensteuer, Vermögensteuer, man gönnt sich ja sonst nichts, oder, MissySpissy. Der Neid will es so!

Jetzt schreiben sie wieder vom bösen, bösen Kapitalismus, diese Loser. Horst zieht die Nase nach oben, das alles ist doch reine Zeitverschwendung, er stellt sich ans

Fenster, schließt die Vorhänge, dieses grauenvolle Beige mit den kleinen rosa Blümchen, Romantikhotel wird das hier keines mehr. Mensch, ich habe Frau Janine und den Ring vergessen. War eh eine blöde Idee, Horst grinst, wenn ich den Mist jetzt weiterlese, dann besaufe ich mich an der Bar. Baumgespräche führe ich keine, danke, nicht mit mir. Ich lasse mir doch nicht irgendwas aufschwatzen, dessen Sinn sich logisch nicht erschließen lässt. Das wird immer absurder hier.

Horst geht ins Bad, er greift nach der Tube Handcreme und drückt eine große Menge auf den Handrücken seiner linken Hand. Schnell zieht die Creme ein. Das trockene, beinahe papierene Gefühl an der Hautoberfläche wird weicher. Horst holt sein Telefon, eine neue Nachricht von Veronika, er stellt sich vor den Spiegel und liest:

Betreff: Zombie
Echt jetzt, das meint sie ernst, ja eh, da scroll ich weiter, was hier, bitte Veronika, lass dich nicht so gehen, was soll das heißen, hm. Die Macht der Gesellschaft, am tiefsten ist sie über das Gesicht in uns eingedrungen. Aha, will ich sie überhaupt heiraten, ich meine, sie wird irre, du, Veronika, bist du am Durchdrehen, die Macht der Gesellschaft, wenn ich das schon lese, du könntest diese *Missy Spissy* sein, die mich so aufregt im Forum, wir beide, Veronika, was steht da noch, Moment. Ob man das Leben wirklich in den Gesichtern erkennen kann? Die Furcht davor, anderen Menschen direkt ins Gesicht zu sehen. Das Tabu des Hinsehens. Ja, dann sieh halt nicht hin, Mensch, Veronika. Horst atmet ein, er schaut in den Spiegel, Tabu des Hinsehens, fehlt nur noch das Tao des Vergessens, Hippieshit, ich glaube es nicht.

Horst schaut in sein rechtes Auge, dann auf seinen Mund, die Mundwinkel hängen nach unten, er schaut zurück in sein rechtes Auge. Ich seh, ich seh, er steht vor dem Spiegel im Schlafzimmer seiner Mutter, was du nicht siehst, ich seh, ich seh, seine Mutter ist im Raum. Horst blinzelt, dann geht er einen Schritt zurück, als müsste er dem Spiegel entkommen. Er schließt Veronikas Mail, ich brauche einen Cognac, aber pronto.

Meine letzte Nacht als Consulter beginnt und ich verbringe sie in diesem Zimmer mit dem an die Wand gelehnten röhrenden Hirsch: Ach, wie wünschte ich mir, sie alle würden einmal ins Wanken geraten, jeder Mensch sollte an irgendeinem Punkt in seinem Leben wenigstens ein einziges Mal seine Standfestigkeit verlieren. Einfach leicht zur Seite kippen und schauen, was geschieht, sich öffnen für eine auftauchende Perspektive, wobei, standfest passt ja nicht, scheinbar standfest ist besser. Sie haben etwas Aufgesetztes, als hätten sie Gesichtskontrollen eingebaut, als würden sie sich nur mit ihren Tarnkappen zeigen. Ich verliere mich jetzt aber nicht in so einer Messiasrolle, ich seufze, Messiasrolle, was soll das, eine Schaumrolle, Schaumschläger, Luftikus.

Ist es wieder einmal dieses gehässige Belächeln meiner selbst. Ich öffne das Fenster, fast immer komme ich an diesen Punkt, an dem mir nichts anderes mehr zu gelingen scheint als mich selbst zu entwerten, als würde ich es brauchen, mich zu missachten, Messiasrolle, nur weil ich sprechen will, nicht mehr bereit bin zu schweigen, mache ich mich über mich lustig.

Besser als diese Gedanken ist es, in die Landschaft zu schauen, jemand mit Stirnlampe läuft in den Wald hinein. Vielleicht ist es Helmut. Ich blicke dem Läufer hinterher, bis nur mehr ein kleines Licht sichtbar bleibt.

Helmut singt in sich hinein, ich trabe vor mich hin, bin wie ein Pferd, geschwind wie der Wind, und nun, meine Damen und Herren, ein herzliches Grüß Gott allen zusammen, Helmut Griegler läuft auf der Zielgeraden, sein Vorsprung ist enorm. Ja, es war ein schweres Rennen, ja, die Glieder schmerzen, diese Schmerzen muss man einfach nicht beachten, ja, da geht man drüber hinweg, dann kann einen nichts aufhalten auf der Welt, ja, nichts, wirklich nichts und niemand. Wenn ich laufe, denke ich immer diesen Unsinn und das darf ich, hat der Psychiater gesagt, ich darf denken, was ich will, auch in Reimen, ja in kleinen, Fisch mit Keimen, nein Kiemen, macht nichts, Verwirrung, die Verwirrung muss nichts Böses sein, Annette, diese Hexe, diese.

In Helmut breitet sich Wut aus. Er atmet schneller, ich werde diese Hexe zermalmen, ich werde über sie hinwegfegen, Helmut der Magier, Herrscher über Bäume und Wälder, Rinder und Kälber. Hi-hiii. Jetzt aber, sein Puls wird langsamer, jetzt bin ich im Laufmodus, er lächelt vor sich hin und beschleunigt das Tempo.

Die Bäume scheinen näherzukommen, bewegt sich da was, hallo, ruft Helmut. Keine Antwort, wie denn auch, natürlich meldet sich niemand. Aber, war das gestern nicht auch so, das muss an dieser Strecke liegen. Nein. Echt nicht. Wer weiß, wer sich hier alles herumtreibt, die Landbevölkerung, da wird auch am Abend, und so spät ist es ja noch nicht, da wird vielleicht auch der eine oder andere, ein sportlich Aktiver, wird da herumlaufen, ich werde die Stirnlampe dunkler stellen. Ist da ein Hang, ein Abgrund, die Bäume kommen auf mich zu, oder, wer ist da? Hallo! Eine Böschung, es zieht mich zu der Böschung hin, ein Felsen, eine Schlucht. Wenn da das Haus der Hexe ist, mein Gott, denkst du jetzt schon an Hänsel und Gretel, der Backofen ist schon an, fürchte dich, Helmut, fürchte dich. Wer sagt das, niemand, ich höre nur mich selbst. Hier ist der Wald und hier sind Bäume, eine Eule noch und sonst irgendwelche nachtaktiven Tiere. Kröten, dieses Märchengetier, ich laufe da nicht hin zur Böschung, das mache ich nicht, ich werde dem Weg folgen, ich werde dem Weg folgen.

Das Kind, das bei irgendeinem Schmerz nicht unnötig bedauert wird, schreit nur etwa halb so lang.
Johanna Haarer

Irgendein Schmerz, ich lege die Karteikarte auf den Boden, kann das nicht mehr aushalten, will denn keiner hinsehen, das Offensichtliche ansehen. Frau Mundgold, ich weiß, ich spreche mit Ihnen in Gedanken, es sind meine Erinnerungen, immer ist es meine Mutter in ihrer Unnachgiebigkeit, ihrer Härte, ihrer, ich weiß nicht, als hätte sie nie etwas für jemanden empfinden können, nicht einmal für sich selbst.

Ich schlage mein Begleitbuch auf und schreibe:
Das scheinbar längst Vergessene und das Jetzt begegnen einander, sie breiten sich aus, aber wie ist die Rolle der Gegenwart in den auftauchenden Erinnerungen, wie montiert es sich zusammen? Passend zu den gegenwärtigen Umständen, zum Wollen und Nicht-Wollen? All die Gedanken und Nachgedanken. Mein Wundern

über die Querverbindungen, diese in den Vordergrund zu rücken: ich und mein Tun, ich und mein Unterlassen. Ist es nicht besser, wir sprechen, als wir sprechen nicht?

Pieps, sag ich, pieps wie all die Vögel, die Schwalben, die Amsel und dieses Geschwader, die Steine, das Reale, nicht Dieses oder Jenes, was ist wirksam? Im Zickzack der Vitrinen ist da ein Hund aus weißen Federn frisch geschlüpfter Vögel, es ist das schiere Werden, nicht das Endergebnis, nicht irgendein Bestimmter zu werden, sondern selbst werdend zu werden. Im Traum vielleicht ein, zwei Tierbesuche. Die Möglichkeit, an einem Knochen fast zu ersticken, an der Angst, ich sage nicht Ich-Prophylaxe, an der Wut, wie bekannt ist mir das Gefühl des Scheiterns oder des möglichen Scheiterns, des Hinterfragens, ohne eine Antwort zu finden.

Dieses Immer-aufs-Neue, dieses tägliche Leben im Alles-ist-Möglich. Die Kontinuität der Ausbeutung. Nicht wahr, Mutter, man irrt nicht gern, wenn man den Irrtum mit Scheitern verwechselt und Macht das eigentliche Ziel ist, nicht Liebe.

Horst fragt, Franz, warum suchst du nach Einfamilienhäusern, die du dir sowieso nicht leisten kannst?

Du schnüffelst in meinen Mails?

Naja, dein Passwort lautet Konstantin.

Und das gibt dir das Recht?

Du willst doch auch die totale Transparenz.

Franz zögert, er trinkt einen Schluck Rotwein.

Horst nimmt eine Erdnuss aus der kleinen Schüssel. Er wirft sie in die Luft, um sie mit dem Mund aufzufangen. Du, sagt er grinsend, ich glaube, der Tankwart, der ist ein Idealist, der will wirklich was bewegen, und bei dem Wort wirklich zwinkert er zweimal.

So naiv ist der nicht.

Doch, ich sage es dir, der wird seinen Job hinschmeißen und zu irgendeiner NGO wechseln.

Meinst du? Der verdient doch sicher gut, Top 50 Consulter, warum soll der wechseln wollen?

Warum nicht, weil das nicht in deine Sicht auf die Welt passt, Franz, oder wie?

So genau will ich das nicht wissen, Franz verdreht die Augen, dann sagt er, vielleicht hat der Tankwart einfach die falschen Medikamente genommen, er grinst.

Wir nehmen alle Medikamente.

Vielleicht hat ihn was aus der Bahn geworfen.

Was denn?

Keine Ahnung, ein Kollege hat sich umgebracht und jetzt sehnt auch er sich nach dem Tod.

Du meinst, er hat Selbstmordabsichten, das ist doch kitschig.

Der wirkt auf mich depressiv, siehst du das denn nicht? Aus dem Fenster stürzen, sich ertränken, was weiß ich. Hier gibt es tatsächlich keinen Wellnessbereich, ein Manko ist das.

Horst bestellt ein Glas Cognac, geben Sie mir dieses Mal wirklich den Besten, den Sie haben, sagt er zur Barfrau. Und ein Glas Leitungswasser mit Eiswürfeln und einer Scheibe Zitrone. Oder keine Eiswürfel, ich möchte das Wasser gerne lauwarm. Nein, doch mit Eis, bitte, danke.

Annette geht auf die Rücken von Horst und Franz zu. Sie tippt Franz auf die Schulter. Er schreckt auf, was ist los, sagt er mit einem Unterton in der Stimme, der Annette etwas zu scharf erscheint.

Alles gut, beruhige dich, sagt Annette und bestellt ein Glas Prosecco. Ich sag euch, ich hasse diese Schokostücke auf den Polstern, mehr noch als diese kleinen

Kekse, diese Willkommensgeschenke sind auch immer von einer minderen Qualität, gerade vorher habe ich sie in den Müll geworfen.

Das nenn ich mal Probleme, sagt Horst.

Was ist eigentlich dein Problem, Horst, fragt Annette.

Was willst du bloß von mir, sagt Horst.

Annette trinkt den Prosecco in einem Zug leer, ohne aufzublicken wirft sie das Glas über ihre Schulter nach hinten, es zerbricht.

Die Barfrau sieht sie entsetzt an.

Annette nickt ihr beschwichtigend zu, setzen Sie es auf die Rechnung, sagt sie und bestellt einen Aperol-Spritz.

Franz und Horst sagen nichts.

Was ist, fragt Annette und greift nach einer Erdnuss, noch nie die Nase voll gehabt?

Helmut setzt sich an die Bar. Noch vor fünfzehn Minuten war ich frei, denkt er, naja, irgendwie war ich frei. Aber das hier, er bestellt ein stilles Mineralwasser.

Annette sagt, das Kriterium für ein gutes Leben, hm, was ist das?

Erfolg und Geld.

Klar, Griegler, sicher doch, wie bei *Michael J. Fox*, in den 80er-Jahre-Filmen, der mit Aktentasche, Hemd und Hosenträgern den American Way of Life lebt, die Erfolgstreppe hinaufläuft, vom Postausträger zum Firmenchef, und die Liebe darf auch nicht fehlen. In Love fällt er natürlich mit der Chefsekretärin, ihre Fingernägel sind so schön manikürt.

Jaja.

Annette redet weiter, sie tippt einfach so schnell, sagt sie mit höher werdender Stimme, wir Frauen, wir sind ja immer die Sekretärinnen, Annette trinkt einen Schluck Aperol-Spritz, und abends dann gehen *Michael* und die Sekretärin aus, *Madonna* singt währenddessen im Hintergrund *Like a Virgin.*

Horst singt, *touch for the very first time.*

Helmut wird rot.

Franz sagt, hör doch mit dem Emanzenscheiß auf. Jeder kann bitte sehr unabhängig von seinem Geschlecht alles erreichen. Ihr Weiber, entschuldige, wenn ich das so sage, seid doch nicht benachteiligt. Das ist Schnee von gestern.

Helmut nickt, wer Leistung erbringt, sagt er, kann Karriere machen, geschlechtsunabhängig.

Annette lacht auf.

Lasst ihr doch die Keule, das Totschlagargument, ist immer dasselbe, an irgendeinem Punkt reden die Weiber immer von Benachteiligung, sagt Horst und nickt Franz zu.

Wir Frauen sind schlicht benachteiligt.

Horst sagt laut, klingeling, mein Telefon, hörst du, Annette. Er hebt sein Kinn und hält sich die Handfläche ans Ohr, hallo, sagt er und schaut Annette an. Speichel rinnt aus seinem Mund.

Annette sagt, bist du kindisch, was du nicht hören willst, darf niemand sagen, wie alt bist du, fünf oder was?

Klingeling, schon wieder ruft mich jemand an, sagt Horst.

Annette sieht zu Franz, dann zu Helmut, dann aus dem Fenster.

Franz schaut zur Kellnerin und bestellt ein Glas Rotwein. Helmut beschäftigt sich mit der Wasserflasche, scheinbar konzentriert versucht er, das Papier von der Flasche zu entfernen.

Horst lacht auf.

Annette, nimm es nicht persönlich, sagt Helmut, ohne sie anzusehen. Du kennst Horst, er meint es nicht so. Aber eins möchte ich trotzdem sagen, es ist klar, dass wir flache Hierarchien in der Agentur brauchen, nur darin liegt unsere Zukunft.

Horst bestellt einen Cognac.

Unsere Chance, sagt Annette, ist ein Dialog, in dem wir uns ernst nehmen und unser Anderssein tolerieren.

Du hättest eine große Zukunft in einer Kirchenvorfeldorganisation, falls das mit der Geschäftsführung nichts wird, Horst grinst.

Ein Dialog, der Anderssein toleriert? Du meinst in der Agentur, oder meinst du es globaler, auf der weiten, weiten Welt, Franz zeigt Annette die Zähne.

Ich-mach-mir-die-Welt …, aber im Ernst jetzt, sagt Horst, weißt du, ich will und kann niemanden tolerieren, der kleine Kinder zu Soldaten macht, wirklich nicht.

Das war zwar nicht das Thema, aber gut, dann unternimm etwas dagegen.

Du, das mache ich.

Aha, und was, bitte, spendest du etwa?

Ich und wir, die Agentur, die westliche Welt, wir alle hier, er zeigt in den Raum, helfen mit, den Kapitalismus in der Welt auszubreiten.

Was, der Kapitalismus soll die Rettung sein?

Für uns ja, diese andere Welt wird er zerstören.

Dein Zynismus ist widerlich. Was willst du dir damit beweisen?

Horst bestellt noch einen Cognac.

Annette und Franz nicken der Barfrau zu und zeigen auf die leeren Gläser.

Helmut bestellt ein prickelndes Wasser.

Du trinkst wohl nie, fragt Franz, immer kontrolliert, immer *law and order*?

Prost, sagt Helmut und schaut auf die Uhr.

Franz sagt, ich lade dich jetzt auf einen Drink ein, Griegler, bestell dir mal was Ordentliches.

Ich bleibe beim Wasser.

Na na, einen Tequila vielleicht, zu aufregend, also gut,

ich trinke mit dir einen Rum. Fräulein, haben Sie philippinischen Rum hier?

Nein, na gut, dann trinken wir einen Whiskey-Sour, Griegler. Zwei Whiskey-Sour, bitte.

Helmut nickt, besser, ich wehre mich nicht, sagt er sich, es gibt ja kein Entkommen.

Annette lacht auf.

Helmut denkt, die lacht sicher über mich. Er sagt, was gibt es zu lachen?

Annette sagt, Horst, du willst die Leute in den Krisengebieten einfach sterben lassen, oder wie?

Ich finde eben, man sollte vorsichtig sein mit diesen Betroffenheitsreflexen. Wie war das denn bei uns nach dem Krieg? Es wurde etwas geschaffen. Und bis heute ist es so. Wir stellen uns unseren Aufgaben, wir können an ihnen wachsen, das Leben geht weiter, trotz aller Widrigkeiten. Nach vorne schauen, nicht zurück.

Woher hast du diese Kalendersprüche, sagt Helmut.

Siehst du mich jetzt herausfordernd an, fragt Horst und nach einer kurzen Pause sagt er, Griegler, du wirst doch nicht etwa Hunger haben?

Rache, denkt Helmut, ich werde mich rächen, er trinkt einen kleinen Schluck Whiskey-Sour.

Prost, sagt Franz und grinst.

Annette lacht. Beinahe verschluckt sie sich. Schnell hält sie ihre Handfläche vor den Mund und zwinkert der Barfrau zu.

Noch ein Gin-Tonic, bitte, und eine Frage. Sie lehnt sich über den Tresen, was hören Sie für Musik, so privat meine ich? Volksrock'n'Roll, ja? Sie lacht auf, ein klein wenig lauter, als sie es wollte. Schließlich gestikuliert sie der Barfrau, zu verschwinden.

Helmut trinkt den letzten Schluck Whiskey-Sour, er sagt, ich hätte alles werden können, ich hätte alles machen können. Ich habe einen ausgezeichneten Studienerfolg, ich spreche fließend Spanisch, Französisch und natürlich Englisch.

Das musst du nicht extra betonen.

Ich hätte, ich meine, ich könnte jetzt auch in Singapur in einem wirklich guten Hotel sein und mich vorbereiten auf ein Meeting mit Kunden von internationalem Rang. Im Seminarraum World 1 würde ich ihnen dann meine Geheimwaffe vorstellen.

World 1, und danach kommt World 2, oder wie, Horst lacht.

Helmut weicht zurück, er sagt, ich hätte so viele Ideen, für zwei Leben würden sie reichen, locker. Ich hätte das tun sollen, ins Ausland gehen, das hätte ich tun sollen. Außerdem bin ich Parteimitglied.

Echt, bei welcher?

Bei den erfolgreichen, also, der richtigen Partei.

Franz bestellt noch ein Glas Rotwein. Er trinkt und denkt an Sonja, die Kinder. Ans Grimassenschneiden, das Nachahmen der anderen und was für ein Spaß das war, häufiger als den Vater habe ich die Oma nachgeahmt, mit dem Kochlöffel in der Hand. Aber einen konnte ich nie nachahmen, unseren Hund. Diese Augen! Kein Mensch kann solche Augen haben. Der Blick ist mir durch und durch gegangen. So treu, so geradeheraus, so verständnisvoll. Vollkommen auf die Familie eingestellt, ohne Wenn und Aber, immer hundert Prozent und dennoch, ab und zu hab ich ihn gesehen, seinen Jagdinstinkt. Wie war noch mal sein Name? Franko oder Nonno, Bello, ich weiß es nicht mehr, dass es das gibt. Habt ihr mal ein Haustier gehabt, fragt er in die Runde und bestellt noch ein Glas Rotwein und eine neue Schale Nüsse.

Einen Hund, sagt Horst und ja, er stockt, auch für kurze Zeit einen Hasen.

Wir hatten keine Tiere zu Hause, sagt Annette, Mutti wollte keine, nicht noch etwas, um das sie sich hätte kümmern müssen. Sie war berufstätig, hatte mit mir schon genug am Hals, so ein Schreihals, wie ich anscheinend war.

Helmut sagt, ich hatte eine Katze, einen Sommer lang, du, Annette, darf ich dich was fragen, sag, die Krawatte hier, ist die in Ordnung?

Wie meinst du das?

Ob sie gut sitzt.

Sie sitzt.

Ja, pflichtet Horst bei, der Griegler ist der Nichtgeschäftsführer mit dem perfektesten Krawattenknopf der Agentur.

Lass diese Scheiße.

Genau, zieh uns nicht runter. Annette greift nach ihrer Tasche, sie holt ihr kleines Täschchen hervor und nimmt einen Taschenspiegel und ihren Lippenstift heraus. Mein Gott, sagt sie, mein Haar ist ja total zerzaust.

Nein, ist es nicht.

Nicht, sag, spinnst du, Griegler?

Die Stirnfransen vielleicht.

So, geht es so?

Ist besser.

Gut. Annette legt neuen Lippenstift auf, alles in Ordnung, denkt sie und winkt der Barfrau zu, zahlen bitte, oder, sie sieht erst zu Franz, dann zu Horst, bleiben wir noch auf einen Absacker?

Klar.

Sicher.

Helmut sagt, von mir aus. Er denkt, wenn es sein muss, dann sagt er, in mir macht sich so eine Ruhe breit.

Du bist besoffen, sagt Horst.

Was, nein, ich nehme noch so einen Whiskey-Sour, es ist so eine Alles-ist-gut-Ruhe. Kennt ihr das nicht?

Doch, doch, in der Badewanne habe ich das öfter, sagt Annette.

Franz sagt, bei einem Kaffee und ohne Kindergerede im Hintergrund.

Euch fehlt es wirklich an Willenskraft, ihr habt ja so gar keine Ahnung, was es heißt, über sich selbst hinauszuwachsen.

Eh, Horst. Annette schaut auf die Uhr, bald Mitternacht, sagt sie, Geisterstunde, hu-huu, sie kichert.

Horsts Gesicht scheint sich zu verdunkeln, ihr wisst einfach nicht, was es heißt, willensstark zu sein.

Ihr habt ja keine Ahnung, sagt Franz, genau, wir haben ja keine Ahnung, nein, gar keine Ahnung wir haben, er trinkt einen Schluck Wein.

Könnt ihr nicht einmal zuhören! Nicht ständig und sofort unterbrechen und wieder irgendetwas wollen oder in Frage stellen. So ein Haustier ist ja auch ein Lebewesen, um das man sich kümmert. Das hat man irgendwann gern, und ich hatte einen Hasen, Flotti hab ich ihn genannt, weil er so schnell war und das weiche Fell dazu, am Kleintiermarkt habe ich mir den Hasen selbst aussuchen dürfen, ein weißes Kaninchen.

Das weiße Kaninchen, sagt Annette.

Flotti habe ich wirklich gern gehabt, Horst scheint die anderen nicht mehr zu bemerken, ich habe gut aufgepasst. Habe ihn gefüttert mit Huflattich und Spitzwegerich, manchmal habe ich ihn aus dem Stall geholt und in der Wiese, die war natürlich umzäunt, so eine Art Gehege war das, da ist Flotti herumgelaufen. Ich habe das Gehege selber gebaut. Dann, nach ein paar Wochen, hat Mama mal gesagt, in ein paar Tagen gibt es Hasenbraten, und ich habe mir nichts gedacht. Hasen haben wir öfter gegessen. Mir schmeckt zwar Kalbfleisch besser, aber Hasenfleisch mochte ich auch.

Dann hat dein Vater Flotti geschlachtet und deine Mutter hat Braten gemacht und du hast geheult wie ein Mädchen, sagt Helmut.

Horst blickt kurz auf und dann sieht er seine Hände an. Diese Hände, sagt er, dann ist er still, hört auf die Musik im Hintergrund, Gitarren, Gesang, ist da ein Rauschen, er versucht, den Liedtext zu hören, die Worte zu verstehen, es ist dieses Rauschen, dass sich breit macht, das Holz auf dem Tresen, bewegt es sich etwa, ist da jetzt, und dann sieht er Flotti vor sich, sein weißes Kaninchen, einen Zauberhut, wie sehr hat er sich einen Zauberhut gewünscht für Flotti und sich, um irgendwo in eine Höhle, Horst zuckt mit den Schultern, ich, sagt er und seine Stimme ist leise.

Ja, fragt Helmut.

Ich, er schaut auf seine Hände, ich, wisst ihr, Flotti, meine Mutter, sie hat, sie haben, sie und auch Vater, sie haben verlangt, dass ich Flotti mit meinen Händen, an meinem Geburtstag, ein großer Junge hatte ich zu werden, ein Fastmann, wie sie gesagt haben, Horst, heute wirst du fast zum Mann. Seine Stimme wird brüchig, als wollte er sich von etwas lossprechen, Mutter hat mir das große Messer gegeben, die scharfe Klinge. Ich muss sehr blass geworden sein, meine Eltern sind vor mir gestanden und haben gelacht, wirst du jetzt Rettungsschwimmer in der Molkerei, haben sie gefragt, so blass, der Bub, haben sie lachend gesagt. Flotti hat geschmatzt, ganz ruhig geatmet, ich habe den Hasen an mich gedrückt. Ich, Horst unterbricht sich, dann sagt er, das Lachen von den beiden, so laut war das, so schrill, bis Mutter gesagt hat, du wirst dich doch trauen, diese dumme Kreatur abzustechen, die ist nur für unsere Ernährung da, los jetzt, ein Schnitt und gut ist es. Vater hat geschrien, aus dir soll doch einmal ein Mann werden, kein Waschweib. Sie haben sich angesehen und Mutter hat gesagt, soll ich etwa, weil du zu feig bist, und den Kopf hat sie geschüttelt, gemurmelt, so ein Weichei hab ich nicht großgezogen. Sei kein Versager jetzt, Horst, hat sie gerufen und mir aufmunternd zugenickt. Ich hab sie nicht mehr anschauen können, nur Flotti, das Kaninchen hab ich an mich gedrückt, so weich war das Fell, so flauschig, das weiße Fell, ich. Er stockt.

Annette sieht ihn an und fragt sich, was wird das jetzt?

Franz denkt an Nonno-Bello-wie-auch-immer, an diese Treue in den Augen, er trinkt einen Schluck Wein.

Helmut sieht Horst an, bei mir war es die Katze, ich musste meine Katze töten, er sagt es nicht, er nickt Horst zu.

Horst sagt mit veränderter Stimme und nach vorn gerichtetem Blick, jetzt zeig uns, wie stark dein Wille ist, du musst deinen inneren Schweinehund überwinden, Bub, ein Opfer bringen, nicht immer den leichten Weg wählen, wir wissen, das ist schwer, aber du bist tapfer und stark, beweise uns, wozu du imstande bist. Wir wollen stolz auf dich sein. Horst schweigt und sagt dann, so ist das mit dem Willen, er hilft einem, sich zu überwinden, über sich selbst hinauszuwachsen.

Und hast du, fragt Annette leise, ich meine, konntest du?

Ich habe es getan, ja. Und wieder wird sein Blick starr, seine Stimme monoton, ich habe Flotti an den Ohren gezogen, das Tier hat vor Schmerzen laut gequietscht, ich habe ihm die Klinge in die Kehle gestochen. Flottis Kopf ist weiß geblieben, der Körper ist schwer geworden und rot, wie von einem roten Mantel umhüllt. Einen Moment lang meinte ich zu fallen, aber ich bin stehengeblieben mit Flotti in der Hand. Schließlich habe ich verstanden, dass man manchmal Entscheidungen treffen muss, die einem nicht leichtfallen, um weiterzukommen.

Und, er bestellt noch einen Cognac, ich habe die Lektion gelernt, den inneren Schweinehund zu überwinden, eine notwendige Aufgabe zu erledigen, auch wenn man sie für falsch hält. Er erzählt nicht, dass er dann noch zuschauen musste, wie seine Mutter dem Hasen das Fell über die Ohren gezogen hat und er schon nicht mehr wusste, ob er noch wach oder all das nur ein böser Traum war, er einfach nur verschwinden wollte, nicht mehr da sein und sich nichts sehnlicher wünschte, als blind zu sein, nicht sehen zu müssen. Doch seine Füße blieben stehen, sein Vater klopfte ihm auf die Schulter, ganz mein Sohn, hat er gesagt und Horst hat den Stolz gespürt, den Stolz des Vaters, aber er selbst, irgendwas ist verschwunden, irgendwohin, aber ein Bub weint nicht, ein Indianer kennt keinen Schmerz.

Annette zögert, bevor sie sagt, und, hast du den Hasen gegessen? Sie versucht, freundlich zu sein, tröstend, aber sie weiß nicht, was sie sagen soll, was passt da jetzt am besten, fragt sie sich und es fällt ihr nichts ein.

Helmut klopft Horst auf die Schulter und sieht ihn unumwunden an. Horst schaut auf und nickt.

Horst sieht das Bild einer Frau vor sich, sie sieht wie seine Mutter aus, sie geht mit einem gehäuteten Kaninchen in die Küche. Ein Bub geht hinter ihr her. Jeder könnte der Bub sein, Horst weiß nicht, wer es ist, dann sieht er, dass das Gesicht auf dem Bubenkörper aussieht wie seines. Die Mutter nimmt in der Küche die Innereien des Kaninchens aus dem Körper heraus. Der Bub steht daneben.

Horst hat plötzlich Harndrang, er verlässt die Bar Richtung Toiletten. Die Mutter gibt dem Bub das Herz des Kaninchens. Der Bub legt das Herz in eine Schüssel. Die Mutter hat blutige Hände. Der Bub wäscht seine Hände.

Horst uriniert in die Toilette des Hotels Weitblick. Der Bub schneidet Lauch, der Bub schneidet Kartoffeln. Die Mutter zerteilt den Hasen. Der Bub wäscht seine Hände. Die Mutter lacht. Die Augen der Mutter sind grell. Der Bub fettet den Bräter. Der Bub wäscht die Hände. Die Mutter lacht. Der Bub legt den Lauch in den Bräter, getrocknete Paradeiser dazu, die Mutter gibt ihm die zerlegten Teile des Kaninchens. Der Bub hat das Gesicht von Horst.

Horst atmet schnell. Er wäscht seine Hände und schaut in den Spiegel. Eine Fratze sieht ihn an. Das bin nicht ich, sagt er seinem Spiegelbild, dann geht er aus der Toilette. Während er zurückgeht, verbannt er die Bilder des Buben und der Mutter aus seinem Kopf.

In welchem Film habe ich diese Szene gesehen, fragt er sich, es will und will mir nicht einfallen, ich hab wirklich zu viel ferngesehen während der letzten Jahre, ich kann mich nicht genau erinnern. Wenn Veronika den Fernseher noch immer aus der Wohnung werfen will, bin ich ab nun einverstanden.

Horst setzt sich an die Bar, Franz, Annette und Helmut sehen ihn an. Er bestellt Cognac und Leitungswasser, dann sagt er, Franz, das klingt jetzt vielleicht hart, aber so, wie deine momentane Situation aussieht, mit deiner Frau und den Kindern, da könnte es sein, dass man dir einen Gefallen tut, wenn man dich übergeht.

Hey, bist du übergeschnappt.

Home-Office, das wäre doch besser für dich. Ein Geschäftsführer kann nicht im Home-Office sein, aber als Mitarbeiter so für ein, zwei Tage die Woche. Du, dann hättest du auch mehr Zeit für deine Liebsten.

Franz sagt, Moment mal, erst erzählst du uns diesen Tiertötungswahnsinn, und dann willst du mich ins Home-Office verfrachten, du, leg dich lieber hin und schlaf deinen Rausch aus.

Annette sagt, ihr seid irre, ich gehe.

Hau ab, sagt Franz, hau du nur ab.

Ja, halt dich raus, krieg ein Kind, kündige, verpiss dich, Helmut ist über seine eigenen Worte überrascht.

Gute Nacht, sagt Annette und denkt, was war das jetzt, ich verstehe überhaupt nicht, ich habe jetzt gar nichts gemacht, das verdiene ich nicht, diesen Umgang mit mir. Das lasse ich mir nicht gefallen. Du kannst es eben nicht, hört sie eine Stimme in sich, du bist eine Versagerin, eine jämmerliche Figur, dich wird nie einer wirklich mögen. Wer soll schon eine mögen, die so ist wie du. Na, der muss erst geboren werden. Sieh dich doch an, so wie du ausschaust, wie du bist, das ist doch unmöglich, und können tust auch nichts, kein Wunder, dass du nie Geschäftsführerin wirst. Herumstottern, irgendetwas daherreden, das keiner wissen will, wie sollst du Geschäftsführerin werden, da hast du nicht das Zeug dazu, da fehlt es dir an allem. Du bringt nichts zustande, nicht ein einziges Mal hast du deinen inneren Schweinehund überwunden und etwas für mich getan. Immer nur du, du, du. Ist das jetzt Muttis Stimme, die ich höre, Annette schreckt auf, sie geht den Gang entlang und steigt in den Lift. Sie sagt in sich hinein, mein Atem ist ein aufsteigendes Flugzeug, bald habe ich es geschafft, bald schon bin ich in meinem Zimmer. Im Zimmer angekommen setzt sie sich auf das Bett, der röhrende Hirsch sieht sie an.

Franz sagt, ich kümmere mich sehr gut um meine Familie und es geht niemanden etwas an, wie wir leben. Das ist Privatsache, gute Nacht.

Horst sagt, warte.

Franz tut, als würde er ihn nicht hören, zu spät, es ist zu spät, ich lasse mir nicht alles gefallen, er geht zum Lift, fährt hinauf, und während er die Tür seines Zimmer aufschließt, fragt er sich, ob er nicht doch zurückgehen und ein klärendes Gespräch einfordern sollte. Das bringt nichts, ist er überzeugt und geht in das Zimmer. Sonja hat nicht zurückgerufen. Er seufzt. Ein grinsendes Gesicht blickt ihm aus dem Spiegel entgegen.

Helmut und Horst sitzen nebeneinander. Keiner der beiden sagt etwas. Helmut möchte von Katerl erzählen, dass er, aber er kann nicht. Es ist nicht möglich, ein Zucken geht durch seinen Körper, er hätte nie gedacht, dass Horst ihm einmal klein erscheinen könnte, kindlich beinahe. Kind sein, denkt er, darauf darf ich mich jetzt nicht einlassen, auf diesen Gedanken. Mein Psychiater hat einmal gesagt, dass ich mir doch vorstellen könnte, ich als kleiner Bub wäre an meiner Seite, und wie ich mich mir gegenüber verhalten möchte. Was ich zu mir sagen möchte, zu mir selbst als Kind. Aber das ist doch absurd, habe ich gesagt und mich gefragt, wie esoterikaffin der Psychiater wohl sein mag. Aber jetzt, bei Horst, da könnte ich doch versuchen, wenn ich mir vorstelle, er hat gerade seinen Hasen getötet, wie muss das für ihn sein. Aber Katerl, mein Katerl.

Helmut steht auf, entschuldige, sagt er, ich hab wohl zu viel getrunken. Er läuft aus dem Barbereich, läuft zur Hoteltür, läuft hinaus und läuft ohne zu zögern weiter. Außer Atem bleibt er stehen. Die Kälte erschwert das Atmen. Er greift in seine Hosentasche, zieht den Inhalator heraus und inhaliert. Ist besser so, sagt er. Die Kälte schadet nicht, im Gegenteil, sie weckt mich auf. Katerl, mein Gott, Helmut läuft kopfschüttelnd weiter, dann bleibt er stehen und weiß nicht genau weswegen.

Er schaut sich um, erinnert sich an den kleinen Teich im Hotelpark und geht mit ruhigen Schritten auf ihn zu. Seine Arme fühlen sich plötzlich fremd an, als würden sie nicht zu ihm gehören. Er denkt an Katerl, wie klein er war, wie er ihn immer eingefangen und an sein Gesicht geschmiegt hat. Ein paar kleine Kratzer habe ich schon abbekommen, aber das kuschelige Fell, und in der Nacht hat er in meinem Bett geschlafen. Er spürt, wie es ihm eng im Brustkorb wird und er holt ein zweites Mal den Inhalator aus der Hosentasche, schon besser, sagt er sich. Vor dem Weiher setzt er sich auf eine Holzbank, er streckt die Beine von sich. Katerl, er schaut in die Dunkelheit, als wäre da nichts vor ihm, sein Magen knurrt, wie ein Loch in mir ohne Grund, oder eine Lawine, die auf mich zustürzt, ist das jetzt außen oder innen, er sieht nichts mehr, greift sich ins Gesicht, auf die Augen und spürt Tränen, all die Tränen, als kämen sie aus einer vergangenen Zeit. Helmut schluchzt auf, blickt sich sofort um, das darf niemand sehen, diese Schwäche darf ich nicht zeigen. Er steht auf und geht zurück ins Hotel.

In seinem Zimmer rückt er den Tisch zurecht, den Sessel, den röhrenden Hirsch erst ein Stück nach rechts, dann nach links, er sieht seine Laufsachen durch. Er duscht. Das Wasser ist warm, das ist gut. Er weiß, wie er heißt, er weiß, was er getan hat.

Ich habe Katerl getötet, er dreht den Wasserregler auf wärmer, noch wärmer, er dreht den Wasserregler auf kalt, stöhnt auf, dreht das Wasser ab und verlässt die Dusche. Ohne sich abzutrocknen, legt er sich in das Bett.

Nachdem er eingeschlafen ist, kommt Katerl zu ihm und schnurrt. Aber da ist noch jemand, Helmut schreckt auf, er sieht einen Schatten, viel zu groß, jemand tritt aus dem Schatten heraus, wer bist du, fragt Helmut und sieht lange, blonde Haare, zwei große Brüste, nein, fleht er, nicht du, geh weg, Ungeheuer. Das Ungeheuer hat einen großen Mund, Katzen passen nicht zu uns, sagt es und spielt mit den eigenen Brüsten. Helmut hat Durst, er möchte Milch trinken, Katerl schnurrt. Das Ungeheuer sagt, Katzen kann man nicht erziehen, sie ordnen sich nicht ein, das Ungeheuer lacht, Katzen sind asozial, die Zähne des Ungeheuers werden größer, sie richten sich wie Pfeile auf Katerl, nein, Helmut wacht auf.

Sonntag

Helmut sieht eine Spinne im Zimmer. Auf seinem linken Unterarm ist ein roter Fleck. Woher kommt dieser Fleck? Die Spinne muss mich in der Nacht gebissen haben. Was ist das für eine Spinne? Ich fühle mich hier in diesem Zimmer nicht mehr sicher. Ich werde jetzt packen und meine Reisetasche in den Seminarraum mitnehmen. Duschen, soll ich noch duschen? Aber die Spinne, was ist, wenn sie. Hier bin ich nicht mehr sicher.

Jetzt werde ich aufstehen und mich duschen. Er bleibt sitzen. Dann werde ich mich anziehen. Er steht auf. Er setzt sich. Ich werde mich erst duschen, danach anziehen. Er geht ins Bad. Er macht das Wasser an. Er setzt sich auf den Boden. Die Spinne wird nicht mehr da sein. Die Spinne ist fort. Ich werde jetzt duschen. Helmut setzt sich in die Duschkabine. Das Wasser rinnt auf seinen Körper. Sein Haar wird nass, das Wasser fließt über sein Gesicht. Das Wasser ist warm. Das Wasser wird wärmer. Helmut bleibt sitzen. Helmuts Haut rötet. Ich werde mich jetzt einseifen, abspülen, dann werde ich aus der Dusche rausgehen, ich werde mich abtrocknen, mich anziehen, ich werde. Helmut bleibt sitzen. Das Wasser rinnt über seinen Körper.

Annette breitet ihre Yogamatte aus. Sie setzt sich und konzentriert sich auf den Rhythmus ihres Atems. Sie spürt, sie ist bereit, langsam stützt sie erst ihre Ellbogen auf den Boden, dann ihren Kopf, am Schluss lässt sie den Körper folgen. Später dann werde ich eine Tasse grünen Tee trinken und frisches Obst dazu essen, wie herrlich, heute werde ich auf Kaffee verzichten. Lange hat es gedauert, bis ich bereit war für den Kopfstand. Drei Yogaeinzelstunden musste ich extra buchen, und jeden Abend nach der Arbeit üben, aber jetzt kann ich ihn. Das nimmt mir keiner mehr weg, das hat mir auch keiner zugetraut, dass ich das schaffe. Irgendwie ist alles anders, wenn die Welt auf dem Kopf steht, ich bin viel cooler und weiß, ich kann es ihnen zeigen. Meinen Body habe ich unter Kontrolle und der Rest, nicht zu viel nachdenken jetzt, im Fluss bleiben, so geht das. Die Zähne knirschen schon wieder. Diese verdammten Zähne, das Kiefer, kann das nicht einmal auseinandergehen, sich öffnen wie eine Tür, und das ganz von selber, die Zunge ist ja wie festgeklebt, ich halt es nicht mehr aus. Wenn ich mich nicht konzentriere, stürze ich vielleicht, Schluss jetzt, scheiß Kiefergelenk. Annette kehrt mit ihrem ganzen Körper zurück auf den Boden. Da sein, einfach da sein, denkt sie, und dann an ihren letzten Besuch im Fitnessstudio, immer sehe ich die Narben von den Brustvergrößerungen, den Fettabsaugungen und Liftings. Wir Frauen optimieren unseren Körper, die Männer machen Karriere, das ist doch alles krank, oder? Sie rollt sich ein, darüber nachzudenken bringt ja doch nichts.

Annette zieht Luft in die Nase, steht auf, denkt an Schnupftabak, dann an Babette, Mensch Susi, wieso haben wir uns auseinandergelebt? Vor dem Spiegel im Badezimmer betrachtet sie ihr Gesicht. Diese Augenringe, jeden Tag aufs Neue, die Haut ist einfach nicht regelmäßig durchblutet, die Nase ist zu lang, der Mund ist auch zu klein. Fehlende Harmonie, das lässt sich nicht wegzaubern. Schon als Kind war es so, das erste Mal, als Mutti die Augen zur Sprache gebracht hat, da hat sie gesagt, Annette, schau nicht so begehrlich, so kann man sich nicht zeigen. Damals war ich acht, vielleicht neun Jahre alt. Später hat sie dann gesagt, es wären dreckige Augen, nicht anzusehen, nicht auszuhalten, und dass ich wegschauen solle, wenn ich mit ihr spreche oder zumindest lernen müsse, sie nicht so anzuschauen. Aber wie ist denn »so«, was heißt das? Irgendwann haben diese Augen dann von selbst angefangen, woanders hinzuschauen, getarnt als Fluchtaugen, immer an allem vorbeischweifend, das Anstößige muss ja verborgen werden, um jeden Preis. Und der Mund, er kann doch auch nur dieses kleine Lachen, ein schmales Lächeln, zu mehr hat er es nie gebracht. Was hätte ich denn sagen sollen als Kind?

Vielleicht hätte ich ihn doch aufschneiden sollen, wie ich es wollte, damals, und herausfinden, was dann geschehen wird.

Annette trägt Make-up auf, Rouge für die Wangen, *Waterproof Intense*, heute Lip-Gloss, ein mattes Rosa, fast lippenfarben. Sie geht ein paar Schritte zurück, ein kleiner Moment des Aufleuchtens, fast wie ein Sprung ins Freie im eigenen Gesicht, es muss am Make-up liegen, heute sehr gelungen, sagt Annette und betrachtet sich ein weiteres Mal. Wenn es nach Mutti gegangen wäre, hätte ein ausgehöhlter Kürbis aus diesem Kopf werden sollen, ein Knochenfenster mit einem Vorhang aus Muskeln und Haut, ein Halloweengesicht, in das man eine Kerze reinstellen kann, die sich immer wieder an- und ausmachen lässt, je nach Bedarf.

Ja, Sonja, ich bin es nochmal. Was willst du, du, ich bin ganz ruhig. Jetzt nochmal, du willst mich temporär verlassen, du ziehst aus mit den Kindern, du gehst zurück zu deinen Eltern. Weil ich nie da bin. Sonja, das macht für mich keinen Sinn.

Aha, ach so, du, und was ist mit der Schule, mit den Musikstunden, Tanzstunden, sollen die Kinder jetzt mirnichts-dir-nichts einfach wechseln, temporär oder wie?

Franz lacht auf, es ist ein hohles Lachen, beinahe ein Schreien. Ich schrei dich nicht an, Sonja, ich bin ganz ruhig, wirklich, sehr ruhig. Franz atmet durch, einmal, ein zweites Mal, dann sagt er, die Bialetti-Kannensammlung, die rührst du mir aber nicht an. Du, ich muss jetzt Schluss machen, hörst du, die Kannen rührst du mir nicht an.

Im Zimmer ist es ruhig. Franz sieht die Wand vor sich, sie ist weiß. Soll ich, fragt er sich, wissend, dass er es niemals täte, loslaufen, gegen die Wand laufen, bis das Blut, ist es ein Kratzenbrüllen, die Haut ist nicht brüchig, ist Wand, schreit er die Worte der Performancekünstlerin aus sich heraus. Bis er atemlos auf das Bett fällt. Wenn du einen Therapeuten brauchst, hat Sonja gesagt, ich kann dir eine Nummer aufschreiben.

Franz sieht die Nachttischlampe auf dem kleinen Fichtenholzkästchen. Er wirft sie auf den Boden. Er steht auf, schaut auf des Bild des röhrenden Hirschs über dem Bett, greift danach und wirft das Bild mit Wucht auf den Boden, er springt auf den Hirsch und stampft mit all seiner Kraft. Die Leinwand reißt ein. Der Kopf des Hirschs trennt sich vom Körper, Franz springt weiter, der Berg bricht in Stücke, genau wie der Himmel. Franz schluchzt auf. Seine Hände zittern, er springt weiter. Einen Therapeuten, sagt er und schüttelt sich. Ihm gegenüber ist die Minibar. Er geht zum Kühlschrank, nimmt eine kleine Flasche Wodka heraus, trinkt. Der Wodka brennt in seinem Rachen, er setzt ab, verzieht das Gesicht und trinkt die Flasche im nächsten Zug leer. Alles gut, sagt er und dann, nichts ist gut. Er wirft die Flasche auf den Boden. Sie zerspringt. Er zieht seine Socken aus, geht durch den Raum. Ein Glassplitter bohrt sich in seine linke Fußsohle, Franz geht weiter Richtung zerbrochene Lampe, die Sohle schmerzt. Vor den Scherben der Lampe bleibt er für einen Moment stehen.

Er könnte sich jetzt umentscheiden. Er könnte die kleine Schnittwunde auf der Sohle versorgen, sich dann auf den Sessel setzen, Sonja noch einmal anrufen, vielleicht alles ins Lot bringen. Ihr sagen, wie sehr er sie liebt. Er greift nicht nach dem Telefon, statt anzurufen sagt er, ich kann alles schaffen, und er sagt es laut. Ich kann und ich werde alles schaffen. Er bückt sich und greift nach den Scherben, die er mit den Händen zusammenfegt, ein paar kleine Schnittwunden sind an seinen Handflächen. Blutstropfen, die er ableckt. Er sagt, ich werde jetzt über den Scherbenhaufen gehen, danach werde ich über mich hinauswachsen. Basta. Franz steigt auf die Scherben. Sein Gesicht wird zur Faust.

Horst drückt auf Wahlwiederholung. Wieder klingelt es einmal, zweimal, dreimal, dann Veronikas Sprachbox. Horst legt auf. Wahlwiederholung, es klingelt, einmal, dann Sprachbox. Sie wirft mich raus, denkt er, ich, wie bitte, sie, was soll das! Horst atmet durch, wie gehe ich vor, fragt er sich, wie geht es jetzt weiter. Dieses Katastrophenwochenende, ich bin fassungslos. Nein, die Fassung werde ich nicht los, das Gesicht werde ich wahren. Haltung annehmen, nichts anmerken lassen, nur nicht, Horst schüttelt sich, ich, er stockt. Ich kann nicht zulassen, dass mir das alles entgleitet, ich will das so nicht, das ist. Er schluchzt auf, Flotti, nein, das ist, Veronika, geh ran, Veronika, mach jetzt, alles wird sich ändern, wirklich, geh ran, und er drückt die Wahlwiederholungstaste.

Hallo Horst.

Du?

Wer sonst?

Ich habe nicht mit dir gerechnet, ich meine, dass du abhebst.

Aber du hast mich angerufen.

Bald komme ich nach Hause, Veronika.

Okay.

Du bist so still, sag doch was.

Was?
Du weißt schon.
Nein.
Du verlässt mich nicht, oder?
Wie?
Hast du die Koffer gepackt?
Soll ich etwa?
Weggehen, willst du?
Du, das ist mir jetzt zu viel, du rufst an um was, mit mir Schluss zu machen, Horst?
Nein, ich, nein, ganz im Gegenteil, ich will, du fehlst mir.
Du klingst eigenartig.
Hier ist es nicht wie erwartet, liebst du mich noch?
Was?
Hast schon verstanden.
Hm, ja.
Wirklich?
Du machst mir Angst, Horst. Was ist los mit dir?
Nichts, es ist, zwischen uns ist alles gut, oder?
Was?
Du weißt schon.
Du antwortest mir nicht auf meine Mail.
Sag jetzt ja oder nein, ist es gut oder nicht.
Ja, ich meine.
Ich liebe dich, Veronika, ich muss auflegen, bis später.

Horst atmet durch, alles ist gut, nur ein Hirngespinst, nichts weiter. Wohin soll sie auch gehen? Mit ihrem Gehalt, Horst sucht in seiner Toilettetasche nach einer Kopfwehtablette, er nimmt sie, schluckt und beginnt die Zähne zu putzen. Nicht mit mir, sagt er, während er ausspült, ohne genau zu wissen, was er meint.

Im Zimmer packt er seine Tasche, wirft die Kleidung hinein, ohne sie zu ordnen, ich will hier raus, denkt er und erinnert sich an den Spruch, den Veronika am Beginn ihrer Beziehung in die Küche gehängt hatte, *das wichtigste ist, jederzeit abhauen zu können*, er hat das nicht verstanden und auch nicht, dass sie sich für ihn entschieden hatte, und er sich für sie. Was war das eigentlich damals? Das Gegensätzliche vielleicht, es war aufregend. Meine Freunde fanden sie eigenartig und ich fand das geil, sie war ja irgendwie anders, die langen Haare, die weiten Röcke, meine Studienkollegen sagten, sie würde einfach nicht zu mir passen. Das tat sie auch nicht, und jetzt wird das Gegensätzliche zur großen Beziehungsprobe. Das mit dem Ring von Fräulein Janine werde ich lassen, das bringt nichts. Das ist, das war ja aus der Panik heraus, ich meine, ja, was ist, wer klopft denn da, und laut sagt er, ja, hallo.

Keiner antwortet, er geht zur Tür, öffnet und sieht, wie Helmut zurück in sein Zimmer läuft. Mann, Gott sei Dank bin ich nicht so wie der, freut sich Horst, schließt erst die Tür und dann den Reißverschluss seiner Tasche.

Annette geht zum Buffet, füllt eine Schüssel mit Obstsalat, sieht sich im Raum um und entdeckt mich am Fensterplatz mit der besten Aussicht. Sie zögert, geht dann zielstrebig auf mich zu.

Darf ich, fragt sie.

Ich nicke.

Sie stellt ihre Schüssel ab und winkt der Kellnerin. Guten Morgen, bringen Sie mir bitte einen grünen Tee, danke. Zur mir sagt sie, ein toller Ausblick ist das hier, Sie haben sich den schönsten Tisch ausgesucht.

Ja, sage ich und lächle.

Annette nickt, die Kellnerin bringt den Tee. An den Nebentisch setzt sich eine Frau mit zwei Kindern. Annette sieht die Kinder an, wie alt die beiden wohl sind, fragt sie sich und meint, Volksschulalter wahrscheinlich. Der Bub ist kleiner als das Mädchen. Annette blickt sich um, wo ist der Vater der Kinder? Niemand kommt. Sie möchte die Frau fragen, ob sie alleinerziehend ist und falls ja, wie lange schon, und ob das mühsam ist oder eigentlich in Ordnung. Wäre es in Ordnung, ganz ohne dazugehörenden Mann, einfach so, ein Kind? Wieder diese Frage, im Tick-tack-tick-tack-Rhythmus. Annette lacht auf.

Was ist passiert, frage ich und amüsiere mich.

Annette isst weiter. Neben dem kann ich schweigen, denkt sie, aber das hat wohl nichts zu bedeuten, er ist ja auch wirklich nicht mein Typ, überhaupt nicht, der kann gar nicht mein Typ sein, nein, ist er nicht, oder etwa, nein, sicher nicht. Annette beißt in ein Melonenstück.

Ich sehe ihr beim Kauen zu, beim Schlucken, und irgendwohin möchte ich noch sehen, das wird mir in dem Moment klar. Ich wende meinen Blick ab, bin wohl etwas in Aufruhr, noch immer weiß ich nicht genau, wie es weitergehen wird. In einer halben Stunde werde ich mit den anderen im Seminarraum sein und ich werde zu sprechen beginnen. Nicht mehr, nicht weniger. Ein weiteres Mal schaue ich zu Annette.

Was sieht der mich so an, fragt sie sich, das kann ich nicht aushalten, wie der mich ansieht. Die Tasche, Gott sei Dank habe ich sie mitgebracht, ihr Kopf sinkt beinahe in die Tasche hinein und ihre Hände wühlen herum, das Buch, super, ich werde jetzt einfach zu lesen beginnen, dann muss ich den Tankwart nicht ansehen, dann kann ich einfach essen, ohne Konversation, wieso halt ich das nicht aus, wenn der mich ansieht, er ist ja gar nicht mein Typ, na Annette, machst du dir was vor, sagt eine Stimme in mir und ich denke, das bringt ja nichts, das Seminar ist bald zu Ende, ich will da nichts, wirklich nicht. Also bitte.

Ich werde sie jetzt nicht mehr beobachten, stattdessen beiße ich auf die Unterlippe, kratze mich am linken Ohr, der Moment scheint nicht zu vergehen, die mich umgebende Spannung ist nicht abzuschütteln. Der Wunsch, all das nicht wahrzunehmen, einfach nebenan zu sein, zu verweilen, in diesem, ja, ich weiß nicht, ich kann es nicht, es wäre wie ein Zurückkehren in die alten Gewohnheiten, aber das waren doch mehr als Gewohnheiten, so habe ich die Welt wahrgenommen, so hat sie sich mir gezeigt. Immer hat es den Anschein gehabt, als wäre ich in einem Nebenzimmer. Aber das Leben ist kein Nebenzimmer, sage ich mir, schaue zu Annette, es ist kein scheuer Blick, eher ein direktes Ansehen, ein, was macht sie jetzt?

Annette legt ein Buch auf den Tisch mit weißem Einband und der Abbildung einer jungen Frau, das ist jetzt nicht wahr, denke ich, noch während ich den Titel lese: *Die Mutter und ihr erstes Kind* von *Dr. Johanna Haarer*.

Ich glaube das nicht.

Annette nickt mir kurz zu und schlägt eine Seite des Buches auf.

Sie liest das, sie liest das wirklich. Ich schaue auf die Uhr, in zehn Minuten beginnt das Seminar, zu Annette sage ich, bis später. Meine Stimme klingt hektisch, schnell stehe ich auf, verlasse den Speiseraum. Wohin jetzt, vor die Tür, erstmal Luft.

Im Heute wird das Buch von Johanna Haarer gelesen. Vor meinen Augen. Die Nachkriegsausgabe. Ich kann das nicht ertragen, ich möchte, ich. Bin nicht in der

Lage, einen klaren Gedanken zu fassen. Das, was ist, wenn ich einfach so tue, als hätte ich das Buch nicht gesehen, als würde ich nicht wissen, dass Annette, sie ist doch wohl nicht schwanger. Sie wird doch nicht nach diesen Kriterien, vielleicht betreibt sie Recherche für irgendwas. Ich könnte das alles ja ignorieren, dieses Seminar zu Ende bringen, und dann. Dann wäre ich auf halber Strecke liegengeblieben. Dann wäre ich in mir verschwunden, hätte aufgegeben, wäre Marius, wie er immer war. Als gäbe es keinen Unterschied in mir. Das will ich nicht.

Annette liest den Erziehungsratgeber von Johanna Haarer, so ist die Situation. Was soll ich dazu sagen, diese Sichtweise auf ein Kind ist nach wie vor virulent. Ich werde jetzt noch ein paar Schritte gehen, die Sonne kommt ein klein wenig hervor, ich bin mir nicht sicher, ob ich das hier durchziehen werde, ich habe ja nicht mal ein Kind und ich werde auch keine Kinder bekommen. Aber du warst ein Kind und allein deshalb hat es mit dir zu tun, das weißt du. Es ist Frau Mundgolds Stimme, die zu mir spricht. Ich kämpfe mit mir, ich möchte gern, dass alles anders wäre, dass es nicht so gewesen ist wie es war, möchte das hinter mir lassen, ein neues Leben beginnen. Aber wie kann ich das, wenn doch die Dinge sind, wie sie sind und nicht anders, und ich mir zwar eine andere Vergangenheit herbeisehnen kann, eine andere Kindheit, eine andere Mutter, aber wenn ich nicht akzeptiere, wie es ist, wie es war, werde ich mich nicht davon lösen können, egal an welchen Ort der Welt ich davonlaufe. Nein, ich laufe nicht weg. Ich gehe auf mich zu. Da sind die Bücher, die ich gelesen habe, ich werde dieses Wissen nicht verleugnen, und die Gespräche mit Frau Mundgold, sie haben mich aufgeweckt. Ich bin jetzt am Leben. Morgen schon beginnt meine Reise. Die erste Station ist Mexiko und ich werde dort nicht allein sein, ich werde die Welt neu erfahren und jetzt gleich werde ich zu sprechen beginnen. Denn Sprechen hilft immer.

Annette sitzt zwischen Horst und Franz im Seminarraum »Harmonie«. Helmut betritt den Raum mit einer Tasse Kaffee in der Hand. Seine Haut sieht gerötet aus.

Griegler, hast du eine allergische Reaktion, fragt Franz, und während er fragt, fürchtet er, dass es wegen des Alkohols sein könnte, aber ich habe nichts getan, ich habe ihn nicht gedrängt.

Nein, ich doch nicht, sagt Helmut.

Franz atmet auf, dann sagt er, ich habe vorhin gerade mit Sonja telefoniert. Den Kindern geht es gut. Sie freuen sich alle schon sehr, wenn ich zurückkomme, er lächelt.

Helmut setzt sich neben Franz. Es ist ja eigentlich überhaupt nichts geschehen, denkt er, nichts Wirkliches, eine Spinne im Zimmer, das ist ja keine Tragödie, oder? Und es interessiert mich auch nicht, es hat mich nicht zu interessieren. Ich blicke nur mehr nach vorne, basta, Helmut schluckt.

Zombies, Veronika, hm, sag, wer ist jetzt hier der Zombie? Horst schaut sich um, Doktortankwart, da ist er ja, sehr adrett heute, aber eben ein totaler Zombie. Würdelos, anstandslos, ein Gaukler, ein Weltverbesserer, ein sogenannter, ha. Man muss sich mit den Gegebenheiten arrangieren, den inneren Schweinehund überwinden, das ist doch nicht verhandelbar, bitte, gerade er müsste das wissen, schließlich ist er der Top-Consulter, aber ehrlich jetzt, so gut ist der nicht, das könnte ja ich besser machen, auf jeden Fall, der liefert nichts, rein gar nichts. Mich kriegt der nicht mehr auf seine Seite, allein, wie er heute dasitzt, wie ein Schulbub, oder, ich meine, was will der. Zombie, was anderes fällt mir nicht ein, Horst verengt seine Augen und sieht auf die Uhr. Bald geht es nach Hause, bald ist es vorbei, Veronika, an der Tankstelle werde ich noch Sekt, verdammt, ich bin ja mit dem Zug gefahren, zweiter Klasse, da zahle ich aber den Aufschlag, Beinfreiheit ist das Mindeste, das ich nach diesem Wochenende verdient habe. Ich meine, die Eigentümergruppe der Agentur ist ja nicht dämlich, die werden sich das von der Consultingfirma nicht bieten lassen. Wir werden dieses unprofessionelle Vorgehen rückmelden und basta, was, trägt der Doktortankwart heute Turnschuhe, diese modernen da, diese Stoffschuhe, Condings oder wie die heißen, ich, nein, Horst gähnt.

Guten Morgen, sage ich, und zuerst einmal danke für Ihr Erscheinen.

Gewalt ist wohl immer die letzte Autorität, wenn es darum geht, die große Masse zu beruhigen, sind so gut wie alle Mittel recht. Verletzung der Privatsphäre, Verhöhnung der Gesetze, Überwachung und Verhaftung Andersdenkender. Manchmal sieht es so aus, als ob es nur noch eine Frage ist, wie wir untergehen, ob wir uns mit einer Atombombe selbst umbringen, oder ob wir die Natur zerstören und dahinsiechen, bis alles aus den Fugen geraten ist. Das ist keine schöne Aussicht.

Ja, und, fragt Franz.

Sagen Sie mal, sagt Horst, und die Empörung über das Gehörte ist ihm anzumerken, er spricht weiter mit lauter werdender Stimme, was hat das bitte alles mit uns zu tun? Nichts, oder? Sie, Herrdoktortankwart, Sie, Horst zögert, das hier, das alles.

Macht Sie ratlos, frage ich, oder ist es nicht doch jemand ganz anderer oder etwas anderes, das Sie ratlos macht, meine Stimme kann die aufkeimende Ungeduld nicht verbergen.

Worum geht es hier überhaupt, fragt Annette.

Wissen Sie, was ich jetzt am liebsten tun würde, sage ich, lesen, einfach nur lesen und nichts sonst, am schönsten wäre es, in einem bequemen Sessel zu sitzen in einer fremden Umgebung, ja davon träume ich, und morgen schon werde ich in ein Flugzeug steigen und mir diesen Traum erfüllen.

Helmut horcht auf, ein Flugzeug, denkt er.

Ich habe mich schon vor längerer Zeit entschlossen, meine Arbeit als Consulter zu beenden und Sie vier sind die letzten Menschen, die, wie soll ich sagen, die letzten Menschen, mit denen ich ein Seminar abhalte in diesem Leben. Und ja, das Seminar ist anders, als Sie es erwartet haben.

Horst öffnet den Mund, Sie, Sie haben uns getäuscht, die ganze Zeit über, an der Nase herumgeführt. Was glauben Sie, wer Sie sind? Sie wagen es, uns zwangszubeglücken, Sie spielen mit unserer Zeit, einfach so? Ich bin entrüstet, ich, mir fehlen die Worte.

So eine Frechheit, sagt Franz, denken Sie nur an sich? Ich habe Familie, Menschen, die mich brauchen, und Sie vergeuden unsere Zeit für nichts und wieder nichts.

Beruhigen Sie sich doch, bitte. Ich verstehe Ihre Aufregung, aber bedenken Sie, ich war einer von Ihnen, bis vor nicht allzu langer Zeit habe ich in einer ähnlichen Art und Weise gedacht, hatte Prioritäten, die sich mit den Ihren deckten, aber dann ist etwas geschehen und ich habe mich verändert.

Erzählen Sie das Ihrem Guru oder jemandem, der es wissen will. Ich will das nicht hören, sagt Horst, nur diese eine Frage interessiert mich, werden Sie nun der Eigentümergruppe einen Vorschlag machen, wer der nächste Geschäftsführer werden soll – oder nicht? Antworten Sie, keine Ausflüchte mehr, Horst spricht in warnendem Tonfall.

Nein, ich werde keinen Vorschlag machen.

Echt, fragt Annette, und ihr Blick schweift durch den Raum.

Ich, tja, es war vielleicht ein Fehler, Ihnen nicht von Anfang an zu sagen, was Sie erwarten wird.

Vielleicht? Hören Sie, ich muss mich gerade sehr zurückhalten, Ihnen nicht gehörig die Meinung zu sagen, sagt Horst mit lauter Stimme, wissen Sie, was mich das kosten wird, dieser Aufenthalt hier, was soll's, keine Beförderung, nicht einmal eine in Aussicht, er schnaubt, dieses verdammte Wochenende, alles umsonst!

Deshalb haben Sie sich so eigenartig benommen, sagt Franz, was wollen Sie eigentlich von uns?

Nichts will ich von Ihnen, von mir will ich etwas. Und ich habe gedacht, vielleicht gelingt es mir so, ein bisschen davon zu bekommen. Wie gesagt, mein Leben hat sich verändert in den vergangenen Monaten.

Ihr Leben interessiert mich nicht, sagt Horst, treten Sie einer Kirche bei, werden Sie Missionar in Weißgottwo, aber machen Sie hier gefälligst Ihre Arbeit oder sagen Sie vorher, wenn Sie es nicht tun wollen. Ich hasse Zeitverschwendung, Horst empört sich, dann denkt er an Veronika und gleich danach an *Muffi,* den Schlumpf, der alles hasst, manchmal sogar *Schlumpfine,* und er muss auflachen, einfach so. *Muffi*, denkt er, mein Gott, *Gargamel* und die Schlümpfe, *Azrael*, *Papa Schlumpf,* wie habe ich diese Serie gemocht und ewig nicht daran gedacht, wirklich, eine ganze Ewigkeit ist das her. *Papa*

Schlumpf, sagt er plötzlich, wollen Sie so sein wie er? Horst schaut auf die Uhr.

Veronika, dir würde das gefallen, das hier, der Tankwart, du würdest den mögen. Was sagt das über mich aus, wenn ich das denke, fragt sich Horst und, egal, ist doch egal. Wenn ich Veronika dann von hier erzählen werde, zu Hause, dann wird sie, aber will ich das wirklich, soll ich mich nicht doch lieber trennen, wenn ich schon bereit bin, mir so einen Wahnsinn anzuhören, aber was, wenn es eine Falle ist, der Tankwart ein Fallensteller, ein Jäger vielleicht, dann steige ich als der Dumme aus, das geht ja gar nicht, absolut nicht. Und Veronika, darüber werde ich später nachdenken, dann sagt er, naja, so spät ist es nicht, ich bin nun einmal hier und ich fühle mich der Agentur verpflichtet, das heißt, ich werde bleiben bis zum offiziellen Ende des Seminars. Horst nickt, während er spricht.

Gut, sage ich.

Helmut betrachtet die Wände des Seminarraums »Harmonie«. Auch hier wird irgendwo eine Spinne ihr Netz knüpfen, darauf lauern, eine Fliege zu erwischen oder einen Käfer, irgendein Ungeziefer. Menschenblut, nein, Helmut, stopp. Diese Wände um mich herum, ich will fort. Worüber wird jetzt wieder geredet, ich habe nicht zugehört. Ich muss mich zusammenreißen, alles unter Kontrolle bringen, die Spinnensache, das halte ich besser geheim. Das merkt niemand, ich werde jetzt wieder zuhören, ich bin ein aufmerksamer Zuhörer, ich. Diese weiß gestrichenen Wände, da, da vorne, da ist sie, eine Spinne, ein, wie heißen die, ein Weberknecht, igitt.

Annette lehnt sich zurück, ich weiß nicht, was ich denken soll, denkt sie und hütet sich davor, diesen Satz auszusprechen.

Darf ich Ihnen etwas vorlesen, frage ich, und ohne eine Antwort abzuwarten lese ich:

Nun ist ja die Liebe der rechten Mutter etwas von Grund auf Unerschütterliches und Unbeirrbares. Es ist aber gefährlich, dies den Kindern, kleinen wie großen, allzu hemmungslos zu zeigen. Die Mutter wird schon ganz unbewusst im Alltag des Lebens das Kind spüren lassen, wenn es sie ärgert und betrübt und wird ihm vorübergehend ihr Wohlwollen entziehen. Dies allein bedeutet in vielen Fällen schon Strafe genug. Das Kind sucht dann nach Versöhnung. Es begreift bald, dass es solchen kleinen Entfremdungen von der Mutter nur durch Gehorchen vorbeugen kann.
Johanna Haarer

Was soll das denn jetzt, fragt Helmut.

Warum sagen Sie das, fragt Franz.

Moment, sagt Annette, Johanna Haarer, die kenne ich doch, ja sicher, das Buch.

Ich glaube, Annette, ich kann Ihnen an dieser Stelle weiterhelfen.

Aha, und wie, fragt sie.

Heute morgen haben Sie den Erziehungsratgeber »Die Mutter und ihr erstes Kind« hervorgeholt, erinnern Sie sich? Mir wurde schier schwarz vor Augen, denn wissen Sie, ein früherer Titel des Buches lautet: »Die deutsche Mutter und ihr erstes Kind«, und Frau Haarer war nicht irgendwer, sie war die Erziehungsbeauftragte der Nationalsozialisten und ihr Buch, ja, ihr Buch, ich halte inne.

Was soll das heißen, was wollen Sie andeuten, Annettes Stimme vibriert.

So ist es nun einmal, sage ich.

Und sowas beschäftigt Sie, Herr Doktor Tankwart, sagt Franz kopfschüttelnd, ich meine, das ist doch längst Vergangenheit, das muss doch nicht immer wieder aufgewärmt werden, Sie wissen, ich bin selbst Vater, und als

Vater möchte ich Sie fragen, was ist bitteschön falsch an ordentlicher Erziehung?

Ordentliche Erziehung, wie bitte, sage ich und spüre das Zittern meiner Finger, während ich spreche.

Es muss nicht immer alles schlechtgeredet werden, sagt Horst.

Haben Sie verstanden, was ich vorher gesagt habe?

Horst sieht erst zu Helmut, dann zu Franz, zu Annette, alle sehen sich an und nicken.

Es muss Ihnen doch auffallen, dass, sage ich.

Nein, unterbricht Annette, uns muss gar nichts. Ich sage es nicht gerne, aber der Ratgeber von Frau Haarer, der angeblich nationalsozialistisch sein soll, es stimmt, ich lese »Die Mutter und ihr erstes Kind«, aber woher haben Sie die Information, dass Frau Haarer, es gibt ja heutzutage so viele falsche Informationen, die als Wahrheit vermittelt werden, da weiß ich nicht, ob ich Ihnen das so mir nichts, dir nichts glauben kann, denn wissen Sie, ich lasse mir hier nichts unterstellen.

Es geht nicht um Sie, Annette, es ist doch einfach.

Einfach sagen Sie, und verunglimpfen eine ganze Generation, ich bitte Sie, Horst spricht laut, Schweißtropfen bilden sich auf seiner Stirn, das, das, ich, er verstummt. Das ist, ich weiß nicht, was denke ich da, ist das eine Erinnerung oder was ist es nur, was ist es nur? Horst schaut sich um, das Seminar, ich befinde mich in diesem verteufelten Seminar mit diesem, dieser Unperson, diesem Tankwart, ich. Horst schließt die Augen, er hört seine Mutter singen *happy birthday to you, happy birthday lieber*, dann sieht er ihre Hände, diese Hände, die ein Tablett tragen und auf dem Tablett ist keine Joghurttorte, keine Sachertorte, er sieht Kerzen, sie, Horst öffnet die Augen. Das bilde ich mir ein, das ist, ich frage mich, was ist nur los mit mir, dass ich mir so etwas denke, aber es sind Mutter und Vater, er sieht sie auf sich zukommen, sie sind es, das war kein Traum. Ich, sie, sie haben Flotti, aus Flotti wurde Hasenbraten und sie haben, Horst, sie haben nur das Beste für mich gewollt, sie wollten nur, dass ich härter werde, dass ich es einmal besser haben werde im Leben, als sie selbst es hatten. Dass ich vorankomme, nichts an mich ranlasse, mir nichts etwas anhaben kann. Sie haben aus Liebe, sie mussten, sie haben Flotti mit Geburtstagskerzen, es war kein Traum. Horst schluckt, er sieht sich um, die anderen sehen ihn an. Was glotzt ihr so, fragt er.

Du bist sehr blass, geht es dir gut, fragt Franz.

Natürlich, mir ist nur ein bisschen übel, muss wohl am Frühstück liegen, entschuldigt ihr mich kurz?

Ich nicke.

Horst steht auf, erst glaubt er, keinen Grund unter seinen Füßen zu spüren, als würde er sogleich einsinken, in sich sinken, als würde er verschwinden, dorthin, wo nichts ist, aber, sagt er sich, das werde ich nicht zulassen, erhobenen Hauptes werde ich diese Kammer des Schreckens verlassen, ich, es hat mich damals nicht umgebracht, was soll mir heute geschehen, und schon ist der Boden da, seine Fußsohlen treten auf und er spürt, wie Leben in ihn zurückkommt. Flotti verlässt seine Gedanken, irgendwo weit hinten vergräbt er die Erinnerung und siegessicher, wie einst *Hercules* in der von ihm verehrten Kinderserie, geht er Richtung Tür. Sein Kinn hebt sich, seinen Rücken hält er gerade, Haltung bewahren, denkt er und verlässt den Seminarraum.

In der Teeküche wäscht er sich zuerst das Gesicht und füllt dann ein Glas mit Wasser. Er trinkt und sagt sich bei jedem Schluck, meine Eltern haben mich geliebt, für Mutter war ich ihr Ein und Alles und nie, wirklich nie hätte sie mir etwas angetan. Im Gegenteil, sie hat immer gewusst, wie es für mich weitergehen könnte, hat mich angeregt, das Richtige zu tun, und wie oft sie recht behalten hat. Und jetzt dieser Tankwart, was redet der da, das ist doch alles Unfug. Meine Mutter hat mich gut erzogen, sie hat was aus mir gemacht, das lasse ich mir von niemandem kaputtreden. Der macht nur Propaganda, dieser Doktortankwart, nur Propaganda. Horst atmet ein, hebt sein Kinn und geht zurück in den Seminarraum.

Während er die Tür öffnet, hört er Franz schreien, Sie wagen es, Sie sind ein Extremist, ein Wortakrobat, ein.

Horst nickt den anderen zu und sagt, es geht schon wieder. Und dann sagt er mit Sanftheit in der Stimme, Franz, beruhige dich doch, du bist ja kurz davor durchzudrehen. Ich verstehe dich, wirklich, aber deine persönlichen Probleme, also du und deine Frau, ihr streitet andauernd, ich habe dich oft telefonieren gehört, lass deine familiären Probleme außen vor, du, das ist unprofessionell, dass du all das ins Seminar hereinträgst.

Wie bitte, du spionierst mich aus, erst liest du meine Mails, dann belauschst du mich, was kommt denn noch und wozu das alles? Um mich wegzukicken, damit du Geschäftsführer wirst, weil die anderen sowieso nur Statisten sind, oder wie? Ich könnte dich, Franz ballt die Fäuste, wofür hältst du dich?

Helmut verengt die Augen, auf seiner Stirn bilden sich Falten, jetzt reicht es, ruft er, seine Stimme klingt schrill, es ist genug, ich will das nicht mehr hören, seid alle still, seid jetzt still.

Niemand sagt etwas.

Annette schaut auf, wisst ihr, sagt sie, ich habe keine Lust mehr, mir das anzutun.

Ich sage, bleiben Sie doch, bitte.

Annette nickt, dann fragt sie sich, warum habe ich genickt? Ich könnte doch auch einfach gehen, was hält mich? »Die Mutter und ihr erstes Kind«, Mutti hat mir das Buch vor Kurzem gegeben, aber wenn das stimmt, was Dr. Tankwart gesagt hat, und sie fragt, diese Johanna Haarer, was genau hat sie getan?

Ich atme auf.

Helmut schaut zum Fenster, er schaut nicht hinaus, er sucht die Glasscheibe nach kleinen Tieren, Mücken, Spinnen ab, irgendwo hier befindet sich dieser Weberknecht mit diesen langen, ekligen Beinen, wenn der sich verwandeln könnte, in eine Tarantel gar, in eine *Tarantula*, ein Riesenwesen, es würde uns alle verschlingen, mit Horst würde es beginnen.

Helmut schaut neben sich auf den Boden, die Tasche ist gepackt, er ist bereit, jederzeit könnte er aufstehen, erst den Raum, dann das Hotel verlassen, in sein Auto steigen, den Ort verlassen, diese Welt verlassen. Die Strafen verlassen, den Hass, hassen gehört sich nicht, den Hunger verlassen, das Alleinsein, das Laufen, stattdessen, nein, denkt er, das wird nicht sein, das wäre Verrat, aber an wem?

Ich sage, Wörter wie »Zukunft« und »Nähe« kommen in Johanna Haarers Erziehungskonzept nicht vor. Ist das nicht bedenklich?

Annette zieht ihre Nase nach oben. Aber, fragt sie, und ihre Stimme klingt vorsichtig, das ist doch selbstverständlich, Liebe, Nähe, Zukunft, das muss nicht extra gesagt werden, ich bitte Sie.

Man hofft das, aber während des Nationalsozialismus.

Nicht schon wieder, das ist doch wirklich lange vorbei, unterbricht Franz.

Nein, entgegne ich, die Weltanschauung der Härte und Unnachgiebigkeit gegenüber Schwachen, auch wenn der Schwächere einmal das eigene Kind sein sollte, das wurde den jungen Mädchen in der Schule und im *Bund deutscher Mädel* beigebracht, vor allem wurde von ihnen gefordert, sich mit dieser Unnachgiebigkeit zu identifizieren. Unnachgiebigkeit den anderen und den eigenen Schwächen gegenüber, verstehen Sie?

Nein, sagt Horst, ich verstehe nicht.

Sie wollen nicht verstehen, oder? Es ist doch offensichtlich.

Ihre Belästigung, Herr Dr. Tankwart, ja, die ist offensichtlich.

Frau Haarer hat gefordert, schon das neugeborene Kind sofort nach der Geburt alleine zu lassen und von der Mutter entfernt zu verwahren. Verwahren, verstehen Sie?

Immer fragen Sie, ob wir verstehen.

Gerade kleine Kinder sollen vor unnötigen Keimen und Infektionen geschützt werden, sagt Annette, das ist doch nicht falsch, nur das Beste für das eigene Kind zu wollen.

Ja, genauso sagt das Frau Haarer, erst im nationalsozialistischen, dann im Nachkriegsratgeber, Moment, einen Augenblick, sage ich und wühle in dem Zettelstapel, bis ich die Karteikarte gefunden habe, ich lese:

Für das Kind ist ein eigener Raum von großem Vorteil. Dort ist es dem Ansturm der Besucher weniger ausgesetzt und läuft nicht so sehr Gefahr, von allen möglichen Händen angefasst oder aus dem Bett genommen und immer wieder geräuschvoll begutachtet zu werden. Indem wir dem Kinde dies ersparen, behüten wir es vor Beunruhigung oder Wärmeverlust und vor allem vor Erkrankungen. Außerdem hat die Trennung von Mutter und Kind für Letzteres außerordentliche erzieherische Vorteile. Dass die Erziehung des Kindes unmittelbar nach der Geburt zu beginnen hat, darauf werden wir später noch zurückkommen.
Johanna Haarer

Und, fragt Helmut ungeduldig, nach der Entbindung beginnt die Erziehung, was stimmt nicht an diesem Spruch?

Ein Spruch? Ich erhebe Einspruch, was ist mit Ihnen los? Der Krieg ist fast achtzig Jahre aus und Sie wollen noch immer nicht wissen, welche nationalsozialistischen Prägungen nach wie vor wirksam sind? Mit welchen Annahmen und Grundlagen wir, die Nachfolgegenerationen, ins Leben entlassen worden sind, ohne uns dessen bewusst zu sein? Dass die Unruhe, die Ängste, das Gefühl des Verlorenseins nichts Schicksalhaftes sind, sondern einen Ursprung haben, einen Ausgangspunkt. Dass all dies auch mit unserer gemeinsamen Geschichte zu tun hat, das interessiert Sie nicht? Dass Mädchen und junge Frauen, unser aller Großmütter oder Mütter, während der NS-Zeit ebenso instrumentalisiert wurden wie die Buben und jungen Männer in der Hitlerjugend. Dass die Verbrechen an den Mädchen nur nicht so offensichtlich waren. Wir alle hier, wir kennen doch die Erziehung zu Härte, zu Gehorsam, zu Unterwerfung. Wir.

Horst unterbricht, das ist doch unerhört.

Mussten Sie nichts »durchstehen« als Kind? Tapfer und tränenlos durchs Leben gehen, wie ein Indianer keinen Schmerz kennen, sich nichts anmerken lassen, wurde von Ihnen nicht gefordert, den »inneren Schweinehund« zu überwinden?

Sie reden, als wäre es verwerflich, zu tun, was notwendig ist, sagt Horst, so funktioniert nun einmal die Welt.

Aber, wer bestimmt das Notwendige?

Horst zieht eine Augenbraue hoch, zu Hause können Sie ja Revolution spielen, Herrdoktortankwart, das sei Ihnen unbenommen, aber wir sind Realisten, wir wissen, wie die Welt funktioniert. Das Leben ist kein Ponyhof, es wird einem was abverlangt. Man muss nicht immer einverstanden sein mit allem, das geht gar nicht. Aber eine Basisbereitschaft mitzuwirken, die muss bitteschön schon in jedem Menschen vorhanden sein. Sonst verweigert sich ja ein jeder und macht nur mehr, was er will. So funktioniert unsere Welt aber nicht.

Wissen Sie, woran mich ihr Gesagtes erinnert, frage ich, halte inne und sage, Sie müssen ein sehr einsamer Mensch sein, Horst.

Was reden Sie da, sagt Horst, Sie unterstellen mir hier nichts, Sie sind ja ein, ein, ja, ein.

Franz, Helmut und Annette sehen erst Horst, dann mich, dann einander an.

Es tut mir leid, ich möchte Ihnen nicht zu nahe treten, es ist nur, in meiner Familie wurde nicht gesprochen, jedenfalls nicht über Dinge, die einen beschäftigen, Gefühle wahrzunehmen, das war ein Unding, Gefühle waren nur etwas für Schwache, und Schwache hat es in der Familie Tankwart nicht zu geben, für Schwache oder Schwächen war kein Platz.

Horst schluckt.

Ich sage, lange Zeit habe ich gedacht, dass das Leben eben so sei, rein von außerhalb bestimmt, erfolgsabhängig und das Glück ließe sich mit dem Kontostand berechnen. Dass das einzig Richtige das Funktionieren sei, das Funktionieren in ebendieser Welt, in der wir leben, wie Sie es sagen, Horst. Ich kann mich glücklich schätzen, ich habe Frau Mundgold getroffen, eine Antiquarin, sie hat begonnen mit mir zu sprechen und jetzt weiß ich, dass es Rettung geben kann, dass nicht alles starr ist und unbeweglich.

Annette denkt an die begehrlichen Augen, an ihren gesenkten Blick, mein Atem ist ein aufsteigendes Flugzeug, sagt sie in sich hinein und dann ist sie in Gedanken bei ihrem Mund. Dem viel zu kleinen Mund, den sie hat aufschneiden wollen als Kind, um zu sehen, ob dann Worte aus ihm herausspringen würden und wohin sie denn liefen, diese Worte, vielleicht durch die Zimmer im Haus ihrer Eltern, durch sie selbst, durch alle anderen hindurch, und was würden sie sagen, diese Worte? Sie weiß, was noch da ist, es sollte gesagt werden, doch es findet seinen Platz nicht, nicht in ihrem Mund. Wäre er vergrößert, aufgeschnitten, nur Blut käme heraus, was ist das für ein Gedanke, der Ruf nach Rache, Blutrache, fragt sie sich, und in ihr wird es stumm. Ich darf das nicht denken, sie hebt ihre Hände und berührt die Lippen, sanft und still.

Helmut sagt, was hier abgeht, ist sinnlos, komplett sinnlos, wie lange wollen wir noch ausharren? Wir sind, bitte, zu nichts verpflichtet, oder? Weshalb sind wir noch da, was machen wir hier überhaupt? Das Gerede von irgendeiner Erziehung, ja eh, wir wurden alle erzogen, und die einen sind erfolgreich geworden, die anderen Verlierer, wir hier, das ist sicher, gehören zu den Erfolgreichen, und, frage ich euch, ist das etwa nichts? Dieses Infragestellen, Herr Dr. Tankwart, das führt doch zu rein gar nichts. Das bringt keinen von uns in die Position des Geschäftsführers. Aber darum sind wir doch hier, oder? Um herauszufinden, wer Geschäftsführer werden wird.

Helmut schaut in die Runde, den anderen zunickend. Er denkt nicht an den Weberknecht im Raum, nicht an Spinnen im Allgemeinen oder irgendwelche anderen Kriechtiere, er hält seinen Blick, aber wohin schaut er? In die Augen der anderen, nein, er betrachtet das Weiß der Wand.

Jemand sagt etwas, ist es Horst oder Franz, ist es irgendeine Erwiderung, Helmut scheint sich in dem Weiß zu verlieren, er hört nicht, was gesagt wird. Er ist im Seminarraum »Harmonie«, so viel ist sicher, und er weiß nicht, ob er der nächste Geschäftsführer der Agentur werden wird. Ich sollte, nein, ich müsste, ich muss es werden, denkt er und betrachtet weiter die Wand vor sich. Natürlich kann die Wand nicht auf ihn zukommen, nur er könnte mit seinem Sessel der Wand ein Stück näherrücken, ein kleines Stück vielleicht, aber was würde das ändern. Helmut sieht die anderen sprechen, wie sie ihre Münder bewegen, jetzt sagt Annette irgendetwas, was sagt sie da, ich kann sie nicht hören, wahrscheinlich habe ich wieder eine aufkeimende Mittelohrentzündung, diese eitrigen Ohren, Moment, was ist da los?

Ich sage, also gut, wenn ich keinen von Ihnen zum Geschäftsführer bestimme, wird dieses Seminar nicht zu Ende gehen, das verlangen Sie von mir, ich bin einverstanden und ich sage Ihnen, das Los soll entscheiden. Auszählen halte ich für keine gute Option, wir wählen die Streichholzvariante. Ich denke, es ist egal, ob es nun Streichhölzer oder Zahnstocher sind.

Helmut greift mit dem Zeigefinger in sein rechtes Ohr, was, sagt er, was reden Sie da, Auslosung, habe ich das richtig gehört?

Horst nickt, Franz sagt, ja, und Annettes Kopfbewegung deutet ein Nein an, wir wollen nicht so auseinandergehen, sagt Franz, wir wollen diesem Wochenende einen Sinn geben.

Das ist wie Russisches Roulette, hat jemand eine Waffe dabei, da können wir uns ja gleich, Helmut schweigt, so möchte ich das nicht gesagt haben, denkt er und sagt, ich habe das nicht so gemeint, das war nur ein Gedanke.

Nur ein Gedanke, Griegler, aha, sagt Franz, aber es hat schon was in dieser Richtung, ich pflichte dir bei.

Annette steht auf, sie geht durch den Raum.

Was hat sie, fragt Franz die anderen und dann sagt er, was ist los?

Ich halte das für Wahnsinn, sagt Annette, das wollen wir wirklich, ein Los soll entscheiden, über unsere Karrieren, und Sie, Herr Dr. Tankwart, schlagen das vor?

Ja.

Sie sind verrückt, oder? Unser Leben steht auf dem Spiel, unsere Zukunft. Ich lasse das doch nicht durch einen Zahnstocher entscheiden.

Aber Annette, das ist deine Hand, sie greift nach dem Zahnstocher, sagt Horst.

Ist dir alles egal, fragt Annette, ihr seid ja, sie stockt.

Was haben Sie mit uns gemacht, Herr Dr. Tankwart, fragt Helmut. Heimliche Hypnose, ich erkenne uns nicht wieder, Horst, gerade du.

Gerade ich! Ja sicher, immer ich, wenn es darum geht, etwas zu erreichen, muss immer ich den Kopf hinhalten, das kotzt mich schon an, es ist eben, wie es ist: no risk, no fun!

Annette sagt, Herr Dr. Tankwart, Sie wollen ja etwas von uns, und wir sind in diese Situation geraten, mit Ihnen hier zu sein. Hätten wir gewusst, was uns erwartet, wären wir nicht gekommen, also ich wäre nicht gekommen, das ist hier, es ist wie bei der Jungfrau, die zum Kind kommt. Was habe ich da gesagt, Annette beißt sich auf die Unterlippe, ich bin so blöd, denkt sie, die Jungfrau zum Kind, sie schluckt, wieso ist mein Mund so trocken, fragt sie sich und beißt sich auf die Zunge.

Ich werde mit Sicherheit keinen Vorschlag machen, wer von Ihnen Geschäftsführer werden soll. Das überlasse ich Ihnen. Sie können losen oder unter sich einen von Ihnen bestimmen, ich werde mich in diese Thematik nicht einmischen.

Dann gehen Sie, ruft Franz.

Ja, ruft Horst, Sie Wortakrobat, Sie, Sie, bevor ich mich vergesse!

Helmut ruft, raus hier, sofort! Sie Tyrann, Sie!

Ich soll ein Tyrann sein, ich? Was reden Sie nur? Jetzt fehlt nur noch, dass Sie mich Haustyrann nennen.

Haustyrann, Haustyrann, schreit Franz, ein Haustyrann, und plötzlich erinnert er sich an das Märchen Rumpelstilzchen, an den springenden Dämon, und dann sieht er die Lilien vor sich, die an die Hauswand gemalten Lilien und er denkt das Wort, Mama, aber da ist ja keine Mama, sie ist ja fortgegangen, hat nur auf sich selbst geschaut, nur auf sich, diese Hure, diese, im Inneren schluchzt er auf, oder ist es ein Lachen, wo ist der Unterschied, egal, etwas von sich herzuzeigen kommt nicht in Frage, das wäre Harakiri, totales Harakiri.

Machen Sie das nicht, sage ich, hören Sie mir zu.

Nennen Sie uns einen Grund, sagt Annette, einen einzigen.

Sie wollen, dass ich Sie überzeuge, wissen Sie, ich habe keine Lust darauf, Sie zu überzeugen, ich bin es leid, Ihren Anforderungen zu entsprechen.

Meinen Anforderungen, fragt Annette und korrigiert sich, unseren Anforderungen? Sie machen doch, was Sie wollen, und wir sind nichts als Ihre Fußabtreter.

Also, niemand hier ist ein Fußabtreter, aber dass Sie das sagen und auch vorher, der Haustyrann, ich meine, wollen Sie nicht wissen, woher das kommt, dieses Denken, diese Enge, diese.

Enge, was soll das, fragt Helmut, was glauben Sie, Herr Dr. Tankwart, was glauben Sie, wer Sie sind? Was wollen Sie, uns bloßstellen, verunglimpfen, sagen Sie, was Sie sagen wollen, aber hören Sie auf mit diesen kryptischen Unterstellungen. Das interessiert uns nämlich einen Scheiß. Ja, Fäkalsprache, na und? Wollen Sie einen Sieg erringen, uns einlullen, was soll das! Was soll das werden! Wollen Sie uns zum Ausflippen bringen, sollen wir schreien, tanzen, brüllen wie die Affen? Das Äffische, ist es das? Die Affenliebe, das hat meine Oma schon gesagt, dass dieses Verzärteln die Menschheit noch ins Unglück stürzen wird. Und Sie, sind Sie unglücklich, Herr Dr. Tankwart?

Ich schaue auf, Affenliebe, Verzärtelung, in meinem Kopf knüpfen sich Verbindungen, ja, sage ich, ich bin wohl unglücklich.

Helmut sucht den Weberknecht an der Wand, und sagt, wie wir soeben von Ihnen gehört haben, sind Sie glücklich.

Nein, ich bin nicht glücklich. Ich wünsche mir, glücklich zu werden, und ich habe begonnen, etwas dafür zu unternehmen. Das rate ich Ihnen ebenso. Darauf möchte ich ja hinaus, wir folgen alle diesen vorgegebenen Bahnen, ohne genau zu wissen, warum. Wir glauben, es gäbe keine Wahl.

Es gibt immer eine Wahl, sagt Franz.

Ich lache auf, sage, ich sehe meine Aussage nicht als Werbespruch, und dann bleibt wie üblich alles beim Alten, wissen Sie, ich kann es nicht mehr aushalten, ständig mit anzusehen, wie stark wir noch von der nationalsozialistischen Ideologie geprägt sind, ohne diese Tatsache anerkennen zu wollen. Verstehen Sie nicht? Johanna Haarer, die nationalsozialistische Erziehung, ja, was will sie denn? Denken Sie nach! Los, machen Sie! Seit ich begonnen habe, hinzusehen und das Gesehene auch zuzulassen. Aber zuzulassen, denke ich, heißt das nicht auch, zu lassen, ist das nicht auch ein Schließen oder einschließen, versperren, sperre ich mich, wovor? Verschließe ich mich, wenn ich verharre und ist es ein Verharren, mein Vorhaben, meine Rede hier. Binde ich mich, statt mich zu lösen?

Helmut sagt, ich habe starke Ohrenschmerzen, hat jemand von euch eine Tablette?

Annette nickt, sie greift in das Seitenfach ihrer »Neverfull« und sucht nach dem kleinen Beutel mit den Notfalltropfen und den Schmerztabletten.

Helmut schluckt, ohne Wasser nachzutrinken, verhandeln oder losen, was ist euch lieber, er schaut auf die Uhr, und Sie, Herr Dr. Tankwart, Sie können jetzt gehen, wir werden von nun an ohne Sie zurechtkommen, auf Wiedersehen!

Horst lacht auf, Franz verengt seine Augen, Annettes Augen weiten sich.

Nein, ich werde jetzt nicht gehen, so einfach ist das nicht. Ich werde sagen, was ich zu sagen habe. Ich glaube, es auszusprechen ist die einzige Chance, um freier zu werden, sich mitzuteilen, und sollten wir das nicht tun, einander zuhören, miteinander teilen, auch ein Thema teilen, das uns alle betrifft, auf uns wirkt, in der einen oder anderen Weise? Wissen Sie, Frau Mundgold, sie ist eine alte Dame, die mich an ihrem Leben hat teilhaben lassen, an ihren Gedanken, und wir haben uns verständigt.

Das wollen Sie uns jetzt erzählen, Franz schaut mich an und gähnt. Dir zeige ich es, denkt er, und gähnt ein zweites Mal, Unhöflichkeit wirst auch du verstehen, du Tankwart, du.

Vertrauen ist ja, wie wir wissen, nicht die Stärke unserer Generation, sage ich und lache auf, dennoch werde ich jetzt meine Deckung verlassen.

Annette verdreht die Augen.

Franz beißt sich auf die Unterlippe, sagt aber nichts.

Horst schaut auf die Uhr, die Zeit drängt, denkt er, und dann an die Klapperschlange aus seinem Traum. Die

Zugfahrt, der vermummte Mann, das Schlangenei, das Haus der Großmutter. Aber bitte, du bist doch kein Kind mehr, Horst, was denkst du über Träume nach, spricht eine Stimme in ihm.

Ich blicke auf, sehe Horst, dessen restliches Haar glatt gekämmt ist und ich sage, wie wir meinen, leben müssen zu wollen, in dieser Unersättlichkeit, ich habe diesbezüglich einen Zusammenhang erfasst, und der lässt mich nicht los. Es ist wie ein Faden, der sich spinnt, um ein Netz zu knüpfen.

Meine Art ein Urteil zu fällen, woher kommt sie? Diese Frage stellt sich. Und ich meine, eine mögliche Antwort entdeckt zu haben, eine von vielen, die sich ineinander knüpfen könnten, und ich erkenne ihre Wirksamkeit. Sie schütteln den Kopf, Franz?

Ja, nur man selbst bestimmt über die Wirksamkeit, was nicht ist, das ist einfach nicht, fertig.

Sie sind ja kein Computer, Sie haben Regungen, Gefühle.

Ich bin doch kein Weichei.

Annette lacht auf, dann sagt sie, Entschuldigung, und während sie spricht, bewegt sich wie von selbst ihre linke Hand Richtung Lippen, doch bevor sie ihren Mund hinter der Handfläche verstecken kann, bemerkt sie die Bewegung und bricht ab, legt die Hand unverrichteter Dinge zurück in den Schoß. Annette beginnt zu lächeln.

Das Bestmögliche für die Kinder sei die Abwesenheit der Mütter, das wurde unseren Großmüttern beigebracht. Mütter sind Krankheitsüberträger und Babys müssen vor Keimen und Krankheiten geschützt werden. Das ist so absurd, als wären Mütter Viren, und eine gute, deutsche Mutter hat ihr Kind zu schützen, das wurde den Mädchen und den jungen Frauen, den werdenden Müttern eingetrichtert. Als Basisinformation, das ist so verdreht und zerstörerisch, verstehen Sie? Es ist unfassbar. Mütter werden in dem Glauben gelassen, ihren Kindern mit Kontaktlosigkeit etwas Gutes zu tun, sie zu schützen, doch Isolation zerstört, denn was ist schlimmer für ein Baby, als allein zu sein, niemanden um sich zu haben, daran kann ein Mensch sterben, der plötzliche Kindstod, sagt Ihnen das etwas, das Sterben an Kontaktarmut meine ich.

Sie übertreiben maßlos, Herr Dr. Tankwart, Sie steigern sich in was rein, ich meine, nehmen Sie eigentlich Medikamente, Franz blickt zu Boden, und haben Sie auch heute Ihre Medikamente genommen? Was Sie da von uns wollen, das ist nicht, na, wie soll ich, er murmelt in sich hinein, naja, hm, es ist nicht ganz normal, und deutlich sprechend sagt er, was Sie da von uns wollen. Wir wollen das nämlich nicht. Haben Sie öfter solche Gedanken, von Verschwörung oder so, Gedanken, die Sie offenbar nicht loslassen, da würde Ihnen ein Gesundheitscheck nicht schaden, ich meine, es gibt da ja, naja, solche Tests gibt es da mit Klecksen und Figuren, da, vielleicht sollten Sie einmal einen Facharzt anrufen und einen Termin vereinbaren. Oder wir könnten das tun, Herr Dr. Tankwart, ja, Franz blickt auf, jetzt gleich, hier, ich könnte den Notdienst für Sie anrufen, Franz lächelt.

Ich sage, wie bitte?

Franz schaut zu den anderen. Die Anderen schauen zu Franz.

Ich habe Ihren Einwand jetzt überhört, Franz, ja?

Die Teilnehmer sehen einander an. Horst grinst, Annette leckt sich die Oberlippe. Helmut rutscht auf seinem Sessel hin und her, Franz neigt den Kopf zur Seite, zieht die Augenbrauen nach oben und nickt in die Runde.

Ich denke an die jungen Frauen von damals nicht mit Hass, ich glaube, es ist das Böse der Ideologie, dem sie ausgesetzt waren, dem sie vielleicht nicht entkommen konnten in ihren Lebensumständen. Sicher wird nicht jede junge Frau ihr Baby ab dem ersten Tag allein gelassen haben, aber es wurde von ihnen verlangt.

Unverständnis breitet sich in Horsts Gesicht aus, er schaut zu Franz.

Franz erwidert seinen Blick, sollen wir ihn oder sollen wir ihn nicht, scheint als unausgesprochene Frage zwischen den beiden hin und her zu gehen.

Horst schaut auf die Uhr.

Annette spürt einen kalten Schauer auf ihrem Rücken. Sie schaut sich um, Horst und Franz scheinen sich mit Blicken zu verständigen, was geht hier ab, fragt sie sich.

Die Mütter selbst, meine Stimme wird höher, damit sie fähig werden, ihre Kinder zu missachten, was muss mit ihnen geschehen sein? Was muss ihnen gesagt worden sein, über das Wesen des Babys? Was muss ihnen selbst angetan worden sein? Es ist, ich schüttle den Kopf, verrückt ist es, krank und krankmachend. Ich atme durch.

Jetzt beruhigen Sie sich wieder, sagt Horst, Sie hyperventilieren gleich.

Beunruhigt Sie das nicht, frage ich, stocke, schaue in die Gesichter der anderen, was ist mit Ihnen, meine Stimme ist laut, schreie ich etwa, was ist mit Ihnen los, was wollen Sie? Geschäftsführer werden, und sonst? Gibt es auf der Welt sonst noch irgendetwas, das von Bedeutung für Sie ist? Oder ist das hier, ich zeige in den Raum, alles für Sie? Sich den vorgegebenen Werten und Normen anpassen, und schon gehört man zu den Gewinnern. Ich kann Menschen wie Sie nicht mehr aushalten, nicht ertragen. Mich ekelt. Welch ein Graus! Sind Sie von allem verlassen! Nein, meine Stimme wird ruhiger, ich vergaß, das Schlimmste ist ja, unseren Großmüttern, und durch sie unseren Müttern, wurde als Kinder beigebracht, dass sie keine.

Franz unterbricht, meine Großmutter hat damit nichts zu tun.

Meine auch nicht, sagt Horst, meine Oma war die liebste Oma, die man sich wünschen kann, eine Seele von einer Frau. Ganz großartig, und auch meine Eltern, was Sie da andeuten, Herrdoktortankwart, also in meiner Familie hat das sicher keinen Einzug erhalten.

Bei mir auch nicht, sagt, Helmut, also bitte, das verbitte ich mir. Diese Verallgemeinerung, meine Großmutter war eine starke Frau. Auch als Mädchen hätte sie sich so etwas nicht sagen lassen, da hätte sie bestimmt nicht mitgemacht. Ich weiß gar nicht, ob sie in diesem *Bund Deutscher Mädel* war, ich glaube, da war sie gar nicht Mitglied. Sie war so eine gute Frau. Bis zum Schluss hat sie sich nie etwas anmerken lassen, hat ihre Fassung bewahrt, sogar als ihr Mann gestorben ist, keine Träne hat sie vergossen, das nenne ich Selbstdisziplin. Sie hat immer gut und böse unterscheiden können, da hatte sie eine Klarheit, bewundernswert. So eine, wie Sie da sagen, so eine, das war sie ganz sicher nicht.

Annette kaut an einem Daumennagel.

Franz blickt Richtung Wand, äußerlich sitzt er unbewegt auf seinem Sessel, nicht einmal ein Stirnrunzeln ist erkennbar. Du hast so kühle Augen, richtige Fischaugen, sagen manche Leute zu mir, aber ein Fisch ist nicht kühl, sollte ich ihnen sagen, und das weiß ich, das ist sicher, schließlich bin ich mit Konstantin im *Haus des Meeres* gewesen und da habe ich Fische gestreichelt, und kein Fisch ist kalt, es sind liebe Tiere, nicht einmal glitschig sind sie und sie haben ein Herz. Quallen besitzen kein Herz und kein Hirn, aber Fische schon, besonders Delfine. Gut, dann habe ich eben Fischaugen, aber kalt bin ich deshalb noch lange nicht. Und hier, er sieht auf die Uhr, keine Stunde mehr dauert dieses Spektakel, dann werde ich als neuer Geschäftsführer aus diesem Raum gehen und Sonja anrufen, ich werde ihr sagen, dass ein neues Haus kein Problem werden wird, ich bin kreditwürdig, werde ich sagen, der neue Geschäftsführer der Agentur, zieh dir was Schickes an, setz eine Kanne Kaffee auf, am Abend werde ich uns ausführen, und wir vergessen dein Fehlverhalten. Sonja, ich verzeihe dir.

Es läuft mir kalt den Rücken hinunter, ich ziehe die Schultern hoch, hören Sie, sage ich, in den Mädchen dieser Generation ist absichtsvoll etwas zerstört worden, nämlich das Lebendürfen von Gefühlen, überhaupt das Wahrnehmen der eigenen Gefühle. Sie wissen nicht, was das ist, Gefühle zu haben, es ist so grausam. Wie sollten sie ihrem Baby Nähe schenken, wenn sie sich selbst nicht nah sein konnten? Sie werden zu Müttern, die ihre Kinder in einem kaum vorstellbaren Ausmaß innerlich alleinlassen, auch wenn sie es vielleicht gar nicht wollen. Das ist unser Erbe, verstehen Sie?

Ja und, sagt Franz, sollen wir jetzt wahnsinnig betroffen sein oder wie, was erwarten Sie?

Ich sehe die Teilnehmer an, sie wollen das nicht hören. Es scheint sie nicht zu interessieren, als würde das Nichtwissen sie vor irgendetwas bewahren. Was ich nicht weiß, macht mich nicht heiß, diesen Spruch hat Oma oft gesagt und. Ich kann nicht anders als den Kopf zu schütteln. Was war das nur für eine Idee, hierherzufahren und dieses Seminar abzuhalten. In der Form, ich wundere mich gerade über mich selbst. Ich schaue mich um und sehe mein Begleitheft auf dem Tisch liegen. Einmal versuche ich es noch, ich schlage das Heft auf, einzelne Blätter fallen auf den Boden. Die

Zeichnung mit der Frage Hahn oder Kran, eine Collage mit einem gezeichneten Hasen, der in einer Tiefgarage sitzt.

Neugierig schaut Horst auf die am Boden liegenden Blätter. Er zieht die Augenbrauen hoch, vielleicht könnte es klappen, denkt er. Verstohlen schaut er zu Franz.

Ich sage, gefunden, hier ist ein Zitat für Sie und lese:

Auch das schreiende und widerstrebende Kind muss tun, was die Mutter für nötig hält und wird, falls es sich weiterhin ungezogen aufführt, gewissermaßen »kaltgestellt«, in einen Raum verbracht, wo es allein sein kann, und so lange nicht beachtet, bis es sein Verhalten ändert. Man glaubt gar nicht, wie früh und wie rasch ein Kind solches Vorgehen begreift.
Johanna Haarer

Das Kind wird in Zucht gehalten, Befehle sollten Strafen, unbedingten Gehorsam zur Folge haben, Gewehr bei Fuß. Mütter müssen über die Kinder das Regiment führen. Wie Herr und Knecht. Was bleibt, keine andere Wahl, als zu lernen, sich der Mutter unterzuordnen. Du musst dich mehr nach mir »richten«, ich weiß, was für dich das Beste ist. Aus dir wird kein Haustyrann werden, dafür werde ich sorgen. Das Widerspenstige muss dem Kind entweichen, haben Sie davon gehört, wurden auch Sie gezähmt?

Also entschuldigen Sie, Herr Dr. Tankwart, sagt Helmut, mir ist das zu privat hier. Ich interessiere mich nicht für Ihre Geschichte, ich möchte bald nach Hause fahren und vorher möchte ich die Abstimmung durchführen. Wer wird Geschäftsführer? Haben wir Streichhölzer da? Oder wollen wir Karaoke singen, wer die meisten Punkte hat, übernimmt das Ruder, es scheint ja alles möglich zu sein. Gibt es andere Vorschläge?

Frau Haarer sagt, der erste Kampf, den die Mutter mit dem Kind auszufechten hat, ist die Geburt. Ist das nicht verrückt, frage ich, ist das nicht Wahnsinn?

Ja, Wahnsinn ist ein gutes Stichwort, sagt Horst und nickt Franz zu.

Annette denkt, was geben die sich da für Zeichen? Was geht hier vor?

Franz nickt zurück.

Helmut sieht mich an. Dauert es noch lange, fragt er nach einem kurzen Moment, weil, Sie wiederholen sich und ich frage mich ständig, was hat das mit uns zu tun? Ich bin nämlich in einem guten Haushalt aufgewachsen, bei uns ist es ordentlich zugegangen.

Ich sehe immerzu diese Mütter vor mir, die vom Tag der Geburt des Kindes an danach streben, es zu besiegen.

Aha, immerzu, das heißt, ständig denken Sie an diese Mütter, fragt Franz nach und zieht den rechten Mundwinkel nach oben.

Ich kann verstehen, dass Sie nach Möglichkeiten suchen, um das Gehörte ins Lächerliche zu ziehen oder nicht an sich heranzulassen. Aber Sie sollten.

Ja, sicher.

Bestimmt.

Reden Sie weiter, Herrdoktortankwart.

Ich blicke auf, etwas irritiert mich hier, denke ich und sage, ich möchte jetzt über die Zuschreibungen sprechen, die fantasierten Zuschreibungen der Mutter zu ihrem Baby.

Aha, sagt Annette, fantasierte Zuschreibungen.

Es ist das Nicht-Vertraute, das Baby ist ja dem Wesen der Mutter fremd, es.

Das Fremde, aha, das Fremde, das, was soll das sein? Irgendein Irgendwas, oder, fragt Helmut und lacht auf. Sie hätten Psychiater werden sollen. Dieses Geplapper, Helmut verstummt.

Genau, sagt Horst, das Fremde ist eben fremd und so ist es, das heißt ja gar nichts.

Grober Unfug ist das, sagt Franz.

Nur der Hausverstand zählt, oder was? Diese Ignoranz, dieses Duckmäuserische, und, ach, was soll ich noch sagen.

Seien Sie nicht überheblich, Sie Freak-Doktor, Sie. Eine Schande für Ihren Berufsstand. Top 50 Consulter, Sie Spaßvogel, sagt Helmut.

Spaß werde ich von nun an haben, sage ich, und meine Stimme klingt eisern.

Ich würde Ihnen gern eine reinhauen, sagt Helmut und seine Stimme klingt ruhig.

Wie Sie alle dasitzen, schreie ich, nichts als Hüllen Ihrer selbst. Was ist verloren gegangen in Ihnen. Wollen Sie es nicht suchen?

Das Einzige, das ich finden möchte, bin ich selbst als künftiger Geschäftsführer, sagt Franz, und dann will ich zu meiner Frau und meinen Kindern nach Hause fahren. Ich denke, es reicht jetzt, Herr Dr. Tankwart. Wir können es so belassen. Ruhen Sie sich aus, gehen Sie ein Stück spazieren, wir entbinden Sie von Ihrer Aufgabe.

Ja, sagt Horst, es ist genug, ein schönes Leben, Herrdoktortankwart, adieu.

Wie bitte, ich habe mich jetzt wohl verhört.

Ein Verhör, meinen Sie, sagt Franz. Nein, Sie sind in keinem Verhör, Sie sind aufgewühlt, Sie brauchen Ruhe. Ein Glas Wasser, Annette, würdest du ein Glas Wasser bringen?

Annette steht auf, okay, sagt sie. Habe ich da jetzt zugestimmt, ein Glas Wasser holen zu gehen, nicht wirklich, oder, sie schüttelt sich innerlich und geht hinaus.

Ruhen Sie sich aus, Herr Dr. Tankwart, sagt Helmut, es wird wieder. Der Druck ist nicht immer leicht auszuhalten, ich verstehe Sie.

Nein, so ist es nicht.

Wir tun nichts, Herr Dr. Tankwart, Sie sind da jetzt irgendwo hingeraten, ich denke, wir müssen einschreiten. Wir helfen Ihnen, Helmut nickt, um sein Gesagtes zu bestärken.

Ich brauche keine Hilfe.

Lassen Sie sich helfen, Herr Dr. Tankwart.

Nein, lassen Sie mich, ich brauche keine Hilfe. Sie brauchen Hilfe.

Da steht es vier gegen einen, gegen Sie, Herrdoktortankwart, sagt Horst, das entscheidet schon die Mehrheit, wer Hilfe braucht und wer nicht, und wir, ich sage es ungern, wir glauben, es geht Ihnen nicht gut, ganz und gar nicht gut.

Mir ist klar, dass meine Worte nicht einfach zu verdauen sind, dass Sie sich zur Wehr setzen und mir nicht glauben wollen.

Nein, nein, sagt Helmut freundlich, Sie sind wohl überarbeitet, da kann es schon einmal passieren, dass einem die Sicherung durchbrennt, wir verstehen das und wir werden auch nicht schlecht über Sie sprechen in Ihrer Firma, wirklich, Sie können ganz beruhigt sein. Helmut grinst in Richtung Horst und Franz sieht Helmut an.

Hat der Griegler es jetzt kapiert, denkt Franz, wir schaffen uns den Tankwart vom Hals, dann wird gewettet. Annette ist sowieso raus, bleiben wir drei übrig.

Du, Horst, sagt Franz, was hältst du davon, wir teilen die Geschäftsführung auf. Helmut wird Stellvertreter, Annette Stellvertreterin des Stellvertreters, oder wir lassen ihr irgendein Geschäftsfeld, wie wäre es mit Inneneinrichtung, fertig.

Horst sagt, das ist nicht dein Ernst.

Doch.

Ich teile nicht gern, hört Annette Horst sagen, mit dem Wasserglas in der Hand steht sie im Türrahmen und sagt, echt, Horst, du teilst nicht gern, als wüssten wir das nicht, so, bitte, Herr Dr. Tankwart, ein Glas Wasser für Sie.

Danke, das ist nicht nötig, wie gesagt, es geht mir gut.

Die Situation ist eigenartig, ja, aber wir haben Verständnis für Sie, wir sind keine Unmenschen, sagt Horst und denkt an Veronikas Zombies, erinnert sich an Michael Jackson, *I am dead, I am dead, she knows it*, oder *you know it*, sieht Michael tanzen in dem Video, denkt an Leder und Tod.

Sie verstehen mich, frage ich und sage, ich bitte Sie, wollen Sie mich in die Irre führen?

Das ist nicht mehr nötig, irre sind Sie ganz von selbst geworden, flüstert Franz.

Was sagen Sie da, Franz, ich habe Sie nicht verstanden.

Nichts, sagt Franz, bemühen Sie sich nicht weiter, Herr Dr. Tankwart.

Sie verkennen die Situation, sage ich mit lauter und fester Stimme.

Ja, natürlich, sagt Franz schnell und nickt.

Ich blicke um mich, sage, es wird immer absurder, Ihr Verhalten ist eigenartig, ich habe das Gefühl, als würden Sie irgendetwas verbergen, als ginge hier etwas vor sich, das Sie vor mir geheimhalten wollen. Ist es so?

Nein, was reden Sie da, sagt Horst, das bilden Sie sich ein. Fühlen Sie sich verfolgt?

Wieso sollte ich mich verfolgt fühlen?

Es hat den Anschein.

Hören Sie, was hier im Raum vorgeht, gefällt mir ganz und gar nicht. Es geht mir um die Sache, aber ich habe den Eindruck, Sie wollen mich ablenken oder davon abbringen, weiterzusprechen. Von unserem Erbe zu sprechen. Ich glaube, wir tragen die Leere in uns und auch das Dahinter: Frau Haarers Ansatz zur Zerstörung jeglicher Spontanität. Schon die erste Beziehung zur Mutter soll gestört sein oder besser noch, sich gar nicht erst bilden. Binden soll sich der Mensch nur an ein Außen. Was ist nun dieses Außen? Eine Geschäftsführung, eine teure Tasche, Autos, Uhren. Machen Sie das Radio an und hören Sie den Sprüchen zu, *Kauf dich glücklich*, und so weiter. Aber wem erzähle ich das, Sie sind vom Fach. All das Geplapper.

Moment, Geplapper, so entwerten lassen wir uns nicht, entgegnet Franz.

Sprich nicht wieder für mich, ruft Annette dazwischen.

Jetzt reicht es aber endgültig, ja? Franz steht auf, er sagt zu den anderen Teilnehmern, wir sind uns einig?

Niemand antwortet.

Franz denkt, ich lasse mich von nun an nicht mehr beirren, und sagt, ich muss mal kurz telefonieren. Er schließt die Tür hinter sich, atmet durch. Ich werde das machen, sagt er sich, holt das Telefon aus seiner Jackentasche, sieht die Nummern durch, während er vor die Tür des Hotels geht, liest den Namen Sonja, hält inne, soll ich nicht vielleicht, er drückt die Anruftaste.

Ja, hört er ihre Stimme.

Störe ich, fragt Franz.

Du rufst an, um mich zu fragen, ob du störst, ja, du störst.

Entschuldige.

Ich will nicht, dass du mich anrufst, um mich zu fragen, ob du störst. Ruf nicht an in nächster Zeit. Eine Kontaktregelung für dich und die Kinder wird sich finden.

Sonja, das ist nicht in Ordnung, darauf werde ich noch zurückkommen.

Mach es gut, Franz, Sonja legt auf.

Die hat aufgelegt, das ist die Höhe. Franz geht einen Kreis in der Auffahrt zum Hotel, während des Gehens zählt er die Steinplatten unter sich, zwanzig, einundzwanzig, wo hat der Kreis begonnen, hier, eins, zwei, drei. Er ändert die Richtung, beginnt von vorne.

Die Rezeptionistin beobachtet ihn.

Franz bleibt stehen, es gibt kein Zurück, sagt er und wählt den Notruf. Bevor jemand abhebt, legt er auf. Dr. Tankwart, ihm muss geholfen werden. Wahlwiederholung, der Daumen betätigt die Taste wie von selbst.

Notrufzentrale, Guten Tag.

Hm, ja, hallo, mein Name ist Franz Seidlinger, Magister Franz Seidlinger, ich melde einen Notfall.

Was ist geschehen, wo befinden Sie sich?

Hotel Weitblick, und unser Seminarleiter ist am Durchdrehen.

Ist er fremdgefährdend oder eine Gefahr für sich selbst?

Ich würde sagen, beides.

Bedroht er sie?

Bedrohen, ja, vielleicht.

Bitte schildern Sie die Situation.

Er sagt verrückte Sachen, er regt sich auf, er nimmt seine Aufgabe nicht wahr, er gefährdet uns.

Inwiefern?

Er bedroht uns irgendwie, mit dem, was er sagt, und dann wird er lauter, wissen Sie, der Seminarraum befindet sich im 3. Stock, er ist unberechenbar. Jederzeit könnte er springen. Er sagt eigenartige Dinge, die nur er versteht, wir Teilnehmer, wir wissen nicht, wie wir mit der Situation umgehen sollen.

Hat er eine Waffe?

Ein Messer vielleicht, das kann ich mir vorstellen. Er ist nicht davon abzubringen, er will unbedingt seine Message durchziehen. Ja, ich glaube, er hat ein Messer.

Aber gesehen haben Sie keines?

Nein, es wäre ja zu spät, hätte er das Messer schon hervorgeholt, oder etwa nicht?

Schildern Sie die Situation im Seminarraum.

Er redet verrücktes Zeug und verlangt von uns, ihm zuzuhören, er ist am Durchdrehen. Top 50 Consulter, wissen Sie, er führt seinen Arbeitsauftrag nicht aus, macht stattdessen irgendwas, sein Verhalten ist besorgniserregend. Wir wissen nicht, hat er vor, sich etwas anzutun, will er uns etwas antun?

Sie sind im Hotel Weitblick, bitte sagen Sie uns die genaue Adresse, wir schicken jemanden.

Danke, sagt Franz und gibt die Adresse weiter.

Dann bleibt er stehen, habe ich richtig gehandelt, fragt er sich und sagt sich zugleich, ja, es musste sein. Er schaut auf die Uhr. Ich sollte der Rezeptionistin Bescheid sagen.

Frau Janine steht an der Rezeption, sie kaut Kaugummi.

In Kürze wird ein Rettungswagen da sein, sagt Franz.

Wie bitte! Sie schluckt den Kaugummi.

Herr Dr. Tankwart, er ist am Durchdrehen, wir mussten etwas tun.

Ohne das Hotel vorab zu informieren?

Es war notwendig.

Sie können nicht ohne Absprache mit uns die Rettung rufen, verstehen Sie.

Franz nickt, diese Janine ist doch unfähig, denkt er, die wäre total überfordert gewesen. Er lächelt, entschuldigen Sie, Fräulein Janine, wir wollten so wenig Aufhebens wie möglich machen, um diese Sache mit der notwendigen Diskretion zu behandeln.

Er dreht sich um und geht Richtung Lift. Bevor er den Knopf betätigt, macht er ein Selfie. Im Lift betrachtet er das Bild.

Ich bin das, sagt er und zoomt in sich hinein, meine Haut, die Augen, nein, nichts Fischiges ist an ihnen, der Mund, wie Großmutters Mund, schmale Lippen, sie haben etwas Narbenhaftes, nicht doch, Franz, so ein Blödsinn. Er steigt aus, Grieglers Stimme dringt aus dem Seminarraum.

Er schreit etwas, Franz versteht nicht, was er sagt, seine Stimme klingt aufgewühlt. Wann kommt die Rettung, wie lange dauert das noch, dieser Tankwart bringt alles zur Eskalation, aber der Griegler, was ruft er?

Franz öffnet die Tür, was ist hier los, sagt er, was soll das, ist das wieder eine dieser gestörten Interventionen von Tankwart, fragt er und schließt schnell die Tür hinter sich.

Nein, sagt Horst leise, sein Blick geht geradeaus, du warst länger weg.

Ich habe die Rettung gerufen.

Horst lacht eigenartig.

Helmut geht auf Franz zu. Die Geste seiner Hand ist eine Drohung. Sein Gesicht wirkt wie aufgelöst, habe ich Angst vor ihm? Franz sieht etwas Zerstörtes in Grieglers Ausdruck, aber was? Sein Gesicht kaschiert nichts mehr, ich sehe einen Hamster in seinem Rad mit den Spuren des Hamsterlebens in seinem Gesicht.

Helmut steht vor Franz.

Willst du dich etwa vor mir aufbauen, was glaubst du, rutsch zur Seite Griegler, aber sofort! Franz hört sich selber sprechen und eine Stimme in sich, die wie die Stimme eines Anderen klingt. Warst du das, du Idiot, sagt er und betont jeden Buchstaben. Den Tankwart zu knebeln, alle an ihre Sessel zu fesseln, bist du noch bei Sinnen. Weißt du, wer gleich da sein wird, die Rettung, die Polizei, du Loser. Während er spricht, denkt er, ja, meine Stimme klingt fremd.

Helmut weicht zurück.

Hörst du nicht, du Depp, schreit Franz, eine Schande ist das mit dir, du unnütze Existenz, machst alles zunichte. Dieser Verrat, wir hatten einen Plan. Kannst du nicht einmal etwas richtig machen? Ein einziges Mal, ha, du, du Kretin, du Wurm, du unsäglicher. Was machst du für ein Theater!

Er ist schuld, das ist alles seine Schuld, schreit Helmut und zeigt auf mich.

Franz sagt, Griegler, du setzt dich jetzt sofort auf deinen Platz und verhältst dich still. Schon während des Sprechens hört Franz wieder diese Stimme in sich, die ihm sagt, du hast es übertrieben, Franz, sei wachsam.

Helmut sieht sich um, diese Spinnen, überall dieses Ungeziefer, sagt er und du, Franz, was glaubst du, wer du bist, so mit mir zu sprechen, seine Stimme wird drohender.

Annette hustet, ich, sagt sie, Griegler, du musst mich, sie hustet, du, ich.

Franz sagt, hilf Annette, Griegler, binde sie los oder darf ich sie losbinden?

Was, fragt Helmut.

Sie hat einen Hustenanfall, sie gerät in Panik.

Annette ringt nach Luft.

Hör sofort mit dem Husten auf, sagt Helmut.

Annettes Augen weiten sich.

Du sollst Ruhe geben, Annette, jetzt, oder ich.

Franz sagt, Griegler, sie spielt nicht. Ich gehe zu ihr und helfe ihr, ja?

Helmut nickt.

Franz geht zu Annette und sagt, es ist alles gut, gleich wird jemand hier sein, versuche zu atmen, warte, ich halte dich.

Annette blickt auf, ihr Gesicht scheint zu zerlaufen, ihre Hände sind hinter der Sessellehne zusammengebunden, Franz hält ihre Schultern, ihr Herzschlag verlangsamt sich, sie hustet, das Kitzeln in ihrem Hals wird leichter, in ihr wird es ruhiger. Franz löst den Knoten der Krawatte, Annettes Hände sind frei. Sie schüttelt ihre

Handgelenke, sie hustet, mein Atem ist ein aufsteigendes Flugzeug, denkt sie und steht auf, der Hustenreiz verflacht, die Spannung in ihrem Körper verringert sich. Wie von selbst umarmt ihr Körper Franz.

Danke, sagt sie und spürt salziges Wasser auf der Oberlippe. Nichts in ihr will die Tränen zurückhalten.

Helmut flüstert, ich lass mich von euch jedenfalls nicht mehr runterziehen. Besonders nicht von Ihnen, Herr Dr. Tankwart. Sie haben das hier herausgefordert, diese Situation hier, es ist Ihre Schuld.

Horst sagt, seine Schuld, genau.

Herr und Knecht sollen heutzutage also in einer Person vereint sein, so einen Unsinn sagen Sie, und dieser Herrknecht muss sich also in Freiheit wähnen, sich selbst optimieren, sich fragen, bin ich als Ware tauglich genug? Und sind Sie es, Herr Dr. Tankwart? Sie sehen selbst, in welche Situation Sie sich manövriert haben. Nein, ich werde Sie nicht losbinden und auch dich nicht, Horst. Ihr werdet jetzt einmal mir zuhören.

Annette setzt sich, sie wagt nicht zu fragen, ob sie gehen kann. Die Angst, ein zweites Mal festgebunden zu werden, ist zu groß.

Franz weiß, jeden Moment wird die Tür aufgehen und Sanitäter werden hereinkommen, dieser Wahnsinn wird ein Ende finden.

Helmut sagt, na, Sie Großmaul Tankwart, sind Sie als Ware tauglich genug, hm? Wie viele Freunde haben Sie? Meine Facebook-Seite zeigt mir den Grad meiner Beliebtheit, ich habe mehr als 3000 Freunde, und jeden Tag kommen neue Freundschaftsanfragen hinzu. Da können Sie wohl nicht mithalten. Bei mir ist nichts im Ungewissen, ich lasse mich erst gar nicht auf Suspektes ein, der Mensch braucht klare Regeln, Gebote und Verbote, nichts Unbekanntes. Was wäre das für eine Welt, ganz furchtbar, strukturlos, unbrauchbar, voller

Schwächen, es gäbe keinen Ansporn mehr, über sich hinauszuwachsen, nur mehr Schmarotzer, all die Schmarotzer, das muss verhindert werden. Das Große fordert eben seinen Tribut. Aber Sie, Herr Dr. Tankwart, Sie sind ein Aufwiegler, Sie sind der wahre Verbrecher.

Ich schließe die Augen, gefesselt und geknebelt. Hätte ich das vorhersehen können?

Helmut sagt, Sie sind in diesem Raum zum Schweigen verurteilt, Herr Dr. Tankwart. Sie haben uns lange genug belästigt. Ich muss sagen, Sie sind in einer unangenehmen Lage, aber auch ich bin in einer Misere. Da ist dieser Impuls, Sie umgehend freizulassen, ein Impuls, dem ich nicht nachgeben werde, ich habe gelernt, mich zu beherrschen, diese Anflüge von Schwäche zu übergehen, das hält einen nur zurück und das eigentliche Ziel verblasst. Sie wissen, es wird Ihnen nichts geschehen, Herr Dr. Tankwart, bald schon wird jemand für Sie da sein. Helmut lächelt. Ich bin einer von den Guten, denkt er.

Horst sagt, Griegler, das wissen wir, binde mich los. Deine schönen Krawatten, eine jede wird Risse bekommen, sie sind dir doch lieb und teuer. Es wäre schade um sie, du hast so einen guten Geschmack.

Danke, Horst. Es gibt nur ein Problem, ich traue dir nicht.

Wir hatten unsere Differenzen, ja, er hält inne, aber jetzt, Griegler, sehe ich deine Tatkraft.

Ja?

Deinen Heldenmut.

Helmut lächelt in sich hinein.

Ich weiß, sagt Helmut, Herr Dr. Tankwart, mit meiner Willenskraft habe ich es geschafft, Sie festzubinden, ich habe gehadert, den inneren Schweinehund überwunden, ach, das darf ich ja hier nicht sagen, und Sie von ihrem Zwang zu sprechen erlöst, Sie dürfen das jetzt alles in sich behalten, Sie müssen das nicht mehr sagen, dafür werden Sie mir eines Tages dankbar sein.

Ich sehe Helmut an, sein Gesicht hat etwas Zwiegespaltenes, der obere Teil möchte anders sein als der untere, das Kinn wirkt abweichend, verschlossen, was ist es nur, eine Art Schleier, vielleicht Trauer über etwas, das ein Leben lang unbeachtet geblieben ist? Ich werde das nicht klären können. Mit geknebeltem Mund.

Die Tür geht auf, zwei Polizisten und zwei Rettungssanitäter betreten den Raum. Die Polizisten nicken sich zu.

Einer sagt, an Helmut gewandt, Dr. Tankwart, hören Sie mich?

Meine Herren, wunderbar, Sie sind hier. Ich habe alles unter Kontrolle, sagt Helmut, Dr. Tankwart, er zeigt auf mich, sitzt hier, ich habe ihn für Sie, sozusagen, er zwinkert, bereitgestellt. Helmut lacht auf.

Die Polizisten wechseln Blicke.

Wie mir alles entglitten ist, denke ich, wohin habe ich mich da bewegt, habe ich mich hinreißen lassen? Ein Riss ist da, und schon löst ein Gedanke den nächsten ab, bevor ich ihn zu Ende gedacht habe.

Ein Polizist kommt zu mir und nimmt mir den Knebel aus dem Mund.

Geht es Ihnen gut, fragt ein Polizist.

Moment, sagt Helmut, was machen Sie da? Ihn müssen Sie mitnehmen, er zeigt auf mich, er ist der Beschuldigte, ich habe ihn für Sie verwahrt. Ich habe das nur für uns getan. Für uns. Horst, du hattest doch die Idee?

Wer ich, nein. Niemals, Horst empört sich. Wie kommst du darauf, Griegler, das ist Wahnsinn. Sehen Sie, sagt er, an die Polizisten gewandt, ich bin selbst Opfer. Gefesselt an der Sessellehne.

Ein Polizist löst Horsts Krawattenfessel.

Wie ruhig ich bin, als wäre ich in einem Traum, in

einem Traumraum, »Harmonie«; ich habe das zur Eskalation gebracht, ich hätte es kommen sehen müssen. Nein, höre ich Frau Mundgold sagen, Marius, nichts hättest du kommen sehen können. Du hast gehandelt, du hast gesprochen, du warst lebendig, du kannst vorher nicht wissen, was deine Handlung in einem anderen auslöst. Ich lache auf. Ist das nicht naiv anzunehmen? Ich bin da noch in diesen Verstrickungen, das spüre ich jetzt.

Hören Sie selbst, sagt Helmut, so benimmt der Dr. Tankwart sich schon während des ganzen Seminars.

Die Polizisten sehen sich an.

Einer sagt, würden Sie bitte Ihre Tasche öffnen?

Helmut öffnet die Tasche, ich habe wirklich nichts zu verbergen, sagt er, bitte sehr, die Herren.

Der andere Polizist fragt in den Raum, wollen Sie Anzeige erstatten?

Waffe hat er keine, sagt der Helmuts Sachen durchwühlende Polizist und fragt, war nicht von einem Messer die Rede?

Horst, Annette und Franz richten sich auf.

Ich weiß nicht, sagt Annette.

Franz sagt, vielleicht, ich meine, ich habe die Rettung gerufen, aber nicht wegen Helmut, sondern, er stockt. Wegen Ihnen, Herr Dr. Tankwart. Sie, ich muss gestehen, wir hatten so etwas wie Angst vor Ihnen, nein, Angst um Sie. Ich, wir haben Ihnen alles Mögliche zugetraut. Und es ist ja auch etwas passiert.

Ihr Name ist Helmut Griegler, fragt einer der beiden Polizisten, Sie sind berufstätig, leben in einer eigenen Wohnung, Sie sind nicht von Obdachlosigkeit betroffen, nicht von Arbeitslosigkeit. Er notiert und sagt dann, Freiheitsentzug ist kein Kavaliersdelikt.

Aber, ich habe das nicht getan, das habe ich nicht gewollt. Jemand musste, ich bin mir keiner Schuld.

Griegler, nein, sagt Franz, sei still jetzt.

Du bist ausgetickt, sagt Horst, du brauchst Hilfe, genauso wie Diesertankwart. Die beiden können sie mitnehmen. Der eine ist eine Gefahr für die Umgebung, ich lasse mich doch von dir nicht fesseln, Griegler, was glaubst du, wer du bist. Als Geschäftsführer bist du disqualifiziert. Nimm den Hut. Sag adieu. Das ist doch klar. Du brauchst Urlaub. Nehmen Sie ihn mit. Eine Zwangspause wird ihm guttun. Wenn du freiwillig mitfährst, werde ich von einer Anzeige absehen.

Das ist Erpressung, sagt Helmut.

Franz sagt, irgendwie ja, aber eher nein, oder?

Helmut schweigt.

Sie haben die Rettung gerufen, um mich einweisen zu lassen, frage ich.

Franz denkt nach, ich habe das nicht verursacht, sagt er, ich bin Franz, alles ist ganz normal, bei Beerdigungen zeige ich Trauer, das ist ja logisch, nach einem langen Tag bin ich abgespannt, wenn die Familie in der Nähe ist, bin ich heiter, wie selbstverständlich.

Was sagst du, fragt Annette.

Nichts, nein, nein, gar nichts.

Würden Sie einfach wieder fahren, bitte, sagt Franz. Wir könnten so tun, als wäre das alles nicht geschehen, sie waren nicht hier, Helmut hat nichts gemacht, ich habe sie nicht gerufen. Es ist nichts gewesen, Schwamm drüber, dann haben Sie auch keinen Papierkram. Drücken Sie doch ein Auge zu, ich wollte das nicht, ich weiß nicht, Horst, was haben wir uns dabei gedacht? Haben wir uns etwas gedacht? Das war alles Ihr Gerede, Herr Dr. Tankwart, Sie haben diese Situation provoziert. Wir sind da hineingeraten, ohne es zu wollen.

Verstehe ich nicht, sagt der eine Polizist. Was ist jetzt, Herr Griegler, kommen Sie freiwillig mit, wenn niemand Sie anzeigt, steigen Sie in den Rettungswagen und Sie werden in das Krankenhaus gebracht. Sollten Sie sich weigern, rufen wir den Amtsarzt und begleiten Sie nach der zwangsweise ausgesprochenen Einweisung.

Helmut nickt, ich habe nichts getan, sagt er, ich habe getan, was getan werden musste, ich bin unschuldig.

Also, fragt der Polizist, und seine Stimme klingt freundlich.

Sie sind gut geschult, sagt Horst zu den Polizisten.

Ich wollte das nicht, sagt Helmut.

Niemand sagt etwas.

Und, gehen Sie mit den Sanitätern, fragt ein Polizist.

Dann werde ich mich meinem Schicksal beugen. Führen Sie mich ab. Wohin bringen Sie mich? Darf ich mein Mobiltelefon behalten? Gibt es einen Park, ich bin Läufer, ich liebe das Laufen. Oder werfen Sie mich in den Kerker? Gefängnis, meine ich. Ich habe das für uns getan, sagt er zu den anderen, für die Agentur, ich habe mich geopfert.

Ich werde Sie nicht anzeigen, Helmut, sage ich.

Sind Sie sicher, fragen beide Polizisten beinah gleichzeitig mit Verwunderung in ihren Stimmen.

Ich denke kurz nach, nicke dann und sage, ja, ich bin sicher.

Der Griegler hätte uns nie wirklich etwas getan, sagt Franz, ihr kennt ihn ja, wir wissen, Griegler, dazu wärst du gar nicht fähig. Es war alles ein schreckliches Missverständnis. Es tut mir so leid.

Annette sagt, ich will jetzt nach Hause.

Helmut geht mit den Polizisten und den Sanitätern. Ein Sanitäter trägt Helmuts Tasche.

Eine gut gearbeitete Ledertasche, italienisches Design, Horst denkt, so eine will ich auch haben.

Auf Wiedersehen, sagt Helmut.

Einer der Sanitäter schließt die Tür.

Horst sagt, gut, das ist vorbei, sein Gesicht zeigt Erleichterung.

Geht es uns gut, frage ich.

Wie bitte, Franz scheint durch mich hindurchzublicken. Hätten Sie, Herr Dr. Tankwart, Ihre Arbeit getan, wären wir niemals in diese unangenehme Situation geraten. Diese Unberechenbarkeit haben Sie zu verantworten, Sie allein.

Ich habe kein Mitleid mit Helmut, sagt Horst, seine Abwesenheit, was heißt sie für uns konkret? Hm, wir sind einer weniger. Teilen wir den Kuchen auf. Franz wird mein Stellvertreter, du, Annette übernimmst das neue Geschäftsfeld, Inneneinrichtung der Agentur, dann werden wir sehen. Helmut, ja, wir wissen nicht, wann er wiederkommen wird und in welcher Konstitution, wir wollen ihn nicht zu sehr fordern, er hat sich diese Erholung verdient. Was sagt ihr?

Annette nickt, der Rest ihres Körpers ist reglos. Sie weint. Weine ich etwa, fragt sie.

Vielleicht weinen Sie, statt zu reden, sage ich.

Annette deutet ein Nicken an. Es gibt nichts, was ich jetzt sagen könnte, denkt sie.

Franz sagt, temporär, wir machen das temporär. Ich sehe nicht ein, warum du der alleinige Geschäftsführer werden solltest. Eine Partnerschaft, keine Stellvertretung. Franz sagt seine Worte mit ruhiger, unbeteiligt wirkender Stimme.

Ist es nicht so, denke ich, in unserer Welt ist das neutrale, das jeden Ausdruck verweigernde Gesicht zu einem Wert erhoben, und nach einer kurzen Pause sage ich, auch ich bin nun zum Schweigen verurteilt. Wie könnte ich weitersprechen, nach allem, was geschehen ist?

Franz sagt, Tandem-Führung, hm, Horst?

Horst scheint nachzudenken, habt ihr diese Ledertasche gesehen, fragt er.

Italienisches Rind, ich bin mir sicher, sagt Franz.

Ich muss sie haben, sagt Horst.

Ich auch, wunderbare Qualität. Ein edles Teil.

Herrdoktortankwart, Franz und ich, wir sind handelseins geworden. Bitte schreiben Sie die Empfehlung, Horst nickt mir zu.

Annette sagt, Herr Dr. Tankwart, Sie haben zu viel gewollt.

Vielleicht, sage ich und, sich von klein auf betäuben zu müssen, sich selbst nicht spüren zu dürfen, diese in uns verharrende Fühllosigkeit bestimmt über unser Zusammenleben. Ist das als Gesellschaftsmodell tauglich? Ich glaube es nicht.

Hören Sie auf mit diesem Gerede, nehmen Sie Abstand von diesem Denken, sie können das, wenn Sie es wollen. Sie müssen nur wollen, also bitte, sagt Franz, quälen Sie nicht Ihre Umgebung, ständig quälen Sie uns mit diesem Wahn. Sie hätten mitgenommen werden müssen, nicht der Griegler. Sie. Franz blickt auf.

Horst sagt, schreiben Sie jetzt die Empfehlung und dann lassen wir es gut sein. Sie gehen Ihrer Wege, wir gehen unserer Wege, win-win. Sie haben uns schon genug terrorisiert.

Schreiben Sie sich Ihre Empfehlung selbst, hier ist mein Laptop. Ich fahre ihn hoch, gebe das Passwort ein und gehe zum Fenster, schaue hinaus, und sage, es ist etwas Schreckliches passiert, ich war dem nicht gewachsen. Ich bin zu sehr mit mir selbst beschäftigt.

Ich wünsche mir Ablenkung, Musik, einen Film, ein gutes Essen, Annette sieht mich am Fenster stehen, sie denkt, ich wünsche mir ein schönes Leben, ein gutes Leben, wie damals, Annette und Babette. Sie holt ihren Taschenspiegel aus der »Neverfull«. Die Wimperntusche hat den Tränen standgehalten, ein zufrieden wirkendes Gesicht sieht ihr entgegen.

Franz und Horst sitzen auf den Sesseln, ihre Rücken sind gebeugt, wie zwei Kinder, die einen Plan aushecken, sind sie einander zugewandt und ins Verfassen der Nachricht vertieft.

Franz sagt, schau mal, und tippt, *nach reichlicher Überlegung bin ich zu dem Schluss gekommen, eine Doppelgeschäftsführung vorzuschlagen. Herr Horst Wienacher und Herr Franz Seidlinger sind die besten Kandidaten für diese Position, sie ergänzen einander in herausragender Weise und werden die Agentur als Team in eine wachstumsreiche Zukunft führen.*

Mit hochachtungsvollen Grüßen
Dr. Marius Tankwart

Dr. Tankwart, wir benötigen Ihre Handysignatur, sagt Horst und lacht in sich hinein. Ich habe es geschafft, na, bin ich der Größte oder bin ich der Größte, schulterklopf und schulterklopf, oh Veronika, Veronika, du wirst dich wundern, von nun an wird das Unvorstellbare denkbar und möglich, ein Maledivenurlaub, dann ein Wochenende in Paris, neue Kleider für dich, all deine Wünsche werde ich dir erfüllen. Ich bin von nun an in der Premiumliga, morgen werde ich den Youngtimer anzahlen, mein rotes BWW-Cabriolet, oh Baby, bald schon werde ich dich fahren, auf nach St. Tropez, Veronika, einen kurzen Rock wirst du tragen müssen, während der Fahrt will ich deine nackten Knie sehen und ein Seidentuch wird dein Haar zusammenhalten. Ich liebe dich, du Wunderbare. Horst klopft sich auf den Oberschenkel. Herr Doktortankwart, Ihre Handysignatur, bitte.

Ich nicke.

Hallo, Herrdoktortankwart!
Ich schließe das Fenster.
Franz grinst, er kann nicht damit aufhören, Sonja, die Kinder, das neue Haus, ich gehöre zu den Gewinnern, eine Trennung, meine Liebe, werde ich nicht mehr akzeptieren.
Herr Dr. Tankwart, ihre Handysignatur, bitte.
Ich unterzeichne.
Horst und Franz sagen wie aus einem Mund, und jetzt: senden.
Franz sagt, gib mir fünf. Die beiden lachen, ah, Annette, sagt Franz, was gönnst du dir heute noch?
Annette reagiert nicht.
Horst steht auf, er schaut auf die Uhr. Also gut, sagt er und nimmt seine Sachen, auf Wiedersehen.
Franz sagt, viel Glück, Herr Dr. Tankwart.
Annette sagt, dann bis Montag.
Ich sage, auf Wiedersehen.
Annette steht auf, sie holt ihr Buch aus der Tasche, vielleicht sollte ich das nicht tun, sagt sie, aber ich möchte es Ihnen schenken.
Es tut mir leid, sage ich, das Seminar.
Ich werde jetzt gehen. Sie zögert, bevor sie weiterspricht, tja, alles Gute für Sie.
Ich nicke.
Annette geht Richtung Tür.
Annette, meine Stimme klingt brüchig, danke, ich.
Ja?
Auf Wiedersehen.
Annette öffnet die Tür, ich könnte mich einmal noch umdrehen, nachsehen, ob er darauf wartet, ich spüre seine Augen in meinem Rücken, ich könnte ihn ansehen, ich könnte sagen, vielleicht bleibe ich noch, wollen wir gemeinsam mittagessen, während sich die Möglichkeiten in ihrem Kopf ausbreiten, geht sie aus der Tür, die

»Neverfull« in der Hand, ruft sie ein Taxi.

Die Rezeptionistin sagt, auf Wiedersehen, ich hoffe, Sie hatten einen angenehmen Aufenthalt.

Annette nickt.

Vor der Tür des Hotels hält sie das Mobiltelefon in der Hand, wen könnte ich anrufen? Die Nummern und Namen durchscrollend merkt sie, da ist niemand, den ich gerne treffen möchte. Ein Bad einlassen, nach vorne schauen. Vielleicht bei einer Partnerseite registrieren und Kontakte knüpfen, essen gehen, eine Affäre beginnen, nach vorne schauen. Sie dreht sich um und schaut hinauf zum dritten Stock. Ob er mich beobachtet, fragt sie sich und meint, eine Gestalt an einem Fenster zu erkennen, was wäre, wenn ich bliebe, ich weiß nicht, soll ich es herausfinden? Annette tritt von einem Bein auf das andere und schluckt, ich mache es, was soll schon sein, nein, ich lasse es. Sie schaut zur Einfahrt. Das Taxi fährt auf sie zu, sie winkt den Fahrer zu sich und ruft, hier bin ich.

Ich staple die Sessel übereinander, sage mir, dass es gut ist, obwohl es nicht gut ist, und auch nicht zu Ende. Ich schließe die Augen, bin ich bereit? Aufzubrechen, nicht mehr einzubrechen in das Vergangene, im Seminar hat es mich überrollt. Wieder einmal bin ich wie hin und her gerissen zwischen Enttäuschung und Vergeblichkeit oder zwischen Täuschen und Vergeben, wie auch immer ich es drehe und wende, meine Versuche zu zerlegen, ineinanderzufügen. Es fehlt etwas.

Alles Gute, sage ich zu Frau Janine, verlasse das Hotel und gehe zum Auto.

Ich will die Tür aufschließen, mich setzen, starten, doch etwas hält mich, vielleicht das Fehlende, ich kann so nicht fahren. Wo sind meine Gefühle, ich müsste doch etwas spüren, eine Heftigkeit müsste in mir sein.

Wo ist vorhin die Angst gewesen, ich war gefesselt und geknebelt an diesem Sessel, keine Angst, auch keine Wut konnte ich spüren, ich war wie ausgeschwemmt. Wie selbstverständlich abwesend. Diese Abwesenheit, wo bin ich, wenn ich in ihr bin, wie finde ich diesen Ort in mir?

Ich nehme die Karteikarten, das Begleitheft, Annettes Nachkriegsausgabe, packe alles in den kleinen Rucksack, auch die Wasserflasche. Ich atme durch, schließe die Autotür und marschiere los. Vorbei am Hotel einen Wanderweg entlang. Im Wald ist die Luft angenehm und kühl. Ich kenne den Weg, an der nächsten Biegung geradeaus, nach etwa zwei Kilometern links abbiegen, da müsste ein kleiner Weiher sein. Ich will ans Wasser.

Die Wipfel der Bäume ragen über mich hinaus, als wären es die Gesichtszüge einer anderen Welt, die einen Übergang vom nicht Wahrgenommenen in die Gegenwart formen könnte. Da vorne ist der Weiher, ich laufe los, direkt auf das Wasser zu und mir ist, als liefe Helmut plötzlich neben mir, mit dem Hunger in seinen Augen. Außer Atem setze ich mich auf die Bank, leere den Inhalt des Rucksacks auf den Boden.

Wie konnte sich dieses Buch als Erziehungsratgeber nur so lange durchsetzen, Beziehungslosigkeit als Erziehungsziel bis 1987?

Ich schaue auf den Boden, schaue in das Wasser, dann auf meine Hände. Ich mag den Menschen, der ich dabei bin zu werden und ich hätte nicht gedacht, dass ich ihn einmal kennenlernen würde. Seit ich mit Frau Mundgold befreundet bin, ist die Welt anders, ich lasse mich auf sie ein. Das ist viel, wenn ich daran denke, wie starr und unflexibel ich gewesen bin, voller Sentimentalitäten und

Pathos. Ganz von Mutter gemacht. Ich lache auf, ja, es ist Verbitterung, die in mir nachwirkt. Ich hatte so lange Zeit Angst davor, mich zu zeigen. In mir selbst habe ich mich versteckt und Beziehung mit Konsum ersetzt. Erregungszustände lassen sich doch so einfach am Markt erwerben, wieder lache ich auf. Das werde ich hinter mir lassen. Vielleicht ist der Wunsch, all das von mir weisen zu wollen, verkehrt. Meine Geschichte, meine Erfahrungen, sie sind ja immer mit mir.

Ich stehe auf, im Weiher liegen Steine, ich berühre das Wasser, es ist kalt. Ich schaue in den Himmel, die Sonne blendet. Ohne lange nachzudenken, greife ich nach den Karteikarten und werfe eine nach der anderen in den Weiher. Das Papier verändert seine Form. So ist es richtig, denke ich, auch die Tinte wird sich lösen. Ich schaue dem Papier hinterher, bis ich es nicht mehr sehe. Das Buch liegt noch immer auf dem Boden. In mir ist Klarheit und Verwirrung.

Wie selbstverständlich ziehe ich die Schuhe aus, die Socken, meine Fußsohlen stehen auf der Wiese, zwischen dem großen Zeh und dem zweiten schaut ein Gänseblümchen hervor. Die Reise, wie wird sie werden, meine Zukunft? Ich weiß es nicht, bin neugierig, das Wasser sieht schön aus.

Ich hebe das Buch hoch, schließe die Augen, denke an Sebastian Kneipp, während ich langsam in den Weiher steige. Die Kälte schneidet in die Haut fast wie ein Messer.

Ein Schritt, noch einer, die Hosenbeine sind nass, die Sonne scheint, ich öffne die Augen, meine Zehen sind rot, das Wasser ist um mich herum, ich sollte mich beeilen. Vor meinen Füßen liegen zwei größere Steine. Ich betrachte das Buch ein letztes Mal, bücke mich und lege es zwischen die Steine. Wasser rinnt durch die Seiten, so soll es sein, denke ich und fühle mich ein klein wenig wie ein angehender Klippenspringer oder Wellenreiter. Wie jemand, der bereit ist.

Jetzt trenne ich mich von dem, der ich einst für die Mutter gewesen bin.

Quellen

Haarer, Johanna (1938): Die deutsche Mutter und ihr erstes Kind. Lehmanns, München, Berlin 266.–307. Tausend. Erstausgabe: Lehmanns, München, Berlin 1934.

Haarer, Johanna (1987): Die Mutter und ihr erstes Kind. Gerber, München. Völlig neu bearbeitete und erweiterte Auflage, 1222.–1231. Tausend der Gesamtauflage. (Originaltitel: Die deutsche Mutter und ihr erstes Kind. Erstausgabe: Lehmanns, München 1934, ohne Hinweis auf frühere Auflagen).

Haarer, Johanna (1940): Unsere kleinen Kinder. Lehmanns, München, Berlin. 6. Auflage. Erstausgabe: Lehmanns, München, Berlin 1936.

Haarer, Johanna (1972): Unsere kleinen Kinder. Gerber, München.

Renate Silberer
bei Kremayr & Scheriau

Renate Silberer
Das Wetter hat viele Haare
Erzählungen

176 Seiten
€ 19,90
ISBN 978-3-218-01081-8

11 Erzählungen kreisen um die Familien- und Lebensgeschichten zweier Paare. Realistische, oft auch traumhafte Momentaufnahmen beleuchten Aspekte ihrer Biografien und folgen den Spuren der Erinnerung. Die Geschichten gleichen Mosaiksteinen, am Ende entsteht ein neues Bild, zusammengesetzt aus den Splittern der Vergangenheit.

In ihrem Prosadebüt zeigt Renate Silberer ihr breites Repertoire an Erzählweisen. Dialogreiche Passagen wechseln sich ab mit lyrischen, oft surrealen Szenerien. Sie entfaltet eine eigene Welt, die es ermöglicht, tief in die Seele ihrer Figuren einzudringen.

Stephan Roiss
Triceratops

In harten Schnitten und bildhaften Szenen erzählt Stephan Roiss die Geschichte seines namenlosen Protagonisten, der dem Trauma und der Einsamkeit zu entfliehen versucht.

208 Seiten | 978-3-218-01229-4 | 20,00 €

Barbara Rieger (Hg.)
Reigen Reloaded

Eine Neuerfindung von Schnitzlers „Reigen“ in Prosa. Mit Texten von Gertraud Klemm · Daniel Wisser · Michael Stavarič · Angela Lehner u. a.

256 Seiten | 978-3-218-01226-3 | 22,90 €

Daniel Zipfel
Die Wahrheit der Anderen

Eine Gruppe pakistanischer Flüchtlinge protestiert gegen das Asylgesetz und besetzt eine Kirche. Wer sagt die Wahrheit und welche Wahrheit hat vor Gericht und vor der Öffentlichkeit Bestand?

240 Seiten | 978-3-218-01207-2 | 19,90 €

Die Arbeit an diesem Buch wurde mit einem Jubiläumsfondsstipendium der Literar-Mechana, einem Projektstipendium des Bundeskanzleramtes und Arbeitsstipendien des Landes Oberösterreich und der Stadt Linz unterstützt.

MIX
Papier aus verantwortungsvollen Quellen
FSC® C014138
www.fsc.org

www.kremayr-scheriau.at

ISBN 978-3-218-01272-0

Schutzumschlaggestaltung: Christine Fischer
Unter Verwendung der Grafiken von
shutterstock.com/Nagib, shutterstock.com/LintangDesign,
istockphoto.com/GeorgePeters
Lektorat: Paul Maercker
Satz und typografische Gestaltung: Ekke Wolf, typic.at
Grafik Hirsch (Innenteil) © Gaëtan Guiné, Pixabay
Druck und Bindung: Finidr, s.r.o., Czech Republic

Gedruckt mit freundlicher Unterstützung
durch die Kulturabteilung der Stadt Wien,
das Land Oberösterreich
und die Stadt Linz

Stadt Wien
KULTUR LAND OBERÖSTERREICH
Linz verändert